意林

公元787年，唐封疆大吏马总集诸子精华，编著成《意林》一书6卷，流传至今

意林：始于公元787年，距今1200余年

U0855364

小小姐

Mini Miss

Mini Miss

女生文学

小小姐 Mini Miss 出品

纯正+阳光+向上

为中国女生量身打造优质课外读物

我们是小淑女

优雅，聪慧，阳光，快乐，甜蜜，
勤奋，包容，恬静，浪漫，唯美，璀璨。
善解人意，才华横溢，从容淡定，
独立有主见，时常感恩，心怀美好。
爱学习，爱阅读，爱幻想，睿智有深度，独具品位。

意林 · 小小姐 MiniMiss 荣誉出品

小 MM 品牌书系 · 淑女文学馆 · 浪漫古风系列 001

看浮云千变、光年荏苒，将真情谱成一首悠扬的歌。

淑女文学馆

浪漫古风系列001

小小姐 Mini Miss 出品

淑女文学馆
浪漫古风系列001
MiniMiss出品

七寻记 I

沧海·镜◎著

吉林摄影出版社
·长春·

MiniMiss 出品

图书在版编目（CIP）数据

七寻记.1/ 沧海·镜著. -- 长春：吉林摄影出版社,2011.1
ISBN 978-7-5498-0146-6
Ⅰ.①七… Ⅱ.①沧… Ⅲ.①长篇小说－中国－当代 Ⅳ.①I247.5
中国版本图书馆CIP数据核字(2010)第248626号

七寻记 Ⅰ
Qi Xun Ji Ⅰ

著　　者　沧海·镜
出 版 人　孙洪军
总 策 划　阿　朱
责任编辑　施　岚　胡晓路
图书统筹　阿　朱
绘　　图　新　野
书籍装帧　孟　华
发行总监　李振红
开　　本　700mm×1000mm　1/16
字　　数　210千字
印　　张　13.5
版　　次　2011年1月第1版
印　　次　2018年1月第18次印刷

出　　版　吉林出版集团
　　　　　吉林摄影出版社
发　　行　吉林摄影出版社
地　　址　长春市泰来街1825号
　　　　　邮编：130062
电　　话　总编办：0431-86012616
　　　　　发行科：0431-86012602
网　　址　www.jlsycbs.cn
经　　销　全国各地新华书店
印　　刷　北京嘉业印刷厂

书　　号　ISBN 978-7-5498-0146-6　　定　　价：18.80元

为中国女生量身打造优质课外读物

文◎《意林·小小姐》书系总策划　阿 朱

2010年1月，意林集团专门为女孩量身定做的读物《意林·小小姐》诞生了。创办之初，《意林·小小姐》旗帜鲜明地打出口号——“女孩都是小淑女，小MM陪你优雅过花季”“淑女”取意为“内心美好、品质优秀的女孩”，明确为中国8~18岁的优质女孩服务，以“帮助女孩在快乐阅读中提高文学修养和综合素质”为宗旨，坚持“纯正、阳光、向上”的风格导向，内容着眼于“青春、梦想、成长、励志”，以期打造全新的、真正适合女孩阅读的健康课外读物。

凭借这样的精准定位和独特理念，《意林·小小姐》上市后，很快赢得女孩们的喜爱，在校园中引起巨大反响，女孩们表示：“终于有女生的专门读物了！超级好看！”家长和老师也纷纷给出“孩子看后成长了很多”“孩子的作文水平明显提高了”之类的积极反馈。2011年6月，在读者的热烈要求下，《意林·小小姐》在坚持宗旨、质量不变的前提下，出版频率加快，由原来的每月一期增加为每月两期；同年10月，《意林·小小姐》月发行量突破50万册，潜在读者超过80万人，其作为优质女孩喜爱的健康课外读物的地位逐渐形成，而迅猛增长的销售业绩也引来业界极大关注，开始得到一些同行的模仿和追随，市面上类似风格的女孩读物相继出现（当然，最后能经得住市场检验的很少）。

2010年7月，《意林·小小姐》开始涉足图书出版领域，编辑部陆续推出《蔷薇少女馆（全套）》《迷藏（Ⅰ~Ⅳ）》《悠莉宠物店（全套）》《七寻记（Ⅰ~Ⅳ）》《钢琴小淑女（第一季~第五季）》《星愿大陆（①~⑧）》《现在是女生时代（①~④）》及“浪漫星语”十二星座小说系列等数十种图书，这些书在全国中小学校园中广为流传，无数小读者为之痴迷、陶醉，“《意林·小小姐》出品的图书本本畅销”这一观点也成为众多书店、经销商的共识。“《意林·小小姐》现象”逐渐成为一种社会现象，为各方所津津乐道。

2012年，创办满两周年的《意林·小小姐》步入加速发展轨道，编辑部创造性地提出“女生文学”概念，并将之上升到与儿童文学、青春文学并列的重要文学形态，《意林·小小姐》专注于为成长中的女孩服务的想法也更加清晰，编辑部计划在未来几年内，以每年出版几十种新书的速度，采用短篇文集、长篇小说、原创漫画、故事绘本等多种类型齐头并进的形式，为女孩们提供一批有规模、有质量、有品位的精品读物，打造中国女生喜爱的文学品牌。

在2012年7月之后出版（或修订）的所有《意林·小小姐》“淑女文学馆”系列新书中，我们都会特别放置这篇名为《为中国女生量身打造优质课外读物》的文章，来阐述我们对于建设中国女生文学以及推动女生健康阅读的崭新理念与思考。

★女生一定要选择适合自己的女生文学读物

首先，什么是女生文学?

《意林·小小姐》所定义的女生文学是指专门为女孩（特指8~18岁女孩）创作并适合女孩阅读的、符合女孩心理特点和审美要求、有利于女孩身心健康发展的各种文学作品。。简单来说，就是所有适合女孩阅读的健康课外读物。

目前，国内未成年人的文学阅读笼统地分为儿童文学、青春文学等大类，市场上很难找到专门针对女孩创作的有规模、系统化的读物。事实上，女孩和男孩的大脑结构不同，思维方式、理解能力、审美要求不同，在阅读上也要区分性别，选择不同的读物。

《意林·小小姐》系列读物立足于女孩性别特点，专门为女孩量身打造，是专属于女孩们自己的读物，合乎年纪，合乎趣味，外观时尚、唯美、优雅，内容纯正、阳光、向上，是真正适合女孩阅读的健康课外读物，带给女孩全新的阅读体验。

★女生通过阅读女生文学读物提升写作能力，获取成长养分

8~18岁正是快速吸收养分、奠定阅读基础的黄金年龄，对于女孩一生的成长至关重要。《意林·小小姐》提倡女生文学要打破市场常规，“从低幼儿童文学及少女言情中解放出来”，以深浅适度、风格纯正、健康向上、可读性与文学性兼具的内容，帮助女孩在快乐阅读中提高阅读理解能力、作文写作能力，汲取成长经验、成长智慧，全面提升素质。

在故事类型上，《意林·小小姐》系列读物既有贴近女孩生活和心灵的校园故事、成长故事、亲情友情故事等，又有极富想象力的冒险故事、幻想故事等，每篇文章的选取都将标准锁定为“题材新颖、内容阳光、主题积极向上、文风优雅纯正”，并坚持拒绝浅薄幼稚、庸俗无聊、花哨言情等无内涵的文章。女孩们在健康文学的长期熏陶下，语感增强了，素材丰富了，思维开阔了，自然能做到心中有故事、下笔有话说，不再为作文犯愁；同时，这些文章里蕴含的温暖励志内核，诸如阳光、善良、真诚、包容、坚强、勇敢、善解人意、独立有主见等精神，都能激发女孩正面心态的能量，帮助她们成长为内心强大的女孩，为将来的人生打底。

★女生文学读物要品质化、品牌化、系统化

《意林·小小姐》创办的时间不长，但读者的忠诚度、信赖度和美誉度在国内首屈一指，已经形成明显的品牌优势，它集“好看”“清新”“唯美”“阳光”“优雅”“品位”等各种美好感觉于一身，始终以女孩的阅读感受为根本，全心全意为女孩服务，专心致志打造一流读物、精品读物。

读者的认可和喜爱，得益于《意林·小小姐》对文稿质量近乎苛刻的严格把关。为《意林·小小姐》供稿的作者，既有实力派中青年儿童文学作家，又有青春新锐派文学作者，编辑部每月收到近千封来稿，经过反复筛选、修改，优中选优，最终确定30篇左右刊出；对于长篇图书出版，编辑部始终坚持“用心、专业、永续经营”的理念，不追求过度商业化、批量化生产，每一本书稿都精雕细琢、反复打磨，已出版的每一本图书几乎都成为业内畅销书经典，而《意林·小小姐》所倡导的女生文学概念及标准也成为业内标杆，引来众多同行追随。

除此之外，编辑部与一大批有潜力的青年作者建立了长期的独家合作关系，这些作者通过《意林·小小姐》、网络、电话、读者见面会等各种渠道，常年坚持在第一线与读者互动，倾听读者心声，保持创作活力源源不断。目前《意林·小小姐》独家签约作者的队伍仍在不断壮大，我们希望用几年甚至十几年的时间，形成有较大社会影响力的专业化女生文学创作基地。

为避免女孩因为阅读口味单一而造成阅读面、知识面过于狭窄，《意林·小小姐》除了做好文学类图书外，也努力开发适合女孩阅读的其他类别读物，比如励志、科普、时尚、生活类选题，同时力求经营品种以及传播途径上的多样化，依托原创精品内容，开发数字化传播、动漫、影视、游戏、周边产品、女生网络社区等，做好精品故事的深度经营，构筑全产业链发展模式。在销售渠道上，除传统的零售、邮局、校网等，我们逐渐在各地设立女生文学专柜和品牌专卖店，力争让读者随手可取，购买方便。

★为女孩营造愉快的阅读体验

《意林·小小姐》系列读物无论在内容还是包装上都具有较高的辨识度，为了方便读者寻找，我们对2012年7月之后出版（或修订）的新书做了统一规划：

○认准独家标志

《意林·小小姐》出品的所有图书，在腰封和封底上都有“意林”“Mini Miss出品·女生文学”的独家标志（图1）；在书脊上，除了“意林”以及“Mini Miss”字体logo外，每本书还特别放置了“封面女孩”形象（图2），便于读者辨认和收藏；在前、后勒口上，每本书都有“纯正、阳光、向上，为中国女生量身打造优质课外读物”（图3）。

图1

图2

图3

○识别编号

《意林·小小姐》出品的所有图书都将逐渐归于“淑女文学馆”“淑女漫绘馆”“淑女励志馆”“淑女风尚馆”“淑女生活馆”等特色馆（新馆不断添加中），每本书都有属于自己的编号，比如：

代表这本书所属类别是淑女文学类，编号为冒险励志系列004，即此系列的第四本书，在这本书之前，自然已经出版了001、002、003，后面也会有005、006、007……陆续上市；图书封底的总编号则代表了这本书在《意林·小小姐》所有出品图书中的总排序。

○女孩特色包装

每本图书都会配备一张淡雅的紫色或粉色前衬页，上面印有“意林”及“Mini Miss”字体logo；在小说类单色印刷的图书中，会加有4页铜版纸彩色插图页，第一页的“淑女宣言”（图4）代表了《意林·小小姐》所提倡的优质女孩精神，第四页则标明了本书所属的系列及编号（图5）。

图4

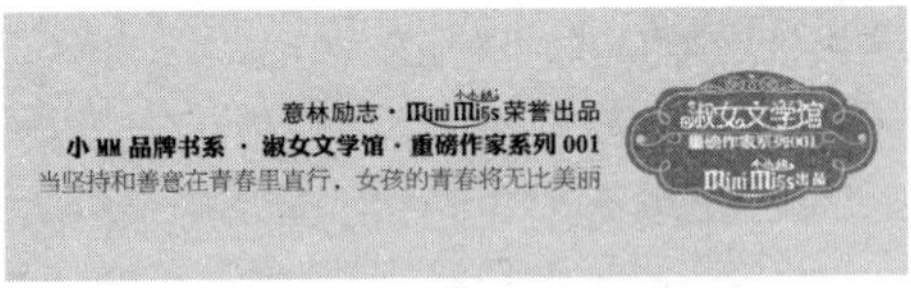

图5

我们目前所使用的字体、字号以及行距，是在经过大量调查研究和多次测试后确定的，适合成长中的女孩阅读，每一页的内容既充实，又不至于给读者造成阅读疲劳。

所有的一切都是为了给成长中的女孩提供价值导向健康、养分丰富、品质优良的课外读物，营造愉快的阅读体验，我们希望以传媒人“有爱有担当”的社会责任感和“一生只做一件事”的专注精神，不遗余力地建设女生文学，推动女生阅读向前发展，全力打造中国女生喜爱的文学品牌！

目录

楔　子

尹甜菜，17岁，身高165厘米，体重103斤，是个典型的普通女高中生。她的理想并不大，只要可以吃饱穿暖能顺利考上个大学就行。然而有的时候当你想要平凡，老天却偏偏不让你平凡，比如说不久前发生的那次奇遇。

那天，尹甜菜像往常一样走在放学回家的路上，天空正飘着小雪，路上行人都是急匆匆跑过，很少有像她这样慢条斯理走路，“哈，真是一点浪漫气质都没有，这么美的雪，不好好欣赏多浪费！”正想着，一瞥眼，忽然见一个银白色头发的男子坐在巷子口，面前放着一个缺口空碗，身后是一块残破的匾，看不清字。

“要饭的？”尹甜菜心里道，“现在要饭的也这么时髦，竟然还染头发！”她也没多想，打算和其他人一样无视着走过，这时一阵冷风吹来，男子头上的黑色长帽边缘被吹起一角。

“哇！是帅哥！”尹甜菜眼睛一亮，停下脚步，尽量装作很淑女的样子缓缓走上去，问，“你冷吗？”

有时候生活就是这么奇妙，尹甜菜只因内心一闪念走了上去，却不知正是这上前一问，她的生活从此天翻地覆。

那帅哥乞丐听到问话，缓缓抬起了头，他的眼瞳晶莹剔透，仿佛是沉睡在深海底的玉珍珠：“能给我两块钱吗？”

尹甜菜内心泛起无限柔怜，毫不犹豫伸手进口袋掏了起来，半天，才尴尬道：“我只有一块钱，你要吗？”

男子叹了一口气：“好吧。”

他站了起来，伸出修长白皙的手接过一块钱硬币塞入口袋，再从破旧的黑色长袍里掏出一枚戒指跪拜下来，托起她的手：“我叫银岚。从今以后，你便是我的主人了。”

第一章

鎏金龙纹镯

一

古色的橱窗，淡雅的柜台，一个挽着银白色发丝的男子倚靠在木窗前。他身旁一张破旧小木凳上，坐着的是买下他的主人，尹甜菜。此时，尹甜菜才弄清，原来银岚戴在她手上的那枚古铜戒指是他的契约之物，戒指上有七个镶嵌空隙，收集齐上面的宝石，便可以许下一个心愿。而银岚的职责就是帮助他认定的主人收集齐宝石，完成心愿。完成心愿之时，便是契约结束之日。

“其实，我什么心愿都没有，真的。”尹甜菜总是这样漫不经心地回答，然后双手使劲拽着戒指想要将它脱下来。但试了无数次，均无效。

银岚道：“契约不完成，戒指便永远脱不下来。”

“早知如此，当初就不应该走过去管他，更不应该轻易让他给自己戴上这个什么劳什子戒指！”尹甜菜心里暗暗骂道，但眼前只得投降：“好吧，那我的心愿能等收集齐宝石之后再许吗？我现在实在没有什么想要的东西。”

“好。”银岚淡淡挽起一笑，浅灰色的眼瞳里仿佛带上了一层妖魅的气息。

“那我们应该干什么？怎么收集？”尹甜菜看了看手指上的古铜戒指，还有脑袋上的那块匾额，上面写着这家店的名字——魂穿古代事务所。

“穿越古代，寻找猎物，挽救附在它们身上的心。” 银岚说罢，转过了身，电视上正在播放一则消息：**广东省水晶宫博物馆里的一对鎏金龙纹手镯近日发生异常，其中一只手镯上所镌刻的龙纹图案里无缘无故出现新的划痕，镯身断裂，出现血迹，另一只无恙。**

“你说的猎物，就是那对镯子？”尹甜菜不解。

银岚道：“如同那对镯子一样，在现世出现异常反应的古物，通常情况下，都是因为附着了人类的情感，定是有悲痛欲绝或是未了的心愿留在里面，所以这些古物历经千百年后仍然会发生异常。”

尹甜菜嘴角抽搐了两下：“那我应该怎么做？”

“利用你手上的戒指，穿越时空回到它们的时代，阻止某些事情发生。”

“哪些事情？”

“去了，你便知道。”

“……”

尹甜菜垂头丧气继续低头捣鼓戒指，就在这时，一辆纯黑色轿车从街角拐过来，缓缓停在门口。

“来了。”银岚站了起来，走到店门口等候着，一个45岁左右的中年男子从车里下来径直走进店里。他手里有个不大不小的盒子，他捧着它，很不自然地左右望了望，然后面向银岚：“请问，这里关于古物的事情都可以求助吗？”

银岚答：“是的，尊敬的客人。”

“我想要请你们帮忙。”中年男子递上盒子，银岚接过，打开，里面是一对精美的金黄色手镯。手镯有成人拇指粗，碗口大小，重约四两，装饰有龙云花纹。其中一只可以看到明显映出的血渍，另一只无恙。

“九日之后你来取罢。”银岚只大略看了一眼就盖了回去。什么也没有多问，什么也没有多说。

中年男子擦擦额间的汗：“是是。”

“鎏金龙纹手镯，2007年12月打捞上来的一艘古船上的出水文物，因其身大、体重，不适女子佩戴，所以一时成为议论话题，有人说是扣在古代富家大户门上的拉环或门箱把手，还有人说可能是皇家之物。”银岚像背书一般向尹甜菜介绍这对镯子的来历，边说边顺着一排雕刻石碑数过去，然后停在了宋宁宗赵扩的字样上，“在这个朝代。”

尹甜菜探过了头：“不认识，我历史学得不好。”

银岚缓缓转过身：“九日里，给你背历史的时间有六日，剩下的三日给你完成任务。”

尹甜菜：“……”

接下来几天，尹甜菜要命地狂背宋代历史，这时候她更加后悔，如果当初没有那一次回头，就不会遇见银岚，不遇见银岚，就不会坐在这里背历史。但是天下没有后悔药，纵然可以穿越时空，有些事情也是命中注定的，这一次不回头，下次也一定会。

难熬的六天终于过去，尹甜菜不负众望地背下了有关宋宁宗统治下全部30年的历史情况。

去之前，银岚提醒她："过去的永远都是过去，你可以阻止一些事情发生，但记住，你是没有力量改变历史的。"

尹甜菜并没有在意他的话，她所熟悉的历史只是教科书上记载的内容，里面的人物生生死死，对于她来说非常遥远。

"戒指会帮助你进入一个最容易附身的人身上，你可以利用你剩下的时间去完成任务。当任务完成之时，你便会回来。"银岚带着尹甜菜进入地下储藏室，示意她坐在一张木质床榻上，然后将镯子放在她身侧，"现在转动戒指，她会送你穿越到宋代。"

尹甜菜有一些紧张，抬起头望着他："如果任务完不成呢？"

"你也可以回来。"银岚回答道。

她舒了一口气："那就好。"

滴答、滴答，储藏室里一口破旧的时钟走了十多秒，尹甜菜还没有转动戒指。银岚僵硬半天，终于开了口："还有什么想问的？"

"我身下的木板床很硬。"

银岚额间滑下三道黑线："下次回来，我给你换成席梦思。"

"那我走了……"尹甜菜咬了咬下唇，然后雄纠纠气昂昂地转动了手上的戒指。一刹那间，整个房间腾起耀眼的白光，原本死气沉沉的戒指忽然化作一条青龙飞了起来环绕在尹甜菜周身，白光散去之时，尹甜菜的躯壳整个朝着对面倒下。

银岚飞快地上前一步抱住她，轻轻呵出一句："走好，主人。"

二

尹甜菜睁开眼睛时，首先感觉到的就是身上束缚着的绳索。古铜戒指会挑选一个最适合附身的人给她，却不会考虑这个被附身的人是不是也一样适合她办事。

譬如说现在，她浑身上下被绳索绑着，根本动弹不了。

第一次做任务就遇到这样的事情，她可真是狗屎运。尹甜菜不禁嘴角一阵抽搐，低下头研究应该怎么摆脱这些绳索束缚。

“咯吱”一声，门忽然被打开了，她吃力地抬起头，一个身着紫衫的少年从外面走进来，他的手里捧着一碗热腾腾的粥，不声不响地站到尹甜菜面前。

他纤细的手指握着勺子舀起一点米粥送到尹甜菜唇下，尹甜菜注意了一下他的手腕，没有镯子。也是，男子怎么可能佩戴那种东西。

“吃。”少年淡淡地开了口，把勺子递近了一些。

尹甜菜张了张嘴：“你是谁。”

这一问可把少年怔住了，他呆呆地望着她，手里的碗一下子掉到地上。门外看守着的侍卫听见声音，立刻冲进来给了少年两巴掌：“干什么！不想给你姐姐吃饭就滚出去！”

少年立刻跪下来开始捡地上的米粥，因为太烫，他的手很快变得通红，原本白色的粥夹杂了黑乎乎的泥灰被重新放入破碗里，然后端了起来。

“吃。”他又舀起一勺要送入尹甜菜嘴里，尹甜菜火了：“这种东西叫我怎么吃！”

这一回，不单单是少年怔住了，连那些看守的侍卫也怔住了，其中一个一把握住尹甜菜的下巴提了起来：“原来不是痴儿？快去禀告大人！”

另一个侍卫听罢立刻走了出去。

尹甜菜不喜欢这个姿势，她用力一撇头，把下巴从那人手里挪开：“这里是什么地方？”

“韩大人的府上，你以为是哪里？啧啧……可真是看不出来，宰相大人的千金居然装痴儿装了这么久，是不是早就算到会有这么一天？”那个侍卫阴阳怪气地说了一句。尹甜菜脑海里立刻像翻书一样“唰唰唰”翻过去：宋代宰相，赵汝愚，1140至1196，字子直，宋代汉恭宪王元佐七世孙。卒于宋宁宗庆元二年。是定国安邦、赤胆忠心的忠臣。

现在什么情况？她附身的这个人，是宰相赵汝愚的千金？宰相的千金为什么会被人绑起来……莫非现在正是赵汝愚被害的时候？历史记载赵汝愚是被奸臣韩侂胄（tuō zhòu）所害，对了，刚才那个侍卫说，这里是韩大人的府上……

历史的车轮果然伟大。

问题是，那对镯子，跟赵汝愚的女儿有什么关系？还是说跟奸臣韩侂胄有关吗？

空气几乎要凝固了，站在她身边的少年还在呆呆地望着她。他没有料到，他保护了那么久、保护那么多年的姐姐……竟然不是痴儿！

他是养子，当初赵汝愚收养他就是为了照顾痴痴傻傻的女儿。她跌倒了，他扶起；她哭了，他哄着；她不高兴，他逗她高兴；她怕孤单，他一直陪在她的身边。痴傻了那么多年，照顾了那么多年，却忽然告诉他，她其实是不傻的，她其实是和他一样的。

门再次被打开，一身青衣的男子从外面跨了进来。

尹甜菜望过去，那男子身材颀长，肤白如玉，一双美丽的眼瞳妖娆而锐利。这是一个非常漂亮也非常霸势的男子。他的腰间还绕着一根粗壮的鎏金腰带，肩膀上缠绕着一条褐色的眼镜蛇。

“这人想必就是奸臣韩侂胄了，奇怪，古人居然拿眼镜蛇当宠物……真是罕见。”这样想着，男子已经走近来，锐利的眼神轻轻巧巧落在尹甜菜身上，他跨了一步要靠近她，站在身边的少年一下子冲过来伸开双臂挡在面前，眼神坚定地望着男子：“不要伤害姐姐！”

青衣男子冷漠地瞥了他一眼，忽然“啪”一下，他以极快的速度抽出腰间的鎏金腰带，直直地打在少年身上，一条血痕瞬间出现在少年白皙的脸上。

“你爹的奏折在哪里？”青衣男子收回腰带后重新望向尹甜菜。尹甜菜此时还没完全反应过来，只能呆呆地站着。

男子不悦地皱起眉头，手里的腰带就要往她身上招呼过去，少年立刻扑上前抱住她的身子，那一道道血痕就落在了他的身上。

鞭打的声音一声接一声落进尹甜菜耳朵里，她虽然还没有完全搞清楚状况，但是她知道，这个孩子在保护她，他在保护她！

“松开我，我告诉你奏折在哪里。”情急之下，她喊道。

青衣男子收起鞭子，命令身边的侍卫松绑。

手腕上早已经被那些绳索勒出了血痕，尹甜菜被松开之后上前一步站到青衣男子面前，毫无畏惧地仰起头，然后挥起一掌打在他的脸上。“啪”的一声，那条眼镜蛇似乎也被吓到了，直接从他的肩膀上缩了回去，躲进衣襟里。

青衣男子根本没料到她会打他，脸上顿时映出了五个指印。身后站着的侍卫立刻上来要教训尹甜菜，却被他拦了下来：“看住他们。”然后转过身，带着那条受惊的眼镜蛇一同离开了。

三

不知道在这个黑暗的柴房里关了多久，尹甜菜就那样呆呆地蹲坐着，对面的少年满身都是鞭痕，他不哭也不闹，气氛安静得有些可怕。

刚才，他护在了她的面前，保护她。明明她才是他的姐姐，却一直让这个孩子保护着。是因为之前她是一个痴儿的缘故吗？

尹甜菜不知道该怎么开口跟他说话，她很想问刚才青衣男子说的奏折是什么，现在他们的爹赵汝愚怎么样了，他们又为什么被关起来，但是却什么也问不出口。

就这样过了几分钟，门外忽然传来什么声音，然后两个侍卫冲进来，其中一个恶狠狠地瞪了尹甜菜一眼："现在宰相已经死了，你们再不交出奏章，也一样会落得这个下场！若是交出来了，看在你们尚且年幼，韩大人可以放你们一马。"

尹甜菜不说话，那个侍卫见状很是恼火，立刻挥起手就要冲她脸上招呼过去。

"不要伤害姐姐！"还是那个少年……一直不说话，躲在角落柔柔弱弱的少年。明明他也是很害怕的，明明他的肩膀在颤抖，但是却一次又一次地站出来保护在尹甜菜的面前。

侍卫的手毫不客气地打了下去，少年的脸上就这么又挨了一巴掌。

"哈哈，还要保护她？到了现在你还要保护她？你看看她，她根本不在乎你。现在丞相死了，你也不必保护她了！"侍卫笑了两声，然后忽然一把拉住少年的手就往外拖。

少年吓得拼命挣扎起来，侍卫又挥手打了两巴掌，只打得他眼冒金星："你若是不想你姐姐受刑，就乖乖地跟我走，韩大人要质问你！交不出奏折，你们一样都要死！"

被他这样一说，少年竟然安静了下来。虽然他的肩膀颤抖得厉害，但还是乖乖让侍卫拖了出去。临走时，他一脸不安地看了一眼蹲坐在角落里的尹甜菜，尹甜菜也一脸茫然地望着他。

有的时候，纵然一句话都没有说，但是一个眼神，或者一滴眼泪，都可以让你整颗心都震撼住。便是在这个刹那，尹甜菜一下子明白了。这个少年，他一次又一次毫不犹豫地护在她的面前，一次又一次展开双臂挡住所有打下来的痛，他也害怕，他也恐惧，他也颤抖，明知道抵抗不过，却还要拼死保护着自己认定要保护的人，却从来没有哪一个人，会愿意去保护他啊。

尹甜菜一下子弹了起来，她要冲出去把少年拉回来，但是当她冲到柴房门边时，回应她的只有恶狠狠的一脚，然后门被“哐当”一声关上，重新掉入无止尽的黑暗里。

如果一辈子都是躲在别人身后，她会永远懦弱，永远保护不了身边的人，永远看着他们在自己面前受伤！

尹甜菜捏紧了拳。她不会就这么放弃，不会就这么任凭他们带走她！她站起来扑在门上：“开门！开门！你们这群混蛋，给我开门，把他还给我……把他……把我弟弟还给我！把我弟弟还给我！！！”

门外快要被拖走的少年听到她说的那句话，她说“把我弟弟还给我”，眼眶里盈满的泪水一下子涌了出来。他突然挣脱开侍卫的手，跌跌撞撞跑回门前，伸出手拉住门上的两个金色拉环使劲拉扯，他哭得很累，喉咙里发不出声音，只是拼命地拉扯着，拼命地想要把门打开！

门内的尹甜菜一声声呼喊着，一遍遍拍门板：“开门，开门！把我弟弟还给我，把我弟弟还给我！”

两个侍卫恼怒了，他们冲过去拉住少年的手就要往外扯，少年挣扎了一下，一只手被扯开，另外一只手却死死地握着门环，死死地不松开。他感觉到门那头的震动，他感觉到里面的人疯狂地敲打：“开门！开门！快点开门！我不会让你们带走他的，要打打我，要审问审问我！他还是孩子，他什么都不懂！”

喊声越来越撕裂，越来越沙哑，尹甜菜像是发了疯一样，她一定要打开这扇门，一定要冲出去，一定要保护他！

门外的侍卫拉住少年单薄的肩膀想要把他从门环那里扯开，但是少年却紧紧地握住它，紧紧地不松手。刚才她说了，他是她的弟弟，他是她的弟弟啊！他不会松手的，绝对绝对不会松手！

“开门！开门啊！弟弟，弟弟你在哪里……不要跟他们走！我来保护你，今后让我来保护你！”她几乎忘记了自己的身份，几乎忘记了自己来自另外一个世界。她以为她就是赵汝愚的女儿，她以为她就是门外那个人的姐姐了！她不知道原来心疼是这样的难受，原来保护不了自己要保护的人是这么的恐惧、这么的痛苦。她的手掌已经拍出了血，门被震得咚咚直响，好像快要倒下去一样。

门外的侍卫也怔住了，他们拉着少年的人，听到里面的人竟然如此疯狂地敲打着门，她像是想要冲出来一样，像是发了疯的老虎一样！

“呜呜呜呜……”门外的少年不知何时又哭了起来，他哽咽着，一只手死死地扯住那个金色门环，上面掐出了一道又一道的指甲印。殷红的血从破碎的指甲缝里流出来，它们溅到了金色的门环上，映出少年漂亮而苍白的脸。

他听见了，听见她说——我来保护你，今后让我来保护你！

尹甜菜听见他哭，整颗心都颤抖了起来。她这一回真是疯了，敲打的力量更增加了一倍，整块门板都发出剧烈的震动声！

“砰”，终于，门真的被推开了！尹甜菜一下子从里面蹿出来，当那些殷红的血映入她眼里时，她一下子呆住了。

那个柔弱的少年被身后两个看守死死拉住，苍白的脸上满是泪痕。那些人要把他带走，但是他却扯住了门上的一个金色门环。门环被他的指甲掐出了一道又一道的痕迹，沾染着他的血，映出一片通红……

“广东省水晶宫博物馆里的一对鎏金龙纹手镯近日发生异常，其中一只手镯上面所镌刻的龙纹图案里出现新的划痕，镯身断裂，出现血迹，另一只无恙。”曾经电视里播报的新闻，重新在尹甜菜的脑海响了起来。

她终于知道了，终于知道了……那个带着血的镯子，那镯子上所谓的划痕……是这个少年留下的。

门的另一边，还有一个金色门环，那个门环安然无恙。

四

“你，你怎么样，你的手……”尹甜菜在面对着他的时候还是喊不出“弟弟”两个字，她只是飞快地跑过去拉起了他鲜血淋淋的手，一股疼痛从心底蔓延开来，她忍不住咬了咬下唇，“你怎么这么傻啊。”

少年站在那里，他的手腕被尹甜菜轻轻抓着，就好像曾经他拉住她去看院子外盛开的花朵一样。她的手温温暖暖的，一直都如此。

两边站着的侍卫皱下眉头，他们没有料到一个小小女子居然可以撞破这么大的一扇门，莫非是年久失修的缘故？他们正要上前去抓住尹甜菜和少年，庭院外传来齐刷刷的脚步声，韩侂胄的几个贴身护卫冲进院子，将他们团团围住。

“韩大人，”将他们困住之后，带头的护卫恭敬地抱拳对后面缓缓走来的韩侂胄献媚，“他们都在，跑不了。”

“喂，那个韩什么……韩什么什么的，你有什么事情就问我，别找我弟弟麻烦！”尹甜菜本来就见这个家伙不爽，历史上大名鼎鼎的奸臣，还长成一副妖孽的模样，摆明了不给女人面子。

韩侂胄肩头那条诡异的眼镜蛇吐着信子看着她，它的眼瞳只有一条细缝大小，看上去非常吓人。

“奏折在哪里？”气氛僵了好半天，韩侂胄终于淡淡地呵出一句话。

奏折奏折，又是奏折，尹甜菜皱起眉头，这个奸臣，估计有什么把柄被宰相赵汝愚抓到了，然后写在了奏折里。现在赵汝愚死了，但是奏折还没有找到，所以很恐惧它被送到皇帝手里揭穿他的阴谋诡计。

尹甜菜垂下头问身边的少年：“哎，你知道那本他要找的奏折在哪里吗？”

少年摇摇头，他对这些是一概不知的，他从记忆开始就一直在照顾她，他的职责就是照顾她，保护她。

尹甜菜撇撇嘴巴，抬起头对韩侂胄道：“我们的确不知道奏折在哪里，宰相……呃，爹爹也没有对我们提起过。但是我们知道爹爹的生活习惯，如若你想找到奏折，我可以帮你。但是找到它之后你必须答应放了我们，要不然我绝对不会将奏折交给你！”

韩侂胄微微挑了挑眉毛。这个女孩有点不寻常，自她醒过来之后就三番五次挑衅，要知道这个世界上很少有人不怕他的，她不仅毫不畏惧，反而一次又一次在太岁头上动土。

“你要如何找？”他觉得有趣了。

尹甜菜说：“既然是重要之物，又是奏折，一定会在宰相府内。”

“我们已经搜过了。”韩侂胄道。

“拜托，你们是外人，你们懂什么。爹爹定是将奏折藏起来了，我和弟弟去找一定能找到的，只要你答应找到之后放了我们就行。你现在杀了我们，奏折还是找不到啊，还不如让我们去找找看，要还是找不到，大不了再杀我们就是了。”尹甜菜说得头头是道。

“好，我就放你们去找，若是找不回来，便是死。”韩侂胄冷冷一笑。还有一句话他没有说：若是找回来了，也还是死。

尹甜菜不是笨蛋，她当然知道如果找到奏折之后直接把它交给韩侂胄的话，他们一定会死。所以她决心在找到之后先将奏折藏起来，然后冒险跟他做一笔交易。她必须救这个少年，虽然那对镯子的事情已经发生了，也不知道现在做这些还有没有用，但是她已经决定了，一定要救他，以这个身体的名义，以他姐姐的名义！

来到丞相府，她看见门外守卫着四个士兵，朱红色的大门上贴了封条，里面是不准进去的。尹甜菜有韩侂胄给她的令牌，守卫的士兵就立刻让开路，撕下封条放她进去。

不愧是权臣当道呵。

进了府内，尹甜菜开始认真寻找起来。她先选择了两个地方，丞相的书房和卧室。正常点的人都会在这两个地方找，在这之前韩侂胄也寻过了，所以她并没有发现任何蛛丝马迹。随后她去了客厅、祠堂、柴房……甚至是院外的假山。总之能找的地方她都找了，能想的地方也都想了，均无果。

有些吃力地一屁股坐到草地上，尹甜菜额间渗出了汗：“这个丞相也真厉害，把奏折当宝贝啊？这么难找。”

少年见她累了，立刻提起自己的长袖给她擦汗。尹甜菜有些不适应，微微躲了一下。少年停住了手，然后呆呆地站在那里。

尹甜菜有点尴尬，抬起头看到他的手，上面还有很多伤痕：“疼吗？”

少年摇了摇头。

“怎么会不疼呢，你那样抓着门环，为什么不松手啊。若是手被扯断了那可怎么办？”尹甜菜心疼地说着，然后她到处寻找可以包扎的东西，终于从衣襟内侧找到一块白色的丝巾，拉过他的手包扎起来，少年指上的血渍早就干了。

“姐姐不可以！”少年看见他竟然用这块丝巾给他包手，立刻焦急起来，“这是娘留给你的东西。”

“娘？”尹甜菜一怔。

哦，记得了。赵汝愚的妻子，据说是难产而死的，赵汝愚因为极其思念她，便将她的坟建在了自己的别院里。

等等，坟？！

坟……难道赵汝愚把奏折放在那个附近吗？尹甜菜一下子站起来朝赵汝愚的别院跑去，少年连忙紧紧跟上。当她跑到别院时看到正前方树立着一块淡青色的墓碑，墓碑周围有白玉栏杆圈着，焚香炉里插着一些没有烧完的香，地面都是叶子，墓碑上刻着“爱妻刘氏之墓”等字样。

也许在那个附近！尹甜菜跑过去将墓的周围上上下下寻找了一遍，起初并没有找到任何线索，当她准备离开的时候忽然脚下踩到一片柔软的泥土，这里和其他地方不一样！

她立刻蹲了下来在地上一阵狗刨，果然挖出了那份奏折。里面记载的和她之前猜想的一样，都是韩侂胄的罪证，贪赃枉法私通叛国，要什么有什么。

这个东西如果现在带出去，韩侂胄一定会立刻拿下她的！这样想着，她重新把奏折埋入土里，然后覆上草叶，若无其事地离开。

他们走出丞相府，果然，一大列士兵等候在外面，压根不给尹甜菜说话的机会就直接抓了起来带去韩侂胄府上。

五

“奏折我已经找到了。”尹甜菜站在韩侂胄面前，小心观察着他的脸色。这个像蛇一样的男人此刻正紧紧地盯着她，她知道，自己稍有不慎，说错一句话，她和那个少年便立刻会死无葬身之地！

韩侂胄眯起眼睛：“在哪里？”

“我藏到了别处。”她回答道。

这句话说罢，整个书房顿时安静下来，周围的空气仿佛凝结住，尹甜菜只听见自己的呼吸声，还有那条眼镜蛇游走的“咝咝”声。

“你出了丞相府，我的人便将你带到这个书房，你还能将奏折藏去哪里？”过了许久，韩侂胄终于再次开了口。

尹甜菜不接话，嘿嘿一笑：“奏折上都是你的罪证。”

突然脖颈被他掐住，韩侂胄一下子把尹甜菜按到了墙壁上：“奏折在哪里！”

“送我弟弟安全离开，我便告诉你奏折在哪里。”尹甜菜被掐得喘不过气来，她双手死死地扯住韩侂胄的手，脸色已经发青了：“如果你现在杀了我，奏折哪一天被别人找到交到皇上那儿，你现在的一切都会化为乌有！”

韩侂胄一双鹰一般的眼睛紧紧盯着她，尹甜菜虽然快要被掐个半死，却也依旧不甘示弱地回瞪他，心里嘀咕道：“有种你就宰了我！”

终于，韩侂胄手上的力道弱了下来，他甩了一下长袖，背过身去：“明日我派人送他离开。”

“这儿都是你的势力范围，你要送他去更远的地方！”尹甜菜呛了几口气，刚才真的差点就被掐死了。

韩侂胄道：“临秉码头有去国外的商船，明日便送他出海。”

虽然之前他并没有信守诺言，但是这一次尹甜菜手里捏着他的把柄，自信他不得不按照她的话做。

在离开的前一天，尹甜菜和少年依旧是被关在韩侂胄的府上，只是待遇比之前好了些，不再是柴房，而是客房。

少年因为累了很久，一入夜便睡熟了。尹甜菜却睡不着，那个门环上残留的血渍和指甲印，一直徘徊在她的脑海里。

在床上辗转反侧半天，尹甜菜索性爬起来走到外面。守夜的士兵们立刻警觉地跟上，生怕她跑掉。尹甜菜不理睬他们，只是依着之前的印象来到那天被关的柴房门口。那对门环还在那里，上面的血渍和指甲印，也依然在。

这第一次的任务，自己是不是没有完成呢？如此想着，她掏出怀里的丝巾在血渍斑斑的门环上擦拭起来，一边擦拭一边自言自语："如果早一些有勇气站起来，便不会如此了。"

"你喜欢这对门环？"忽然一个声音从后面扬了起来，尹甜菜吓了一跳，转过身去看，原来是韩侂胄，他该不会是担心奏折被泄露出去，所以也一直睡不着吧？

"我又不是神经病，我喜欢一对门环做什么？"尹甜菜撇撇嘴道，"我只是不喜欢我弟弟的血沾在上面。"

韩侂胄不再说话，他站在那里一直望着她，望得尹甜菜都有些毛骨悚然起来："好了好了，我要睡觉了，明天别忘了送我弟弟出海。"

原本是第二日的早上便要走的，但是当尹甜菜醒过来的时候韩府的下人告诉她，韩侂胄出去了，一直没有回来。她担心他发现自己藏奏折的地方，或者他不打算履行诺言，整个上午都忐忑不安。

到了下午，韩侂胄从外面回来了，他递给她一个锦盒。尹甜菜打开一看，里面居然奇迹般地躺着那对门环，原本血迹斑斑的那一只被重新打磨过，洗净了上面的血渍，恢复如初。

这算什么意思？讨好她？降低她的警觉？哼，他以为她尹甜菜会这么好骗么？尹甜菜随手将锦盒塞到少年手里："这个给你，以后没钱了当掉它。"

少年满头雾水，这个东西也能当？

离开韩府，韩侂胄遵照他的约定带少年去了临秉码头。尹甜菜怕他使诈，途中一直盯着梢。

临秉码头按照现代的话来说就是一个国际化的码头，那里大部分都是开往国外的商船。韩侂胄安排的船很大很豪华，但是尹甜菜并不想让弟弟坐上那艘船。因为她不能保证那艘船上的人不会在开船之后就偷偷把弟弟杀了。所以当他们来到临秉码头的时候，尹甜菜一直在寻找机会。

码头人很多也很乱，虽然他们的身边站着两个士兵看守，但是一定有机会可以逃出去的！逃上那些马上要开走的船，逃出这个地方，逃离这个恶魔！

韩侂胄站在码头边等了一会儿，一个大腹便便的中年男子走了过来，他是那艘商船的主人，趁两个人在一旁说话，尹甜菜掐了掐少年的手臂，低声道："你看到那艘船了吗？就是左手对面的那只，那艘船马上开了，等会我推开这些士兵，我们冲到那艘船上去！"

少年有一些胆怯，但是看到尹甜菜满脸坚定的模样，他还是认真地点了点头。

时间一分一秒过去，尹甜菜紧紧地盯着那艘船，就在船即将离岸的一瞬，她使出全身力气推倒看守在弟弟身边的士兵，拉住他的手拼命朝船上奔去。

韩侂胄看到这一幕立刻追了上来，他解下身上的鎏金腰带朝少年挥过去，尹甜菜一个转身握住挥下来的一鞭，推了一把少年，大声命令道："跳上去！"

少年迟疑了一下，尹甜菜的声音再次传来："跳上去！如果你不想我死，就跳上去！"

说时迟那时快，当少年咬住下唇纵身一跃的时候，韩侂胄收回腰带又甩出一鞭，这一鞭眼看要飞出去缠住少年的脚，尹甜菜情急之下恶狠狠一口咬住了韩侂胄的手臂。

他手一松，腰带飞了出去，虽然缠住了少年的脚，但是跟着少年一起落到了甲板上。

"姐姐！"一声呐喊从身后传了过来，尹甜菜依旧死死地咬住韩侂胄的手臂，她不让他追上去，她要让弟弟安全地离开！

缠绕在韩侂胄衣领里的眼镜蛇此刻已经爬了出来，它迅速游向那艘开出半米的船，然后顺着船绳进入船舱里。

"该死的，它不会咬死他吧？！"尹甜菜松开韩侂胄的手臂转身要追过去，却被韩侂胄紧紧拉住，丝毫没有办法挣脱开，只能用尽力气大喊：“船上有蛇！弟弟……姐姐我——”

还来不及把话喊完，身上的意识忽然被抽空了，尹甜菜知道，三天的时间到了，银岚要拉她回去。但是，但是不行，她还没有把话说完啊！猛地一用力，她挣扎着使出最后仅存的一丝力气，吼得惊天地泣鬼神：“姐姐永远保护你，永远……保护你！”

六

清醒过来时，银岚正站在她的身边看着锦盒里的镯子。尹甜菜以为自己任务没有完成，很沮丧地坐了起来："对不起……"

"对不起什么？"银岚道。

尹甜菜咬了咬下唇："任务没有完成，该发生的还是发生了。"

银岚淡淡一笑："但是该结束的，也结束了。"他把锦盒转了过来递到尹甜菜面前，那只原本血渍斑斑的镯子竟然奇迹般的恢复了，就像当初韩侂胄重新打磨好交给她时一样。难道，只要在那个时代清理过了，镯子就会没事吗？

"我原本也以为你的任务完不成了，许是你最后说的话，释然了他的心吧。"它们之所以会出现异样，就是因为附上了人类的情感，那些悲痛欲绝，或者还有心愿没有完成的人的情感，而那个少年，许是一直在等待有一天，也有人可以保护他，守护在他的身边。

尹甜菜似懂非懂，她垂下头去，手指间那枚古铜戒指上已经赫然出现一颗淡红色的宝石。

第二章

夔龙黄玉佩

一

手臂半扬在空中，尹甜菜端详着戒指上那颗淡红色的宝石，它温温润润的，好似笼罩着一层淡淡的光晕。事务所门外，站着一身素白的银岚，眉眼清冷得让人辨不清表情，转过身的刹那，有几束浅色的光芒从他衣袂里拂出。

"我说，只要集齐七颗宝石，真的可以将铜戒拿下来吗？拿下来之后这些宝石会去什么地方？"尹甜菜轻巧地从藤椅上跃了起来，问道。

银岚眉眼一动，从她身侧擦过："集齐你便知道了。"

"喂，你这说跟不说有什么两样啊。你会不会故意耍我？"尹甜菜抿抿嘴，这个银岚，每次说话都只说一半，什么都让她猜，她又不是天才，只是一棵甜菜，怎么会猜得到？

银岚并不回答，伸手一指墙壁上那口破钟："你要迟到了。"

"啊！"尹甜菜一声尖叫，拎起书包飞奔起来，"完了完了，要迟到了！"

学校里，尹甜菜懒洋洋地趴在桌子上，幸亏自己刚才机灵，在千钧一发之际冲刺进来闯破门卫大爷的防守，挤进教室。今天第一节就是历史课，尹甜菜最头疼的一门，上次为了背宋代历史，她是挤尽脑油狂吃三天鱼肉才终于背住它们的，这一回上课，她铁定要偷懒了。

历史老师一般都是上了年纪的老头，为尹甜菜上课的也是一个老头，而且是一个很怪的老头。正统的历史课不上，非要找一些奇奇怪怪的历史古迹知识灌输给他们。这次他讲的是春秋战国时期位于今河北省石家庄平山县的神秘古国——中山国的故事。话说中山王是个不思进取、贪图享受的昏君，他重用阿谀奉承之辈，造成政治腐败。当时最受宠信的权臣司马喜最擅阴谋诡计，拉帮结派，弄得朝廷上下乌烟瘴气，当时中山王皇宫里有两位美艳的后妃争夺后位，一位名为阴姬，一位名为江姬，据说阴姬为了夺得后位重贿司马喜求其帮忙，最后司马喜通过各种手段终诱劝中山王立阴姬为后。

司马喜的诱劝过程尹甜菜没记清楚，她只听了前面一段，到后半段时她早就进入梦乡，一直到被揪着耳朵拖进办公室，她还没有清醒过来。

放学之后去事务所，银岚已经站在门口等了她将近一个小时了："今日为何这么慢？”

“你要问我们学校那个老头！说我上课睡觉，拖我去办公室罚站，真是的，别人早就放学了，还让我在那听他重复一遍什么中山国的，烦都烦死了。”尹甜菜脸色很不好。

“中山国？春秋战国时期的中山国么。”银岚微微扬起一个笑容。

尹甜菜怔了怔：“是啊，你好厉害……那么偏门的历史也知道？”

“这一次的任务，就是去那里。”他淡淡呵出一句话，从身后的玻璃柜里取出一个锦盒，打开，里面躺着一枚精美的玉佩——夔龙黄玉佩。

玉佩是半透明的黄玉制成，雕刻成全身蜷曲、挺颈回首的夔龙形，仔细看去，那龙身上的浮雕谷纹却好似在渐渐退淡，仿佛是要一点点复原到原本还没有雕琢的状态。

尹甜菜这一次的任务就是去中山国寻找这枚玉佩，并且帮助雕琢这块玉佩的工匠成功将它雕琢完成。

二

经过上一次穿越，尹甜菜这回已经适应很多了。因为银岚答应给她换张舒服些的床，所以现在她坐的是又软又厚实的席梦思。尹甜菜闭上眼睛深深吸了一口气，转动指间的铜戒，当身体里的力量再次被抽空时，她已经舒舒服服地卧倒在了床边。

一阵淡雅熏香扑鼻而来，身上柔软的锦缎仿若蚕丝般轻轻裹着腰际，尹甜菜以为自己只是做了一个梦，刚想伸个懒腰，手臂上叮当作响的数十只金镯刺痛了她的眼。

这是哪里？勉强支撑起身子，脑海里还晃动着穿越之前的场景……好像是来到中山国，难道这一次她走狗屎运穿到了富贵人家的身上了吗？不再是柴房？不再是绑着的绳索？

“娘娘，您醒了吗？”忽然一个悦耳的声音从旁侧传过来，尹甜菜放眼望去，只见一个穿着米白色长裙、脸肿了一大片的侍女站在边上，双手捧着一个玉盆，手臂上错综复杂都是鞭打的痕迹。

娘娘？尹甜菜原本平静的眼瞳一下子缩紧。她这一次穿到了一个娘娘身上？！不是这么倒霉吧，如果是娘娘的话……该不会还要侍寝吧？不过，也有可能是冷宫里的娘娘，不是说一入皇宫深似海吗？那些后妃们也有一辈子都见不到皇帝一眼的。

侍女见尹甜菜不说话，以为是惹了她不悦，捧着玉盆的手臂颤动起来：“阴姬娘娘，这是按照您吩咐收集起来的甘露水，已经烫温了。”

阴姬……脑袋顿时死机，尹甜菜想起之前课堂上历史老头不断重复的一句话：“当时中山王皇宫里有两位美艳的后妃在争夺后位，一位名为阴姬，一位名为江姬……”

阴姬，她居然附在了阴姬身上？！一下子掀开被子从床上跨下来，尹甜菜三步并作两步地冲到铜镜前。柳叶儿般的眉，琥珀色的眼瞳幽深不见底，嫩薄的唇瓣上点着朱红，她有些难以置信，不由自主地伸出纤细的手托住脸颊，那染着蔻丹的指甲格外艳丽，手臂上的镯子相互撞击，发出叮叮当当的声音。

美女，真的是一个美女！尹甜菜倒吸几口气，脸上情不自禁泛出红晕来。可真是美啊，连自己看一眼都面红耳赤心跳加速了。

正当她整颗心都悬在那里对着自己这张崭新的脸发痴的时候，门外忽然有人重重地喊了一句："大王。"

她吓得差一点撞倒在铜镜上。头还没有抬起来，一双精致的鞋就映入她的眼帘，视线缓缓往上移：黑中袖红的衣衫，白皙如玉的项颈，泛着淡红的双唇，精致小巧的鼻梁，还有那一双浅蓝色的眼眸，清澈见底，浑身散发着一种浑然天成的气质，没有半点霸气，只有淡淡甜甜的茶香味，似乎还只是一个清澈透明的少年……这就是中山国的统治者——中山王。

尹甜菜脑海一阵死机，她实在没办法把眼前这个少年和历史老头说的那个不思进取、贪图享受的中山王联系在一起。

"千阴。"见她愣在那里，少年开了口，他的脸上似乎有一些担心，漂亮的眉宇皱得很紧："你生气了吗？江姬并不是故意的，她说她是不小心才将你绊倒，让你跌入池子里。千阴，不要生气好吗？"

千阴？是阴姬的本名吗？尹甜菜额头的汗唰啦啦地往下滴，她现在根本不知道是什么情况。

少年以为她还在生气，微微上前一把拉住她的袖子："千阴，以后再也不会发生这种事了。我一定会保护在你身边，不要生气好不好。"

天啊，这真的是历史上真实的中山王吗？明明只是一个毫无心机的少年而已！他说的江姬，是不是那个跟阴姬争宠的江姬？江姬把她绊倒让她跌入池子里，这分明就是阴谋好不好！江姬想要除掉阴姬，所以故意将她推入池子之中，正因为这样自己才附身到她身上的。

尹甜菜嘴角抽搐了两下，尽量让自己的心情平复，点点头应了一声："嗯。"言多必失，她现在还什么都弄不清楚，只要应着他的话说应该没关系吧？

见她不再生气，少年一下子松了口气，伸出手抱住她的肩膀，单薄的双臂分外脆弱："我以为你再也不会理我了，在宫里除了千阴我再也没有别的人可以说话，我知道当初让你进宫你一直很不开心。可是没有办法……我只认识你……千阴，我只认识你啊。”

“好了，都过去了。”尹甜菜真的不知道该怎么安慰这个少年，只能僵硬地拍了拍他的后背以示安慰。

不过，话说，她真的是他的嫔妃吗？怎么像母子啊？

中山国在春秋战国时期也算是一个大国，平日里中山王都忙着政事，很少到后宫来。那一次是因为阴姬出了事，所以他才有理由借着这个机会去看她。

尹甜菜为了弄清楚来龙去脉特意打听了一些跟阴姬有关的事，原来阴姬从小和中山王青梅竹马一起长大，她一直不喜欢待在皇宫，总想着有一天可以离开。但是没料到中山王登基后居然强行将她纳入后宫，使得后来阴姬的脾气越来越暴躁，整日在宫中发脾气，并且再也没有同中山王说过一句话。

尹甜菜很郁闷，难怪那天中山王激动成那般模样，听到她这个阴姬一开口，他立刻激动地紧紧抱住她，只差哭出来了。

不过，自那天相见后中山王又忙于政事，没有来过她的宫殿。尹甜菜得以安心一个人寻找夔龙黄玉佩工匠的下落。她知道只凭她一个人的力量肯定是很难的，而且王宫守卫森严，她根本出不去。为了可以扩大搜索面积，她开始讨好身边的侍女侍从。这让那些平日里受到阴姬虐待的人都吓得大气也不敢喘一声。以往的阴姬心狠手辣蛮横无理，宫中人人畏惧，现在却像换了一个人似的，整日嘻嘻哈哈，甚至还翻墙爬窗。

不过，中山王不去找她，不代表别人也不会去找她。上次江姬施计陷害没有得逞，更加怀恨在心，一直等着寻找机会再次教训她。

那天尹甜菜正在花园跟侍女嬉闹，希望趁机拉拢她帮她打听工匠之事，结果与江姬撞了个对面。

见到她，尹甜菜终于知道了什么才叫妖艳！一身玫瑰红的长裙紧紧裹住玲珑有致的修长身材，娇艳欲滴的双唇微张，好像在诱惑旁人亲吻下去，一对凤眼更是带着勾人的气焰，只看你一眼，就能让你整个人都呆住。

尹甜菜呆呆地看着，口水稀里哗啦往下流。江姬被她赤裸裸的打量弄得浑身不舒服：“怎么，想要报复我么？呵，你那点能耐只能去大王那边撒野，到了我这里可得不到半丁点儿好处！这次算你识相，要是敢说是我推你下去的，我一定让你好看！”

尹甜菜此时回过神来，果然是蛇蝎美人！自己猜得没错，上次阴姬掉到水里真是被她陷害。这个时候她不想惹是生非，也不想在找到夔龙黄玉佩之前为了别的事分神，她必须安安分分待在宫里，默默无闻地寻找它。想到这里，尹甜菜让开道路要江姬先过去，江姬一愣，随后趾高气扬地从她身边走过，期间还故意顺势伸脚去踩她。尹甜菜没想到江姬会做这样的事，来不及反应，脚趾就被狠狠踩了一下。她忍着没有作声，一直到江姬走远，她才弯腰拍了拍鞋子上的灰尘。

边上的其他宫女都很惊讶，如若是从前的阴姬一定早就和她骂上了。

之前和尹甜菜嬉戏的小侍女看到主子受了欺负，立刻冲上来扶她：“娘娘，您没事吧！”

“你帮我一个忙，我就没事啦，嘻嘻。”尹甜菜伸手拉住小侍女手腕，吓得她面颊一红，弯腰站在那里不敢动。

“帮帮忙嘛，只是让你帮我打听一个事，不难呀。”尹甜菜见她不答应，又开始苦苦哀求起来。阴姬的容貌本身就长得好看，以前是因为太过蛮横所以很多人都怕她，现在她忽然换成了这般模样，惹的那个小侍女都不知道该如何是好，只能拼命点头：“娘娘吩咐奴婢做什么，奴婢就做什么。”

“你要真心愿意帮我，我不想强迫别人帮我做事。”尹甜菜笑吟吟地站在那里撒娇。她不知道，她现在所表现的一切全都落入了远处红瓦亭台里一个男子眼中……

那是曾经的阴姬吗？

一身淡紫色的外衫，里面是单薄的白衣，乌黑的长发如绸缎般散披在身后，只用一支玉簪固定住。唇瓣浮起的是樱花般的笑容，优雅而庄重。如若在这一刻你转过头看到这个男子，他的儒雅和轻盈会像纷飞在池面上的红叶一般倾泻入你的心中。他姿态怡然，优雅而俊美，仿若纸页上的一滴墨，又如盈水中的一片莲。

司马喜……这个中山王最宠信的臣子，此时他的视线全部落在了尹甜菜身上。

几乎是一夜之间的变化，那个曾经心狠手辣的阴姬，变得如此温和善良。他一直看着她，从她拉着侍女的手走进这个花园开始。温暖如阳光般的微笑，清澈如水流般的眼眸，她的一举一动跟以前完全不一样，简直……如同整个灵魂替换了似的。

司马喜就那样怔怔地站立着，白皙的手指间握着一颗灰黑的糙石。

三

中山王宫的回廊非常漂亮，两边悬挂着的是紫青色的吊兰，红色的漆栏伫立在绿荫之中，仿佛是点缀的娇颜。尹甜菜走在回廊里捶着肩膀要回宫殿去，她一路上都在哀怨。那个小侍女可真难哄，她花了很长时间才让她信任自己。这个阴姬以前到底干了什么啊，为什么每个人看见她都全身发抖四肢抽搐，她又不是魔鬼！银岚这次给她的时间是一个月，因为玉的雕琢很慢，她除了要找到那个工匠以外，还要保护他能顺利把夔龙黄玉佩雕琢完成，所以得花上一定的时间。

尹甜菜只顾着胡思乱想没有看前方，走了没多久，忽然“砰”的一下撞到了什么，整个身子往后仰去。

“啊啊啊啊……”她双手在空中一阵狂挥，似乎抓住个什么东西，于是紧紧拉住，将自己拉了回去。待到喘过气来定睛一看，是一片白色的衣襟。

白皙的肌肤暴露在空气中，那个被尹甜菜拉了衣襟的男子就站在她面前，距离只隔了半米不到的样子。她急忙松手退后几步：“对不起！我不是故意的！”

男子淡淡地抬起眼帘，恍若琉璃的双瞳让尹甜菜整个人都呆在了那里。

真漂亮……就好像一个精美的陶瓷，上面缀了两颗钻石一般。为什么中山国的王宫里每个人都有这么强大的美貌？尹甜菜大脑飞快旋转着，那个男子并没有因为她的鲁莽而恼怒，只是俯下身，伸出修长的手指拈起落于地面的一颗灰黑糙石。

“这是你掉的石头吗？那个……没有打破吧？”尹甜菜傻傻地站在那里不知道说什么，她把视线拉上来看到男子发后的玉簪。咦？好像和夔龙黄玉佩的颜色有些相似。

男子收起手，糙石就落在了掌心：“它是璞玉。”

轻轻柔柔的一句话就好像清茶泛起的涟漪，尹甜菜猛地抬起头望着面前这个男子：“你说它是什么？璞玉？！这块石头里面裹着真正的玉吗？！”

男子淡淡地点头，然后摘下了发后的玉簪：“便是这种黄玉。”

黄玉，黄玉！找到了！尹甜菜眼睛猛地亮了起来，她忽然伸手握住了那颗糙石，连同男子的手掌一起："你叫什么名字？！"

"司马喜。"男子微微怔了怔，他垂下头将视线落在手掌上，滚烫而炙热，这是她那双手传递过来的温度。

司马喜？！中山王最宠信的相邦司马喜？！

尹甜菜脑海里闪过上课时听到的那句话："司马喜擅弄政权，善搞阴谋诡计"，而面前这个如玉一般温润的男子居然就是历史上所记载的司马喜？相差也太远了吧？！

"你手里的璞玉，今后会卖给什么人？"她此刻并没有想到制作夔龙黄玉佩的工匠就是司马喜，她以为他只是拥有黄玉原料，以后没准会把它送人或者卖掉。

司马喜并不作任何回答，淡淡看她一眼，收回了自己的手。

在他转身离开时尹甜菜还站在原地："哎，你告诉我啊，你手里的璞玉会卖给什么人啊？真是的，只是问问，有什么不好说的。"什么人嘛！这么小气！

"会送予最重要的人……"一片美丽的绿荫下，传过来的是司马喜轻轻淡淡的声音。仿佛穿透了漫长千年的幽径，一路清雅，一路纷繁。

紫气缭绕的浴池，朦胧的雾气，柔和的红纱，一个身材姣美的女子半挽着如丝长发横躺在岸边，纤纤玉手拨弄着池中的水。身旁一个宫女轻轻将花瓣撒入其中，周围顿时笼起一股淡淡香气。

"你说……大王这几日怎的如此忙碌，都不曾来看我。"女子懒懒地呵出一句话，身边撒着花瓣的宫女忽然手臂一僵，然后跪在那里不敢吱声。

拨弄着池水的玉手停了下来，女子勾起嘴角："怎么了？有什么话便说罢，是不是大王又去看望其他娘娘了？"

宫女跪在那里浑身哆嗦着，她手里握着的花篮几乎都要掉了下来："回，回娘娘的话……大王这几日都在阴姬娘娘的宫殿。"

"哗啦"一声，女子一掌打在池面上，皱紧眉头冷冷地站起身，脸色阴沉得仿佛要冻结了一般："阴姬，又是阴姬。她可真喜欢跟我作对！仗着自己是和大王一块长大的就耀武扬威吗？哼，我绝不会让你好过！"

此时，尹甜菜的宫殿里，中山国的统治者中山王正端坐在玉榻上批阅着今日刚送上来的奏折。也不知从哪天起，他待在这里的时间越来越长，甚至批阅奏折这等大事都在此进行，害得许多大臣都抱怨纷纷。

其实尹甜菜自己也很烦，自从知道司马喜手里的璞玉就是夔龙黄玉佩的原材料之后，她每天都绞尽脑汁寻找各种时机想要接近他，现在大王大部分时间都待在自己宫中，令她处处行动不便，没有任何可趁之机。

"千阴，你怎么了？"批阅着奏折的少年见尹甜菜心神不宁，放下笔询问道。

尹甜菜尴尬地抓了抓后脑勺："没什么，只是见大王为了中山国如此操劳实在是太辛苦了。"这一点她其实没有说错，小小年纪就要每天批改奏折，就好像她从幼儿园就开始做作业一样，太惨了。

少年淡淡一笑："这是身为君王应该做的，而且留在这深宫中每日能够看到的新奇之事，也只有奏折里才有了。"

"还有什么新奇事？"尹甜菜愣了愣。

少年拿起其中一本："其实也不算是新奇之事，只是可以知道一些宫外的事情罢了。譬如说这份上写着，赵王后日来中山国，并且带上赵国的一些绸缎和茶叶，还有各种工艺之物。你若喜欢，可从中挑选几件中意的，送予你。"

尹甜菜觉得赵王这两个字挺耳熟的，好像上课时历史老头讲过，但是详细情况记不得了，也便没有在意："跟工艺品比起来，我更喜欢吃的，大王你若是多送我一些糕点，我会更高兴的。"

"千阴，我觉得你与以前大不同了。"听到她这样回答，少年略有诧异地看着她，但还是故作平静地吐出这句话。

尹甜菜差点没被吓死，立刻装傻："是吗？嘿嘿嘿嘿。"

四

两国相交，本是君王之间的大事，普通的后宫妃嫔是不允许去见的，赵王来到中山国后，江姬经过打听，定出一条可以除掉尹甜菜的妙计。

她将自己原本美丽的容貌掩盖起来，穿着宫女的服饰混入赵王休憩的宫殿。赵王本是好色之人，出使中山国也不忘带上自己的几个妃子，整日卧在榻上饮酒歌舞作乐。这日，趁给赵王沏茶，江姬装作很随意地念出一句：“陛下，您可知在我们中山国，哪个女人最美吗？”

赵王立刻来了兴致，问道：“哪一个？”

“是我们大王最宠信的阴姬娘娘，”江姬勾着嘴角笑吟吟地说，“您可不知道，阴姬娘娘就好像画里的人一样，只要见过的人无不为她倾心，陛下您若能够遇到她，一定也会喜欢她的。”

手里还攥着的荔枝缓缓放了下来，原本横卧在榻上的赵王已经坐起了身：“阴姬娘娘？可真是生得如此之美？”

“赵王陛下若是不信可以亲自去瞧瞧呀，娘娘每日都会去后花园里戏耍，您瞧见了不就知道奴婢有没有说谎了。”江姬知道他上钩了，脸上的笑容更加灿烂。

“好，寡人亲自去瞧瞧。”赵王立刻应了一句。

江姬的确把尹甜菜的作息时间都摸得很清楚，她不喜欢整日待在宫殿，加上又要监督司马喜手里的璞玉，所以每天下午都会去后花园里转转。司马喜似乎知道尹甜菜很在意他的璞玉，所以每日下午也会准时出现在那里，瞧在旁人眼里就像是事先约好一般。

这一天尹甜菜又坐在亭子中等司马喜出现，但是等来的不是他，却是赵王。

赵王是头一次见到这样漂亮的女子，柳叶儿般的眉，碧蓝色的眼瞳，嫩薄的唇瓣，还有脸上纯真烂漫的笑，果真是像从画里走出来的仙子一样漂亮。他当时就情不自禁跨入亭子中想要跟她说话，但是身旁宫女一句“阴姬娘娘，大王催您回去”立刻制止了他所有的行动。她是中山王的嫔妃，而他是赵国的王，两个人的身份距离隔如一条长河。

尹甜菜不知道这个人到底怎么回事，进来想说话又僵硬在那里，便友善地冲着他笑了笑然后离开了亭子。便是这样的一笑，让赵王下定决心跟中山王讨要她。

当赵王千真万确在大殿上提出这个要求时，满朝文武都震惊了，尤其是司马喜，从来都淡定自若的他居然一下子抬起了头，怔怔地望着殿上的君王。

中山王脸色有些苍白，他不知道该如何应对，赵国国力强盛，若是拒绝必然得罪赵王，如若他们攻打进来中山国未必抵挡得住。但是阴姬是他从小青梅竹马一起长大的最亲近的人，绝对不能将她作为物品送予赵王。

一时间，整个大殿都沉默下来，大臣们考虑着得失，赵王等候着答案，中山王想着如何应对，而司马喜，平静的眼瞳里微微闪过一丝黯淡的光泽，长袖下的手已经握紧。

情急之下，中山王以身体突发不适为借口，给司马喜使了个眼色，二人一前一后离开大殿。

“现在可怎么是好……千阴是绝对不可以去赵国的。”一进书房，中山王便焦急地询问跟进来的司马喜，他是他的相邦，所有疑难问题他都会在第一时间找他。

司马喜脸上看不出任何表情，沉思片刻后，他稳稳开口道：“大王可以寻其他相貌美丽的女子送予赵王，让他打消对阴姬娘娘的念头。”

中山王皱了皱眉：“再美的女子也不可能比得上千阴，他定是瞧见她的容貌了。”

“大王，我这里还有一计，您若同意了，阴姬娘娘一定可以保住。”司马喜微微抬起头，“大王马上立阴姬娘娘为后。一旦她成为王后，地位便不一样了，没有一个人敢动她，现在赵王之所以还敢同您讨要阴姬娘娘，一定只把她当做普通的姬妃而已。”

中山王脸上一喜：“对，只要立千阴为后，就没有人可以从我身边带走她了！”

这个决定在第二天就颁布下来，当尹甜菜接到圣旨时，她还一脸茫然，怎么突然的就成了王后？宫殿里的宫女倒是很高兴，娘娘成为王后，她们地位也便高了一层。但是远在陌花宫的江姬却高兴不起来了，她原本是想要耍点小计谋将阴姬赶出中山国的，却没有料到反而帮了她一把，让她坐上了王后之位！这可真是越想越气人。

尹甜菜一夜之间成了中山国的王后，赵王心里虽然不悦，却找不出任何理由反驳，自然也不能再提讨要之事，几天后便找了个借口，快快不乐地回国了。

五

江姬的计谋再次落空，整日郁郁寡欢。尹甜菜成了王后，地位要比她高出许多，礼节上她是绝对不能再冲撞她了，她只好将满腹怒气发泄到花草器物上，整日把自己锁在宫中乱砸东西，发脾气。

对于自己被立王后一事，尹甜菜对江姬多少是有一些歉疚的，她本无心争宠，但事到如今也无法推脱，几次差了宫女去陌花宫探视，都被江姬赶了出来。

后来几日接连下雨，有传言说看到陌花宫有紫青色的雷电劈下来，尹甜菜正暗自担忧，但前去探望的宫女们回来说，江姬忽然像是变了一个人似的，重新出现在花园里，原本妖娆的红衣换了颜色，脸上的脂粉也清淡了许多，头上插满的金钗银钗也几乎都卸了下去，只留下一支固定着发髻。她时常弄出一些小玩意儿在花园里戏耍，周围很多宫女都被吸引了过去。偶尔一次中山王在园子里碰见她，也被她手里的小玩意儿吸引了，然后去了她的陌花宫。

尹甜菜并不介意这个，她巴不得中山王离自己越远越好，这样就有更多机会去监督司马喜。不过最近几日，司马喜却迟迟不出现，或者说自从上次赵王事件之后，就一直没有碰见他，询问宫女，宫女也不知道发生了什么事情，只道时常看到司马喜大人手上缠绕着纱布。

这样一来她都没有办法知道那块璞玉的下落了，虽然司马喜曾经说过只把它送给最重要的人，但是他最重要的人是谁呢？中山王吗？那块夔龙黄玉佩该不会是之后中山王派工匠雕琢的吧？或者是司马喜的亲人？哎，那样的话连璞玉去哪里都不知道了。

越想越着急，尹甜菜不断询问身边的宫女有关司马喜的事情，如果不是顾及中山王王后的身份，她恐怕早就奔到司马府去看一看了。

不过，对尹甜菜来说关注司马喜只是为了盯紧那块璞玉，但在旁人眼里就不一样了，身为王后却总是打听大王以外的男人，而且还经常在后花园里等待，这不是代表两人关系匪浅么？

宫内的风言风语越来越多，再加上这几日中山王在江姬那里听到很多事，譬如说阴姬经常在后花园里和司马喜相会之类的话，原本对尹甜菜深信不疑的中山王也渐渐动摇了，他虽然没有表现出太大的动怒，但是明显对尹甜菜的态度越来越冷淡。

这一天中山王又去了江姬的陌花宫，批阅奏折时江姬故意随口说了一句："大王，您可知道司马喜大人手里时常握着一块璞玉？"

"怎么，你喜欢吗？"中山王反问道。

江姬立刻笑盈盈地回答道："臣妾哪里会喜欢那样的东西，不过我倒是听说这几日司马喜大人手里总是缠着纱布，莫不是在雕琢那块璞玉？也许是送给什么重要的人作为定情信物也不一定呢。"

此话一出，中山王一下子站起了身，眼睛眯起来道："定情信物？"

"是的，大王。也不知道会送予谁，不会是王后娘娘吧？哎呀，瞧我这张嘴，真是乱说。"江姬佯装说错话一样轻轻拍打自己的嘴，"那可是我们的王后娘娘，怎么会接受司马喜大人的东西呢？"

听得这样说，中山王更加气了，立刻甩袖前往阴姬宫殿寻找尹甜菜。在他背后，江姬微微勾起嘴角，得意地坐到铜镜前端详着镜中的俊脸，声音轻盈得仿佛从亘古的时空穿越而来："银岚……你想集齐铜戒的宝石吗？恐怕没那么容易吧！"

绒白的花恍若碎蝶般拂过湖面，尹甜菜半支着手臂坐在湖边的亭台里出神，这几日司马喜还是没有出现，许是家中有什么事，又许是因为别的原因。

找寻而来的中山王还没跨上台阶，听得她自言自语念出一句："司马喜这几日到底怎么了，莫不是失踪了？都不来花园走走。"

天知道她这句话完全只是想要知道璞玉的情况，听在中山王耳朵里却如针扎般刺耳，他几步上前一把拉起尹甜菜："你……"

"大王？"尹甜菜只是愣了一下，她并不觉得自己之前说的话有什么不妥，反而绽开笑颜看着他，"您奏折都批完了吗？偶尔来花园走走也不错，不要太过操劳了，会生病的。"

"我看你是巴不得我生病吧！"中山王手臂一甩将她重重摔到地上。

尹甜菜手掌被擦出了血，她仰起头看着怒气冲冲的少年，第一次意识到站在面前的这个人是整个中山国的统治者，是君王！

但是她现在真的觉得一头雾水，怎么好端端的忽然就发起火来了：“大王，您怎么了？”

“我怎么了？你应该问问你自己做了什么？！背着我和司马喜来往是吗？现在还在花园里等他？！千阴，你是不是喜欢他？你是不是喜欢他了？！”中山王胸口起伏得厉害，他努力压抑着怒气，“你不打算承认吗？他都已经为你雕琢那块璞玉了！呵，他要送你做定情信物吧？！回答我啊！”

他在雕琢那块璞玉？！原来他自己就是雕琢夔龙黄玉佩的工匠！

尹甜菜僵硬在那里，中山王见她并不辩驳，立刻脸色铁青起来，重重一拂袖：“我现在就去处死他！”

“大王，大王！大王不要杀他！大王不要杀他！”听到中山王的话，尹甜菜一个激灵反应了过来。现在司马喜在雕琢夔龙黄玉佩，如果他死了，那么玉佩不就雕琢不成功了吗？！

中山王并没有理睬她，直接走出花园，摆驾出宫前往司马府。

尹甜菜从地上爬起来，不顾宫女的阻拦拼命追了上去，却没有料到在半路上遇到了江姬。她坐在一叠石墙上，白色的衣衫好像飞扬在空中的云彩，优雅而素丽，勾起嘴角的神态总让她觉得像一个人，但是到底是谁却一点也想不起来。

“尹甜菜。”原本她并不想理睬她，但是江姬开口喊出的名字却让她一下子呆滞在了那里。

她怎么会知道她真实的名字？！

石墙上的人儿已经轻轻跳了下来，好像是会飞一样翩翩然站到尹甜菜面前，白皙的手指拉住她的衣襟：“你再不去……司马喜可是会死哦。”

对了，司马喜！现在最重要的是任务！

拂开她的手，尹甜菜调转头朝着宫外的方向跑去，中山王的马车早就离开了，她只能跌跌撞撞地跟在后面，一路跑一路喊：“大王，求求你不要杀司马喜！大王……”

不知跑了多久，鞋子早已磨破渗血、浑身上下湿透的她终于赶到了司马府，来不及喘气，她直接冲了进去。院子里，司马喜已经被押出来按在地上，中山王手里的佩剑正架在他的脖颈处。

“大王不要杀他！”尹甜菜吓得几步跑上前一把握住剑刃，鲜血顺着指缝流出来，刺痛了中山王的眼睛：“千阴，你……”

“大王，我愿意用我的性命换他的性命！请您不要杀他！”她这一句话让周围所有人都震住了。特别是中山王，他握着剑柄的手都有一些颤抖起来：“千阴，你知道你在说什么吗？！”

尹甜菜握着剑刃的手紧了紧：“我知道。请大王饶恕他的罪，我愿意代他死。但是我有一个请求，希望可以等他雕琢完璞玉。”

中山王怔怔地站在那里，半晌，抽回剑插入鞘：“好吧。如你所愿。”

此时，整个府邸都变得寂静起来，只有司马喜雕琢玉佩的声音，叮叮咚咚，如流入水潭的清泉。尹甜菜的脸上很平静，因为璞玉已经雕琢好了大半部分，只有细节还在修饰，果然是夔龙黄玉佩！

雕琢过程一直持续到明月升起，司马喜终于放下了手里的工具。

“好了吗？”尹甜菜轻声问出一句，只见他从地面缓缓站了起来，然后恭敬地将玉佩呈到了她的手里。

抚摸着上面细细的纹路，她几乎要热泪盈眶了，夔龙黄玉佩……夔龙黄玉佩终于雕琢成功了！

“大王，”呈上玉佩之后的司马喜不知道什么时候已经跪在了中山王面前，他俯下头磕在冰冷的地面上，“一切与王后娘娘无关。是臣暗自倾心于王后娘娘，所有责任臣愿意一并承担。”

他话音刚落，猛地一伸手握住中山王的佩剑，以迅雷不及掩耳之势划过自己的脖颈。当鲜血一滴一滴落在白色的衣襟上时，那透明若翼的唇瓣竟然浮起了一丝淡淡的微笑，犹如当初站在亭子之中，优雅而庄重。

这是一个似水若墨般的男子，纵然是死，亦如此。

手中的夔龙黄玉佩不知道什么时候变得沉重了起来，尹甜菜感觉到身上的意识已经开始抽空了，她勉强伸出手对着中山王喊道：“大王！大王……”

中山王转过了头，他看到尹甜菜手里握着的玉佩，微微犹豫便伸手接过了它。

在这一刹那，尹甜菜已经从这个时代离去，柔软的身体一下子倒在了地面，沾染了满地的殷红……

第三章

蝴蝶银花钗

一

窗外的梧桐还是翠绿色的，斑驳的光线穿透层层叠叠的叶子照射在桌面上，好像皮影戏的布景一般。尹甜菜托着下巴看着窗外的天空，另一只戴着铜戒的手不停地转着笔。那银灰的光芒一道一道闪烁在衣领处，明晃晃的，恍若一只翩翩飞舞的蝴蝶。

铜戒上的两颗宝石漾着一缕一缕的光圈，中间浮现着隐隐约约的咒文。曾经尹甜菜询问过银岚，他说这是宝石的寓意，红色那颗是慈爱，代表了仁慈、温柔善良之心。另一颗刚刚取得的是坚持，它代表着希望，面对逆境永不放弃。

代表慈爱和坚持的宝石，这听起来就像童话故事里王子为了拯救公主而取得拥有力量的宝剑一般美好。不过可惜她不是王子，因为她没有要拯救的对象。现在第二颗宝石也已经到手，只要把剩下的五颗都集齐，她就可以完成任务，摆脱银岚的束缚了。

其实她并不喜欢这种常常需要穿越的生活，也不喜欢每天记背那些枯燥的历史知识，自从遇到银岚，进了魂穿古代事务所之后，她几乎每天都在背历史，再这样背下去，自己差不多就成了百科全书吧？

“甜菜，甜菜……喂，老师喊你呢。”正当她神游着，同桌突然捅了捅她的手臂，尹甜菜猛得抬起头唰啦一下站起来：“在！”

握着粉笔的数学老师脸色很阴沉：“尹甜菜，我上的课真的有那么枯燥？让你宁可对着窗外的树叶发呆也不愿看黑板一眼吗？！放学后来我办公室一趟！”

尹甜菜顿时满脸发热：“是。”

又一次被老师点名扣留，尹甜菜一整天都垂头丧气的。最后一节课结束，她磨磨蹭蹭地收拾了一下书桌，然后拖着沉重的脚步走向数学老师办公室。

门“咔嚓”一声打开，她连喊报告的力气都没有，直接迈开脚步跨了进去。当看清里面场景的刹那，她整个人都呆住了。那是一个黄昏，放学的铃声还在窗外响着，一个穿白色衬衣、戴黑框眼镜的少年正站在玻璃窗前，垂着头，优雅地整理着桌面上的文件，如同一幅画一样。当然，除去另一边脸色阴暗的数学老师。

“尹甜菜，今天我在课堂上讲的东西你都懂了吗？”见她进来，数学老师站起身从旁边的一堆文件夹中取出一叠试卷，“这一学期每次小考，你的成绩都不理想，再这样下去，你会把我们班的成绩拖垮。”

尹甜菜嘴角扯了扯，想要辩解，但是忍住了。

见她还算乖巧，数学老师阴沉的脸稍微缓和了一些：“以后让晓泊辅导你，他是3班的数学课代表，成绩非常不错。你要多向他请教、学习，每天做一张课外练习卷交给他批改。晓泊，如果尹甜菜做错了，你就好好指导指导她。”

站在玻璃窗前的少年转过了头，他纤细的手还握着一叠文件，脸上的笑容淡淡雅雅：“好。”

二

窗外昏黄的夕阳已经快要沉下去了，办公室里，尹甜菜握着笔对着试卷发呆。数学老师早就回去了，只留下她和传说中成绩非常不错的美少年晓泊。本来这试卷是带回家去做，第二天才拿回来给晓泊批改的，但今天数学老师为了惩罚她，坚决让她留下来做完再走，于是就出现了这样一幅情景——尹甜菜趴在书桌上嗷嗷直叫，美少年风轻云淡地坐在对面默默不语。

她已经绞尽脑汁地做了三题，下面的实在看不懂，卷子上的数字飘来飘去，比苍蝇还要烦人。那个叫晓泊的同学也真厉害，居然陪着她坐了那么久，貌似一定要等到她把卷子全部做完才肯走。

"咕噜"一声，肚子叫出了声，尹甜菜尴尬地抬起头："那个……晓泊同学，要不我回家去做明天拿给你吧，反正老师也不知道。"

晓泊并不直接回答，只是淡淡看了她一眼："你饿了吗？"

尹甜菜拼命点头。

他笑了笑："那回去吧，明天早点给我。"

如释重负地松了一下肩膀，尹甜菜非常激动地看着晓泊想要说声"谢谢"，眼睛一瞥，却瞧见他白色衬衣领下好像有紫青的伤痕，虽然并不是很明显，但因为是环绕着脖颈的，看上去很突兀……这是什么痕迹？被人掐过了吗？尹甜菜很好奇，但终于没敢问出口。

两人回家的路有一段是相同的，他们收拾好东西关上门窗，并肩走出学校。此时天色渐渐暗了下来，走到十字路口拐角，一个穿纯黑T恤的男生急匆匆迎面走来，差点与尹甜菜撞到一起，尹甜菜忍不住回头看了一眼，那男生身材颀长挺拔，看起来足有一米八以上。就像是背后长了一双眼睛，知道有人在看自己，那男生优雅地转身，嘴角微微上扬，一双漂亮的眼眸熠熠闪光地直视尹甜菜。好奇异的男生！他的身上，仿佛散发着一股让人说不清的魅惑气息，让人瞬间恍惚。

尹甜菜不禁喃喃出声："他……"

"他是千以亦，与我同班。是我们学校成绩最好的一个人，你们女生应该都认识他。据说，他被你们称为王子。”站在她旁边的晓泊云淡风轻地说了这样一句，然后继续往前走。

尹甜菜抓了抓后脑勺：“我倒是不认识他，只是觉得好眼熟，在哪里见过。”

晓泊脚步一顿，白皙的脸上忽然绽开一丝不易觉察的微笑。不过他并没有接腔，只催促道：“时间不早了，我们快些走吧。”

很快到了下一个十字路口，两人互相道别，各自朝着家的方向走去。

此时，天色已经黑透，暮色苍穹，一弯盈月升起，掩在淡薄的云层之间，穿黑T恤的少年倚靠在十字路口的路灯旁，闭上眼睛，周围旋转起一股暗黑色的风。一只荧绿蝴蝶颤动着翅膀从路边的草丛里飞出来，触及到旋转的暗风时整个身子不自觉地摇曳着，挣扎几下就掉落到地面上。

少年扬起嘴角，抬起脚重重地踩在蝴蝶身上，一刹那间，美丽便灰飞烟灭：“呵，这可不是你应该停留的地方。”

清晨，悦耳的鸟鸣声响起，尹甜菜背着书包慢悠悠走在上学路上，经过一个巷子时她停了下来，转身钻进去。这是她和银岚第一次相遇的地方，也是她最憎恨的地方——魂穿古代事务所。

事务所大门紧闭，看样子银岚还没起床，尹甜菜低头看看手上的戒指，一咬牙开始擂门：“银岚快开门！赶紧告诉我下一个任务吧，我的铜戒都快发霉了！这么又俗又难看的戒指竟然还让我戴这么多天！呜呜呜呜我要被同学笑话死了……”

银岚有些不悦地开门，见是尹甜菜，长袖一拂，不冷不热地说道：“没有客人，便没有任务。”

“你的意思是如果一辈子没客人，这玩意儿我就要戴一辈子？”尹甜菜绝望道。

银岚眉眼一动：“就是这个意思。”

尹甜菜嘴角抽搐了两下，悲怆地拎上书包赶去学校。

昨天那张试卷她是连夜做好的，虽然可能漏洞百出，但是总算完成了。

晓泊的教室在楼上，尹甜菜提着试卷上去找他，还没到门口就老远挥舞着卷子："晓泊，晓泊，快点批改完，要不然老师知道我昨天偷懒一定又得惩罚我了。"

晓泊听到声音转过头，从座位上站起来。尹甜菜小心翼翼地站在门外，伸着手想把卷子递给他，这时，一个身影忽然挡在她面前，抬起头，一双漂亮的眼睛落入视线。是昨晚在十字路口遇到的男孩，那个优雅如黑猫的男孩！

人还傻站在那里，对方白皙的手指已经伸过来拉住她的衣襟，紧接着，懒散的声音幽幽响起："尹甜菜……你，还记得我么。"

几乎是晴天霹雳！

尹甜菜一下子瞪大双眼，像是看到鬼一样瞪着他，手悬在半空哆嗦："你，你……你是……"江姬？！这个人是江姬？！她莫非也穿越千年来到了现代？而且还变成了一个男的？

"呵。"拉住衣襟的手已经松了开去，少年没有多说什么，勾着嘴角跨出了教室门。

呆站在那里的尹甜菜嘴巴张得老大，天啊，当初在中山国遇到这个人的时候，他还是江姬，好像……他也拥有这样的本事，能够附在别人身上。如果真是这样的话，她一定要把这个事情告诉银岚才行，不知道他是敌还是友？

"卷子给我。"还在发着呆，忽然耳后传来淡淡的一声，是晓泊。

视线不自觉地盯到他的脖颈上，那一圈紫青已经更加明显了，她咬了咬下唇憋了半天，终于忍不住问道："那是什么？"

她是指着手问的，可是方向似乎有一些偏低，晓泊垂下头看到衣领上别着的银白蝴蝶，笑了笑，轻巧地取下来："你说这个吗？它是蝴蝶银花钗，祖母过世后转到母亲手里，后来交给了我。"

尹甜菜一直以为这是一个胸针，现在才看清楚，原来是一支钗子，只是被插在衣领上，她看不出来罢了。

蝴蝶银花钗，莫非也是一个古董？

三

暗黄色的光线从一块残破的匾额下照射过来，斜斜地投影在透明的橱窗上，银岚修长的身子伫立在魂穿古代事务所门外。过了许久，一个艰难的身影从远处挪过来，隔着老远就挥手："哎，我又来晚了。"

银岚一声不响地走回店里，尹甜菜急忙追进去："银岚，你可别生气，最近我们数学老师抽风了，整天都找我麻烦，而且还派了一个课代表逼我做卷子。"

她放下书包蹦过去，还没有走到银岚面前，一叠厚重的资料就压到了脑袋上："这次的任务。"

"啊？任务又来了……这次又是去哪个朝代？"尹甜菜嘟囔着拿过资料看了一眼，"明太祖朱元璋？"

"这次不去任何地方，你留在现世消除明代古物上的戾气。"银岚唇瓣轻启，他侧了一下身，修长的手指拂到半空中，一片绿白的叶子便落入掌心，然后微微收紧，眼眸深不见底。

一听到不用去那些危险的时代，尹甜菜高兴得整颗心都飞了起来，白天在学校里遇到的那个"江姬"早已飞到九霄云外，她全心全意地准备投入到这次的任务里："那个古物呢？要不要拿出来去庙里供奉着，等过个一年半载，上面的戾气自然被熏陶得心平气和了。"

银岚微微瞪了她一眼，从身后取出一卷画。上面是一个样貌非常清秀的女子，如云的青丝盘在一侧，发间插着几支珠钗，其中一支格外漂亮，是蝴蝶样式的，银白光亮。

银岚手一指："便是它。"

尹甜菜误解为要消除的是这卷画上的戾气，左右翻看了一下，嘟囔道："好像也没有什么不正常的啊？"

银岚不理她，交代她好好研究那叠资料，转身去了里屋。

尹甜菜缩到太师椅上一张张翻看资料，上面记述着的是大明王朝的历史，让她印象最深刻的，就是朝天女。

“掖廷供奉已多年，恩泽常忧雨露偏。龙驭上宾初进爵，可怜女户尽朝天。”这首词写的就是朝天女，她们是陪同死者葬入墓穴以保证死者亡魂冥福的宫人。而画卷上的那个女子，就是明太祖朱元璋的陪葬宫人。看来这次的怨恨是在这朝天女身上了。

其实中国古代帝王陵墓制度里，最残忍的就是陪葬。资料上有几张北京定陵发掘时的图片，里面白骨累累，各种姿势的都有，现场的果盘、金银珠宝被扔得一塌糊涂。

可以想象，当时，皇帝入葬后，宫人手端着果盘、珍珠、玛瑙以及金银珠宝进入陵墓中，后来陵寝的门开始封闭，里面的宫人便慌乱起来，挣扎嘶吼，四处跑动，最后活活闷死在古墓内。

看完资料，尹甜菜重新拿起画卷细细打量，上面的女子保持着微笑的姿态，盈盈仿若一股清泉。恍惚间好像发上的蝴蝶钗一动，尹甜菜揉揉眼睛，确定自己是用脑过度老眼昏花了。

“银岚，这卷画我先拿回家去研究，最近作业好多，我不能一直留在这里，店就麻烦你照顾啦。”她对着里屋喊了一声，将画粗鲁地塞进了书包里。

银岚一句话没说，似乎是默认了她这样的行为。于是尹甜菜就带着这一卷画往家的方向走，打算好好对着它促膝长谈一番，势必要消除它身上的戾气。

走到上次的十字路口，她竟然看到晓泊走在前面，等等，好像学校早就放学了吧？晓泊怎么这么晚了还在路上逗留？尹甜菜想要上前打个招呼，晓泊却突然扶着路灯缓缓蹲到地上，脸色苍白，于是她立刻冲过去一把抓住他的肩膀：“喂，你没事吧？”

这一声喊让晓泊的脸色好了很多，他深深呼吸了几下转过头：“没关系，让你担心了。”

“你怎么了，刚才好像很难受的样子。”尹甜菜担心地望着晓泊，晓泊却轻轻巧巧地把话题带开，似乎并不愿提这个：“天色这么晚，你还没回家吗？去做什么了？”

“没，没什么啊，”尹甜菜尴尬地把视线转到其他地方，“我就喜欢到处乱转。好了不说这个，我先送你回家吧，等会儿你又身体不舒服了。”

“嗯。”晓泊应了一句，忽然觉得胸口暖暖的，像有阳光照射进里面一样。

两人行走在斜斜的黄昏下，尹甜菜并没有注意，身边少年那白皙的脖颈上，映出的紫青更加深了一分。

将晓泊送到家时，尹甜菜才知道原来他住在一幢豪华别墅里，灰白色的围墙内铺满了郁郁葱葱的草坪，中间弯曲的路道是石子拼成的，敞开的大门上雕刻着精美的印纹，就连那普普通通的一根门柱都建造得非常精致。这些房子豪华得就像英国贵族居住的城堡一样，尹甜菜顿时肃然起敬，果然是人不可貌相，海水不可斗量，有钱！

晓泊很友好地邀请还在发怔的尹甜菜进去坐坐，她慌忙摇头：“不去了，我还有很多作业呢。”

于是两人挥手道别，在擦肩而过的瞬间，尹甜菜仰起头，恍惚间看到一个穿着翡翠色单衣的女子站立在晓泊身后，她衣襟上绣着的是黑白的蝴蝶花，青丝盘在一侧，脸上带着盈盈的笑，温婉柔和。

她……是画上的那个女子？！

尹甜菜迈开的脚步一下子停住了，她飞快地伸出手想要拉住她，指间相碰，冰冰凉凉好像清泉一般。定了定神，却发现原来是少年的手躺在自己指间，泛着淡淡雅雅的红。囧！居然拉错人了！

连忙松开手，四处寻找刚才的女子，却发现她早已经消失了，只留下面红如殷的少年还站在面前。

尹甜菜非常尴尬，抓抓脑袋一个劲傻笑：“我刚才，看到你手上有一只蚊子。”

少年撇过头去，声细如竹：“嗯。”

两人再次道别，尹甜菜边走边打开手里的画卷仔细研究。刚才看到的那个女子，的确就是画上的，难道她的怨恨又出现了？自己这样冒冒失失地把她带回家，不会有什么问题吧？

天色已经暗了下来，两侧的路灯次第亮起。尹甜菜刚要收起画卷，忽然几丝浓黑的发线从耳侧拂起，她转过头，熟悉的宝石般的眼睛落入视线，穿纯黑色T恤优雅如猫的少年，轻启薄如蝉翼的双唇，脸上的笑容恣肆盛开，妖娆如午夜的蔷薇："尹甜菜……"

"哇，又是你。"尹甜菜自然是被吓了一跳，她警惕地看着他，"当初在中山国的时候，是不是你附在江姬身上的？你……也可以穿越时空吗？"

修长的手指伸到她面前，距离只有几公分，尹甜菜吓得不敢动，生怕他突然使出妖术来对付她。一股淡淡的残花香扑进鼻孔，少年折起她发间的一片叶子收了回去："看，它一直跟着你，注视着你的一切。"

少年微微握紧手指，那片叶子瞬间化作蓝白色的烟雾消散在空中，尹甜菜还没有反应过来，少年已经走远了，好像刚才伸过来的手，还有细柔的声音都是她的幻觉，只留下那颀长的身影一点一点消失在黑暗的夜空里。

摆放着古董的橱柜前，一身白衣的银岚缓缓眯起双眼，他仰起头看了一眼门外的樟树，上面飘落下来的叶子一圈一圈地散发着清雅的光芒。

那是和尹甜菜发间折起的叶子一样的形状，是银岚为了保护她而留在她身边的。

可是，却被那个少年轻而易举地捏碎了……

是想要阻止他收集宝石的力量吗？那可是……创世之初，滋润万物，哺育众生的力量啊。

四

有人说过，梦既是陈述又是预言。陈述过去和预言未来，它会揭露人的内心隐秘，将欲望和罪孽全部呈现出来。所以，很多人都惧怕梦，他们追逐着它想要知道未来是什么，却惧怕着它将过去的所有全部赤裸裸地揭露。

而尹甜菜的梦，是陈述过去？抑或是预言未来？

“甜菜，甜菜！尹甜菜！”突然一个声音在耳畔边重重响起，原本还趴在那里睡觉的尹甜菜一下子从座位上站起来，神志还没清醒的她张嘴就吼道：“老师我错了，老师我不该在上课时睡觉！”

坐在旁边的同学捂着嘴笑道：“你睡傻啦，现在都已经放学了。”

尹甜菜愣了愣：“放学了？”

“是啊，我本来不想叫你，但是怕你明天醒过来发现自己在教室睡了一夜。”同学一边说着一边收拾书包。尹甜菜迷迷糊糊地揉着脑袋，她好像做了一个很奇怪的梦，在梦里有一个穿着汉服的男子站在河的对岸，她看不清他的容貌，只能听见他的话。那是悲伤的、痛彻心扉的梦呓般的声音：“你可否还记得……我的不安，我的痛楚，我的恐惧……以及，我的绝望……我是多么信任你，将所有的一切都告知于你，但是最后得来的却是背叛！永无止尽，将我拖入黑暗里的背叛！”

尹甜菜正神游着，忽然同学又说了一句话：“对了，数学老师让我通知你，你课后辅导的卷子做完直接交给他就行，不必交给三班的那个数学课代表了，他身体不好，昨天晚上住院了。” 她已经把书包收拾好了，刚背到背上要走，尹甜菜回过神来，一把拉住她的书包带子：“等等，你说晓泊进了医院？”

“是啊，数学老师这么通知我的，好像是在临德医院。我先走了，拜拜。”她挥了挥手从教室后门走了出去，尹甜菜还站在原地。

晓泊进医院了？他的身体怎么那么差啊。

伸手将书桌里的书一股脑地拎了出来塞进书包里，尹甜菜决定先去临德医院看看他，毕竟也算是一个朋友。

其实她很不喜欢医院的味道，浓浓的消毒药水，就好像自己是泡在福尔马林里的标本。特别是站在这种病房的走廊上，灯光特别昏暗，一脚踩下去还可以听到咯吱咯吱的声音。

刚才问了前台的护士，说晓泊在312病房。尹甜菜一间一间看着门牌数过去，刚走到病房门口就听见里面传来玻璃杯被打破的声音。

“晓泊？”她试探性地喊了一句，然后飞快推开门。

病房里的窗帘是拉上的，连灯都没有开。尹甜菜看到晓泊半支撑着身子倚靠在床头，左手紧紧地拉住脖颈上的一双手。

一双手？！

她整个人猛地惊醒！天啊，他的床边居然站着一个穿翡翠色单衣的女子，她的衣襟上绣着黑白的蝴蝶花，一头青丝盘在一侧，脸上带着温婉柔和的微笑。她的双手正掐在晓泊的脖颈上，半透明的身体穿过了纯白色的被褥！

“晓泊！”尹甜菜几乎是毫不犹豫地冲了上去，当她伸出的手马上就要抓住女子衣襟时，那女子竟然一下子消失了，只留下点点荧光还悬浮在半空中。

这到底是怎么回事？怎么会接二连三看到这个女子出现在晓泊身边？

“咳咳。”脖颈上的力量消失之后晓泊捂着胸口大声咳嗽着，尹甜菜将他扶起来，倒了一杯水：“晓泊，你刚才有没有看见……那个……女人。”

“没有。”晓泊回答得很快。

尹甜菜愣了一下，她都还没有说是什么样的女人，他就那么快一口否决了？就好像是在掩饰着什么似的。

犹豫片刻，尹甜菜觉得这件事情有些严重，于是再次开了口：“我刚才进来看到一个穿着翡翠色单衣的女人站在你身边，她的手……”

“我有些累了。”晓泊没有等尹甜菜说完就打断了她的话，他的声音听起来很低沉，苍白的脸上划过一丝疲倦。

尹甜菜知道再问下去也问不出个所以然，她起身将掉落到地面的床单捡起来拍了拍，重新盖到晓泊身上：“那你好好休息吧，我下次再来看你。”

晓泊合上了眼帘："嗯。"

推开门，尹甜菜提着书包离开了病房。

她并没有回家，而是去了魂穿古代事务所。这件事情实在太蹊跷了，她决定去问问银岚。那个总是出现在晓泊身边的女子，和画卷中的人一模一样，两者会不会有关联呢？银岚让她消除画卷上的戾气，可是她研究了很久都没有看出什么异常，莫不是……画卷上的戾气跑出来了？去了晓泊那里？！如果是这样的话，晓泊就危险了。

她越想越担心，好不容易赶到店里便立刻推开门进去："银岚，银岚！"

"什么事？"银岚从橱柜后面站起来，一头漂亮的银发散落在身后。尹甜菜几步跨到他面前站定："我看到晓泊身边有一个女人，和画卷上的一模一样。"

银岚的眉头一皱："那便是你要消除的戾气。"

"哎？可是……你不是说在画卷上面吗？难道它真的跑出来了？"尹甜菜愣了愣。银岚侧过身："不是画卷，而是画上的蝴蝶银花钗。因为寻不到实物，我便拿了画让你辨认。"

蝴蝶银花钗……是蝴蝶银花钗！

尹甜菜猛然醒悟，她想起晓泊曾经将胸前的那支钗子拿下来给她看，她可真是笨蛋啊，明明已经觉得那钗子很眼熟了，竟然一直没有反应过来。

银岚见她捶胸懊恼，便问道："你寻着那支钗了吗？"

"是啊，"尹甜菜把手中沉重的书包往柜上一丢，"在晓泊那里。我去把它取回来，书包你帮我看着。"

她刚要转身走出去，银岚却一下子伸手将她拉住："你要小心。"

"小心什么？"尹甜菜一头雾水，这个银岚可是从来都不会关心她的，今天怎么了？吃错药了？

眉宇微微皱起，他收回了手，显然不想多说："早些回来罢。"

五

尹甜菜急匆匆再次回到晓泊病房，却发现晓泊已经不在里面了。敞开的窗帘还随着微风拂动着，外面的天空碧蓝碧蓝，仿佛要灼伤人的眼睛。

尹甜菜冲到值班护士处询问，漂亮的护士小姐翻看了一下记录文档，微笑着回答道："312病房的病人刚才和他的朋友出去了。"

尹甜菜一愣："他的朋友？"

"是一个穿着黑色T恤的男孩，他留下了一样东西，说等一会儿如果有人来问，便让我把这个东西交出去。"护士小姐从柜台下取出了一个褐色纸包，尹甜菜打开，里面竟然是蝴蝶银花钗！

这是谁留下的？穿着黑色T恤……是千以亦！她一下子清醒过来，连带着纸包将蝴蝶银花钗一股脑地塞进口袋追了出去。跑到医院门口时却发现自己根本不知道他们去了什么地方，焦急地站在原地不知道该如何是好，捏了捏口袋里的蝴蝶银花钗，心里犹豫着要不要先把它交给银岚看管，但是又担心被千以亦带走的晓泊，如果他要伤害他，那可怎么办？！

正犹豫着，一只翡翠色的半透明蝴蝶忽然从街对面的转角处飞过，尹甜菜一个激灵，想也没想就追了上去。

那只蝴蝶仿佛是带着奇妙的魔力一般，它在空中上上下下飞舞着，尾翼散落下点点晶亮的光芒，如同午夜悬浮的萤火虫。尹甜菜一直追着它跑，看着它飞过低矮的围墙，飞过开满玫瑰的灌木丛，飞过飘着炊烟的烟囱，最后停留在横卧着钢板的阶梯上……

是工地！当脚步停下来的时候，尹甜菜看到了竖立在正前方的黄色警示牌，几个大字很醒目：**此处施工，请绕行**。

她记得这是将要建成的商业楼，原本前几年这个地方还是一块墓地，旁边是破烂的菜市场，一些没有营业执照的农民会把家里种的菜全部担到这里卖。因为两边都是居民区，新的菜市场离得比较远，所以为了图方便，也有很多人在这里买菜。后来这块墓地被政府征用，拆除了盖造商业楼。

千以亦将晓泊带来了这种地方吗？

她仰起头望去，整幢大楼的骨架已经基本建成了，金属的钢条还裸露在外面，一层一层的阶梯上，摆放的都是钢板。

必须要上去找到晓泊！尹甜菜鼓足了勇气，终于推开缠绕着铁丝的栅栏，走进了工地里。

坐在生锈的钢条上，穿黑色T恤的少年双手插在口袋里，眼神空洞地仰望天空，在他身后的水泥地板上，蜷缩着晓泊单薄的身体，阳光透进他的衣襟，那里有因为掐伤而留下的红印。

忽然有一道阳光从狭窄的水泥缝里穿了过来，黑T恤少年站起身，看到了从栅栏外走进来的尹甜菜，不禁勾起了嘴角俯身贴近晓泊的耳垂："她来了……呵，我给了她蝴蝶银花钗，想看看她是选择先救你还是先完成任务。看来……她还是挺关心你的呢！"

"你答应过我，如果我跟你出来，你便不会伤她的，千以亦，你到底要做什么？"倚靠在水泥墙上的晓泊浑身无力，他微微颤动了一下睫毛，修长的手指缓缓拉住少年的衣角，"你可以冲着我来，不要伤害她……"

"我怎么会伤害她，她可是……我生生世世在寻找的人呢……"少年最后的一句话伴随着风一起渐渐消散到了空中，就好像变作了无数闪烁的星辰，一颗一颗悬浮着，落入风的轮回之中。

尹甜菜此时已经气喘吁吁地奔了上来，她看到躺在地面上的晓泊，吓得立刻扑了上去一把将他扶起："晓泊？！晓泊，喂喂！你没事吧？！"

晓泊睁开眼睛，看到满头都是汗的尹甜菜，心一下子收紧了："你来了……"身体无力地靠向了身后的墙壁，尹甜菜站起身想要将他拉起来，"哐啷"一声，口袋里的纸包掉了出来，蝴蝶银花钗滚落在地面。几乎是同一时间，晓泊和她都伸出了手，当指尖触碰到钗上翩翩欲飞的蝴蝶时，周围瞬间扬起一道光芒，透过眼瞳里斑驳的光影，一个远古的画面像画卷一样展现在尹甜菜面前，那是五百年前，朝天女殉葬的故事：

洪武三十一年（1398年），明太祖朱元璋驾崩。他的孙子朱允炆继位之后，遵照遗诏上的古制，凡没有生育过的后宫嫔妃，皆令殉葬，这些殉葬的妃嫔就叫朝天女。

当时陪葬的宫人里，有一个便是银花钗的主人——萝素。

那是在洪武二十七年（1394年），一个灼热的夏日，萝素和她的姐妹小芸一同被送入宫中，成为秀女。秀女是当时宫中最低的品级之一，连嫔妃都算不上。萝素是个容易满足的姑娘，在宫中，她和小芸情同手足，互相帮助，过得很幸福，她甚至将家传的蝴蝶银花钗送予小芸，全心全意将她当做自己的好姐妹。直到有一天，小芸在花园里遇到皇上，并且受了宠幸，然后节节攀升，摇身变成为贵人。萝素眼看着原本和自己一样平凡的好姐妹一夜间尽享荣华富贵，心中渐渐起了涟漪，尽管小芸依旧待她如亲姐妹，但是心中那嫉妒的雪球抑制不住地越滚越圆，越滚越大。

终于有一日，小芸告诉她，自己怀上了龙子。无论未来是公主还是皇子，她都会再次得到封赏，并且继续朝着更高更远的位置爬去。

满怀嫉妒之心的萝素便对小芸说，宫里嫔妃的斗争非常厉害，如果现在把怀有身孕的事情说出去，也许会被其他妃子们下毒手。天真的小芸相信了她的话，没有公布消息，默默地守护着肚子里的孩子。

一直到明太祖朱元璋驾崩，朝廷颁下遗诏，令所有没有生育过的后宫嫔妃殉葬，小芸才焦急了起来，央求萝素去同管事的太监说，她已经怀了龙子，而且已经八个月了。

但是萝素因为憎恨和嫉妒，把这件事情隐瞒了下来。后来两个人都被送入墓里，并且活活闷死了。

在那幅画卷上的女子，就是小芸。她戴着的蝴蝶银花钗，是她曾经最信任的好姐妹萝素送予她的。只是人的嫉妒心会增长，当两人之间原本的平衡被打破，憎恨和嫉妒便掩盖了原本温柔的心，最终导致犯下永远不可挽回的错误。

眼瞳里不断变换的画面缓缓消失了，尹甜菜怔在那里，她已经收回了手，指尖上触碰到蝴蝶银花钗的地方还有一阵丝丝凉凉的冰冷。

晓泊将它捡起来重新别到胸前，上面闪烁的光芒银白而耀眼：“其实有的时候，我可以看到她的悲伤。”

“你知道她要杀你？”尹甜菜震惊道。

“嗯。”晓泊点了点头，他之所以会跟着千以亦走，也是因为千以亦说可以帮助他释然前世的仇恨……

他不知道过去发生了什么事，也不知道为什么那个穿翡翠色单衣的女子总是跟在他的身边。但是他有一种淡淡柔柔的熟悉感，好像在几百年前，他与她便熟识了。

尹甜菜一把夺过他胸前的蝴蝶银花钗：“你别发神经了好不好，她可是要杀你啊，你还把这种东西带在身边，前几次要不是我出现，恐怕她早就得手了！好吧，反正我的任务就是消灭那支银花钗上的戾气，这次我就帮你把它毁掉！”

她举起手要把手里的钗子从工地上丢下去，就在这个时候忽然一只手从身后伸了过来，无声无息，一下子握住了她纤细的手腕：“女孩子，可不能这么粗鲁呢。”

肩膀剧烈一颤，她转过头，对上一张精致的脸，颀长的身体，黑色的T恤，优雅的笑容，一双漂亮的眼瞳微微闪烁着邪魅的光芒，是千以亦。

他拿过她手中的蝴蝶银花钗，嘴角弯起一道弧线：“你要毁掉它吗？还是我来帮你……从这里丢下去，它可没那么容易碎。”

“等，等等！”尹甜菜才喊出话，原本倚靠在墙壁上的晓泊已经站了起来，一把握住了蝴蝶银花钗的钗针……两个俊美的少年面对面站立着，手里握着一支精美的钗子，尹甜菜被夹在中间，仰着头看着他们两个。

晓泊有些站立不稳，但是他仍旧紧紧地握着它，不松开。

千以亦笑了，他说了和尹甜菜相同的话：“她可是要杀你呢，你还要把它留在身边吗？如果毁了这支钗子，她就会死，这样……你便永远安全了。”

“即使她真的杀了我，我也不会怨恨，那是我所亏欠她的！而且……我想让她幸福呵，不能一直困在这支钗子里，这样的话，太悲伤了。”明明是一个柔弱的女子，却要永生永世待在这支蝴蝶银花钗里。如果他的死可以让她得到解脱，如果他的死可以让她获得应有的幸福……那么，他愿意将自己的生命交予她，他愿意偿还前世欠下的债。

尹甜菜几乎是怔在了那里，她很难想象晓泊是以怎样的心情说出这些话。

原来曾经他对自己的掩饰，都是为了隐藏那支一直想夺取他性命的蝴蝶银花钗。

他明明知道……那个女子想要杀死他啊。

千以亦的眼睛缓缓眯了起来，他终于松开手，然后转过了身："有的时候，天真，会让你失去一切。"沿着没有建好的阶梯，他一步一步走下去，那空旷的声音好像从亘古的天际传来，却明明近在咫尺。

晓泊拿回钗子，然后重新将它别在胸前，漾起的微笑温润而柔和。

银钗上的蝴蝶双翼似乎微微一颤，然后有一道翡翠色的光芒从上面飞扬出来，一点一点升腾到空中……最终随风消散。

面对这样一个真诚且温柔的少年，无论在前世是多么的穷凶极恶，那个穿着翡翠色单衣的女子也下不了手了吧。毕竟……那是曾经情同手足的姐妹的转世啊。

尹甜菜伸手扶住了摇摇欲坠的晓泊，她知道蝴蝶银花钗上的戾气已经离去，只是发生了那么多的事情，晓泊现在恐怕需要好好休息一阵了。她搀扶着他走下阶梯，那左手佩戴的青铜戒指上面，恍然间多出了一颗深蓝色、深邃如海的宝石。

嫉妒也好，憎恨也罢，那些曾经一起度过的记忆仍旧封存在内心深处。也许它们会被暂时遗忘，抑或搁浅在心口的港湾，但是只要风一吹，它们就扬起了船帆，驶向大海。

那片大海，便是我们每一个人的心灵啊。

第四章

素纱禅衣

一

正是烟雨迷蒙的天气，车窗外一片昏暗，密密麻麻的细雨从天空落下来，让玻璃窗蒙上了一层雾气。对面街道上的一座摩天大厦内正热火朝天地播放着音乐，“轰轰轰”的声音很大，好似要把整片天空都给抖动下来。尹甜菜趴在车窗上看着，身边是饶有兴致的同学们。

今天是去博物馆参观的日子，只是不巧下了雨，这让尹甜菜的心情很不好，她向来最讨厌下雨天。

车子驶到博物馆门口，老师分了小组让同学们一批一批各自参观，尹甜菜是一点劲头都没有，她所在小组的组长是个平时特别喜欢打扮的女生，女生很激动地说道：“我们去丝绸馆吧，那里放着马王堆汉墓里挖掘出来的东西，听说有一件素纱禅衣，那可是薄如蝉翼、轻若烟雾的呀，非常漂亮！”

同组的几个男生都不愿意去，那个女生便半拖半拉地带着尹甜菜去了。

走进马王堆汉墓陈列丝绸馆，里面摆放着很多马王堆出土的珍贵丝绸。但是说到底这些东西都已经过去两千多年了，再怎么漂亮也保持不了原本的模样，从透明玻璃柜看下去，都已经显得有些陈旧和泛黄。

拖尹甜菜来的女生也有些失望，她抿着嘴巴看着那些泛黄的丝绸：“怎么会这么难看，我以为会很漂亮呢。”

“回去吧。”尹甜菜站得有些乏了，想去大厅坐一会儿，忽然女生又拉住了她的胳膊：“去那里，素纱禅衣在那里！”

女生拉着甜菜到了另外一个玻璃柜前，贴着脸往里面看去：“这么破啊，而且看上去好脏。不过好像是透明的。”

尹甜菜被她这么一说也起了好奇心，探过头看去。那件衣裳被平摊在一块白色展览板上，上面写着“素纱禅衣”四个字，底下有中英结合的介绍。不知道为何，看着这件衣裳，她总觉得有一种很熟悉的感觉，但是说不上来到底哪里熟悉了。

参观完之后他们便要离馆回学校去，在走出博物馆大门时，身后忽然有人拍了一下她肩膀，她回头正好瞥见一个黑色身影，就站立在馆内的橱柜边，是千以亦！

怎么会……千以亦他们班今天是不来博物馆参观的啊！他现在应该是在教室上课，为什么会出现在这里？！

尹甜菜来不及多想，急急忙忙返回身追了过去，跑到了刚才千以亦站着的地方，却瞧不见他的影子。抬起头四处张望，发现他站在另外一条过道上，连忙又追赶上去。也不知道跑了多少路，发现自己已经转不清方向了，待到停下来转回头，看到身边的玻璃柜里放置着那件半透明的素纱禅衣。

她原本想离开，但是视线却被这件衣裳吸引住了，再也移不开，恍惚中，好像它从柜子里走了出来，悬浮在空中翩翩起舞一样。

“喜欢么？”突然一个声音在耳后响起，尹甜菜被吓了一跳，连忙转过了身。千以亦就站在面前，他换了另外一件T恤，仍旧是黑色的，如同一片影子。

“你，你……”她口齿不清地瞪着他，身子不由自主地往后退去。

千以亦那张漂亮的脸上浮出奇异的笑容，然后靠了过来，伸手穿过透明的玻璃柜，将里头的衣裳拿了出来：“记得吗？它是皇上送给你的。”

皇上？什么皇上？他到底在说什么？！

身子更加往后挪去，只可惜撞到了玻璃柜上，退无可退了。千以亦把那件衣裳展开来，披到尹甜菜的身后：“你们不是想知道我是谁吗？这件衣裳会告诉你，我是谁。”

当他的手放开的刹那，周围的时间仿佛一下子停止了。尹甜菜听不见声音，看不见任何移动的东西，脑海里出现一片深蓝的天空，有一个女子穿着藏青色的衣裳，外面罩着透明的薄纱，正迎风翩翩起舞，好像踩在云端之上。

“让我送你去一个地方，看看你曾经对我的伤害，那是坠入冰窟般的绝望……” 千以亦一手环住了尹甜菜的腰，一手慢条斯理地悬到了空中。当手指点在她额间的一刹那，一片光芒在四周绽放开来，那件素纱禅衣好像失去了重力，悬浮在空中，犹若薄云。一直到光芒消失了，尹甜菜好似失去了灵魂，双手垂了下去。

他揽着她失去魂魄的身体跳到博物馆的屋顶端，看着那周围飞舞的树叶，脸上扬起了淡淡的笑。

此刻，魂穿古代事务所里，银岚正好接到了一个任务，就是关于素纱禅衣的。说是这件仅49克重的纱衣竟然会在午夜时分翩翩起舞，让工作人员恐惧万分，他们找到银岚寻求帮助。银岚施用法术寻找尹甜菜，竟然看到她被千以亦劫持！

周围的叶子旋转得厉害，银岚踩着风落到一棵杨树上，对面屋顶上的人正是千以亦。

“不必担心，我不会伤她。”千以亦看到周围飞舞的树叶，就猜到是银岚来了。银岚皱起眉头：“你送走了她的魂魄？你到底是何人？！”

“是何人？待到她回来，你们便知了。”天空落下的，是轻盈的一声叹息。

二

不知沉睡了多久，尹甜菜蜷缩着身体躺在床上，好似做了一个漫长的梦。

“娘亲，娘亲。”耳边有什么声音在呼唤着她。她努力想要睁开眼睛，却觉得眼皮很沉。耳边的声音重叠着，不断地来回晃荡，好像拨开了水面，泛起一层涟漪。

“娘亲！”最后一声呼喊终于将尹甜菜从梦中拉扯回来，她一下子坐起身，左手不自觉地扶住额头。站在床边的小男孩紧紧地靠了过来躲到她的身旁，声音颤抖得厉害：“娘亲，娘亲……皇上来了。”

皇上？尹甜菜一头雾水，她仰起脑袋望去，只见一个穿着黄白长衫的男子站在金雕玉琢的红漆大门外。那人并不算英俊，但是浑身散发出强大的霸气。梁柱上的宫灯有些昏暗，照得男子的脸格外苍白，他慢慢抬起眼，微扬的眼眸里闪过一丝冰冷的杀意，但是很快掩盖了起来：“你醒了。”

“这是哪里？”尹甜菜迷茫地看着四周，她身边站着一个五六岁的男孩，唇红齿白，一对玲珑剔透的眼睛正紧紧地望着她。

门外的人缓步跨进来，眼睛一直紧紧地盯着她，好似要从她的脸上看出一些端倪：“失忆了？”

尹甜菜没有回答，依旧呆呆地坐着，她想不明白到底发生了什么事。一直到那个男子背过了身去：“无论你是真失忆还是假失忆，今后都得留在皇宫里。相信你远在长沙国的夫君能明白，什么事情该做，什么事情不该做。”

一连在皇宫里住了三四天，尹甜菜才终于让自己相信，他被千以亦送到了这个朝代。而之前那穿着黄白长衫站在门外的男子就是汉高祖刘邦。

现在这个身体的主人名为辛追，她有一个六岁的儿子，叫利豨。尹甜菜弄不懂的是，辛追既不是妃子，又不是公主，为什么会被刘邦带进皇宫里？

后来刘邦差了太医前来为尹甜菜治失忆症，没有任何进展，便授意身边的宫人将辛追的过去告诉了尹甜菜。原来这个辛追除了有一个儿子之外，还有一个丈夫，叫利苍。利苍早年随刘邦打拼天下，是刘邦的亲信，在五年前被派至长沙国任职丞相。长沙国有一邻国为南越国，利苍的职责便是镇守南越国并且监督长沙王的所作所为。那个时候辛追同利苍一起生活在长沙国，日子很美满，却没有料到不久之后邻国淮南王英布叛变，刘邦要求利苍鼓动长沙王诱杀英布，却遭到了利苍的拒绝。为此，刘邦便派人将利苍的妻儿挟持带回皇城，并且将她软禁在后宫之中。

好吧，她现在是真的迷茫了。自己被千以亦送到了这个朝代，又没有任务可做，她到底怎么样才能回去？加上现在的身份还是人质，又带了一个拖油瓶的儿子……天啊，她在自己的世界里都还没有成年呢，现在居然有儿子了……尹甜菜郁闷至极。

待在皇宫里的日子非常沉闷，加上她是人质，身边的宫人都不敢同她说话。只能每天面对着自己的“儿子”利豨。尹甜菜思索着当时来的场景，千以亦是将素纱禅衣披在了她的肩上，所以她被送了过来……那么如果在这个世界能找到那件素纱禅衣呢？她是不是也可以回去了？

素纱禅衣是放置在马王堆汉墓陈列丝绸馆里的，朝代相近，也许真的可以找到也不一定。这样想着，她便寻了一个机会偷偷出了宫殿。

尹甜菜并不知道后宫这样大，五步一楼，十步一阁；廊腰缦回，檐牙高啄，恐怕是那阿房宫也不过如此吧？除了这些宫殿和阁楼外，还有开满了花的院子，一座一座连起来，跟苏州园林似的，怎么也逛不到尽头。她走了一会儿忽然听得前头有争吵声，便上前去看。

那是两个长得极漂亮的女子，应该是后宫嫔妃，在那里争执着什么，脸涨得通红，身边的宫女劝也劝不住。当她出现的时候，那两个女子的视线一起转了过来：“这是什么人？后宫可不是随便那些乡野村妇都可以闯进来的！”

“禀兰美人、丽美人，她是皇上前些日子从宫外接进来的娘娘，据说……还带着孩子。”一个宫女立刻道了一句。

两个女子的表情瞬间变化：“是皇上从外头带进来的？还有孩子？”

她们走了过来，眼神犀利地上下打量着尹甜菜，尹甜菜被盯得有些局促起来，站在那里使劲捏住衣角。

“这穿得跟什么似的，皇上怎么会喜欢她。”其中一个女子显然很不屑尹甜菜的穿着，后宫里的女人个个都打扮得精致漂亮，怎么会突然冒出一个土包子？

另一个女子也跟着道：“是咯，估计是用了什么不得了的手段把皇上迷惑住了，生了孩子之后就吵着要进宫来。”

尹甜菜嘴角抽搐地站在那里，这都什么跟什么啊。刚才这两个女人不是在吵架吗？现在立刻就站在同一条战线上了？后宫的女人啊，真是可怕。

“你们在说什么？”忽然一个声音从对面的荷花池传了过来，两个女子脸上立刻堆起笑容，纷纷迎了过去：“皇上。”

没错，此刻那个站在荷花池畔的黄衣男子就是当今皇帝刘邦，明明距离隔得那么远，尹甜菜却感觉到一股莫名的压力，好似整片天空都覆盖了下来。

刘邦带着那两个女子从池畔边走了过来，经过尹甜菜面前时忽然停下脚步：“你们刚才说她什么了？”

“臣妾没说她什么，只是觉得她身上穿的衣裳，太不像样了，简直就不是后宫里的人嘛。”那两个女子此刻低眉顺眼，全然没了刚才的嚣张。尹甜菜脸上流露出不屑的表情，她转过身想走，却没有料到刘邦一句话把她喝住了：“怎么，见着朕不知道下跪吗！”

尹甜菜咬牙切齿，她勉强转过身跪在地上：“皇上万岁万岁万万岁。”史书上不是记载他性格豪爽对人宽容么？怎么一点都感觉不出来？

刘邦上下打量着尹甜菜，见她表情很不悦，像一个赌气的孩子，便道：“这样的衣裳住在后宫的确不像样。辛追，朕差人替你量身制作一件如何？你喜欢什么样的衣裳？”

什么样的衣裳？尹甜菜怔了一下，她脑海里忽然闪过一连串画面，脱口而出：“喜欢最轻最轻，几乎薄如蝉翼、轻若烟雾的衣裳。”

“好，朕就为你制作一件世界上最轻最薄的衣裳！”刘邦脸上扬起一个笑容。

三

原本尹甜菜只是未经思索随口说的一句话，没有想到刘邦真的去做了，他广招天下能工巧匠，只要能够制作出世界上最轻最薄的衣服，就重重有赏。

这则消息让后宫里的所有嫔妃都知道了尹甜菜的存在，刘邦向来赏罚分明，从来没有为哪一个妃子做过这样的事，而现在他居然为了一个连名分都没有的女人破例了！这不是很奇怪吗？

旁人不知道，刘邦心里却是最清楚的，他这样做的目的就是为了威胁远在长沙国的利苍，让他明白自己的处境，如若想要保全他的妻儿，就要乖乖顺从他的话，鼓动第二代长沙王去诱杀英布。英布野心太大，只要一日留着他，便一日是个祸患。刘邦一直都很信任利苍，毕竟是从很早开始就一道打拼江山下来的，所以才会交给他这样利益攸关的任务，让他去镇守南越国和监督长沙王，却没有料到利苍竟然敢违背自己的命令。

半个月后，那些能工巧匠们已经把衣裳做好了，件件都很轻很薄，但是全天下最薄的却只能有一件。经过最后称量比较，有一件仅有0.096斤重的衣裳得了天下最轻的名号。刘邦重赏了那个人，然后吩咐身边的人先退下去。

当整个宫殿只剩他一个人的时候，刘邦轻轻握起了放在托盘上的纱衣，他细细端详着，手指不断地磨蹭着它的表面："利苍……"眼神猛地一暗，他忽然伸出另一只手重重地扯住纱衣一角，"哧啦"一声，纱衣被撕裂了一道口子。随后，他把纱衣叠好放进盒子里："来人，将这衣裳送予辛追。"

尹甜菜收到刘邦赠送的衣裳是在那天下午，所有后宫的女人都围在门口看着，想要瞧瞧那件传说中最薄最轻的纱衣。结果在她打开盒子将衣裳拿出来时，却发现它竟然被撕裂了！

"这，这衣服是破的！"尹甜菜惊道。

围观的女人们都不可置信地望过去，当瞧见衣服果然是破了个大洞时，她们一个个都幸灾乐祸起来，这下可好，皇上赏赐的东西被弄坏了，面前这个女人再怎么得宠，也会受到处罚吧？

只是她们都没有想到，这个处罚竟然这样重——将尹甜菜收押天牢，七日后处斩！

散发着暗香的普陀白玉竹，一片一片恍若飞舞的蝶，那是皇宫一处隐秘的园子，刘邦站立在那里，只着一身白衣，脚边的水池上漂浮着淡淡的紫雾，他的面前跪着一个男子，身着黑衣："皇上，利苍已经收到消息了。"

"他有什么反应。"刘邦风轻云淡地折起一片叶子，轻轻含到了唇边。

黑衣人道："回皇上，他没有任何反应。"

刘邦扬起嘴角："没有任何反应？呵……好啊，不愧是利苍，他连自己的妻儿都可以不顾，还有什么事情能左右得了他！"

"皇上，辛追夫人的事……"黑衣人微微抬起头。

站在池边的人冷漠地呵出一句话："七日之后，杀无赦。"

七日之后便要处斩了，这是后来尹甜菜从狱卒那里得来的消息，原本以为自己被关起来只是刘邦吓唬吓唬她的，而且身边还有一个孩子，刘邦再怎么残忍也不可能连着孩子一起杀吧。再说了，历史上都写着刘邦是一个性格豪爽、对人宽容的人，就算当上皇帝之后他的手段阴狠了些，但是本性总不会变得太恶劣吧？她可不希望自己不明不白地死在这个朝代。

不过仔细回想一下，当时接到锦盒的时候，里面那件纱衣的确已经破损了。莫非是宫人拿过来的时候给弄破了？不可能，如若是这样的话以刘邦的智商绝对会先调查这些接触过纱衣的宫人太监。所以唯一的可能就是……刘邦想杀她！这会儿可好，连自己的命都快要没了！刘邦杀她唯一的理由就是自己没有利用价值了。本来她的存在就是为了威胁利苍能够帮刘邦做事，现在刘邦反过来要杀她，言外之意就是她的夫君仍旧拒绝执行刘邦的命令，所以刘邦才会要杀她！到底有什么事情会比自己的妻儿还要重要？那个叫利苍的男人疯了吗？天啊，她不会真的就这样死了吧？

"在想什么。"正蜷缩在角落懊恼地拍打着自己的脑袋，忽然铁栏外一个声音传了过来，尹甜菜吓了一跳，连忙抬起头。

是刘邦。他让几名狱卒退下，只身站在外面。

明明脸上还带着笑，却好似有一股非常强大的气流从他身上倾泻下来，尹甜菜只觉得手臂有一点发抖，她半扭过头："那衣服，是你弄破的。"

刘邦微微眯起了眼睛："然后……你想怎么做。"

"你只是想让那个人帮你，我可以去劝他，"尹甜菜鼓了鼓勇气，她现在要努力寻求机会，在垂死中挣扎，"我可以将利豨留在宫里继续做人质。"

"呵，你若是逃走怎么办？"刘邦将视线一瞥，落在了另一边的男孩身上。

四

炙热的沙漠，炙热的烈阳，漫天席卷的黄沙铺天盖地地拍打着身体，好像要把人整个都给吞没了一样。脸火辣辣地灼烧着，大滴大滴的汗流淌下来，坠到沙砾之中，转瞬就化为烟缕。尹甜菜裹着厚重的长袍，孤身一人走在滚烫的沙漠里，嘴唇干裂得泛了白，她抬起头望着远处的地平线，一直没有尽头，不知道要在这里走多久。

四天前她对刘邦宣誓，一定会劝说利苍鼓动长沙王诱杀英布。她用儿子利豨作为人质，如若逃走，利豨便是死。

脚步越来越沉重，身体也越来越难受。现在离长沙国的路还远着，不知道什么时候才可以走到目的地。也许自己在半路上都会渴死、饿死。哪怕真的到了长沙国，她也未必有把握可以劝得动利苍。这一次是被千以亦莫名其妙送过来的，不知道任务是什么，不知道应该怎么回去。如果一辈子留在这个世界，那该怎么办？她还想要活命啊。可是目前这样的身份和处境，她要如何活命？到了长沙国，如果利苍仍执意要和刘邦作对，刘邦肯定会攻打过来的，到时候利豨会死，利苍会死，自己也会死。那么，若是逃走了呢？那样刘邦肯定不会放过利豨的，那个漂亮又坚强的孩子，他是无辜的啊。

炎热，恐惧，迷茫……走到后来尹甜菜竟然发现自己已经挪不动脚步了，她取出水壶打开盖子正要喝水，忽然听见身后传来声音，转过头，只见一骑人马飞奔过来，好像在追赶着什么。

尹甜菜起初并没有想到他们的目标是自己，还站在原地喝着水，当一支尖锐的矛刺过来挑中她的衣领，她才反应过来，这些人是来抓她的！

调转头想要跑，但是脚步自然比不上马的速度快，那些士兵将尹甜菜重重围住，领头的一个直接伸手将她一捞抓上马背。

抓她的不是别人，正是淮南王英布。英布得知刘邦将利苍的爱妻从宫中放了出来，猜测她一定是去长沙国劝说利苍帮助刘邦对付自己，于是派人沿途埋伏在前往长沙国的路上，只要尹甜菜一出现，他们便会跟上，然后在最佳时机把她捉回来。

士兵们下手非常重，完全不怜悯她是一个手无缚鸡之力的女人。从沙漠里带回来的尹甜菜早已经昏死过去，被送入府中之后便有专门的女婢服侍，待醒来时，她已经躺在了一张红漆木雕床上。

“这是哪里？”她揉着脑袋坐起身，女婢毕恭毕敬地答道：“回夫人的话，这里是英府。”

尹甜菜猛地一怔，英府？淮南王英布的府邸？！

她猜得果然没错，醒过来不多久，淮南王英布就来了。那是一个长得分外棱角分明的男子，头上戴着银白色的盔甲，皮肤黝黑，下巴上胡须丛生，看上去非常粗壮。

“你若是聪明一点，就不应该做多余的事。”这是他见到尹甜菜后说的第一句话。他告诉她，刘邦为人奸诈狡猾，从来都是言而无信的，如果只是为了活命而遵从他的意思去做，最后还是会死。

当初他们一帮兄弟跟随刘邦出生入死，南北征战，可是到了后来，刘邦为巩固自己的地位，将他们驱赶出来，并且想尽办法套上莫须有的罪名一个个杀害。英布知道，下一个一定会轮到他的，与其坐着等死，还不如站起来反抗。

尹甜菜不知该如何回答他的话，她的确只是为了活命而遵从刘邦的话逃回来的，毕竟在这个时代，刘邦才是王。

可眼下，无论尹甜菜同意与否，她都被关在了英布府内。虽然有几次竭尽全力想要逃跑，但都被抓了回来。她知道，如果一直留在这里，最后谁也救不了，无论是利豨还是她自己。

一连过去了七八日，这天，女婢从外面急匆匆地赶进来，对尹甜菜欠身道：“夫人，大人让您去前厅。”

尹甜菜一头雾水，自从被关在府里之后她只见过英布一次，这一回突然莫名其妙又要见她，而且还是去前厅？那不是接待客人的地方吗？

跟着女婢穿过院子，脚下的石子路有些滑湿，大概是前几日下过雨的关系。英府建造得并不算奢华，但非常精致，每一个地方都独具特色，哪怕是一条石子路，一丛看似无心种在花圃里的花，都非常别致。

进得前厅，尹甜菜抬头，见一名穿着青衣的男子背对着自己，身体修长，流水般的长发束在背后，姿态优雅，恍若一只高傲的鹤。

“她来了。”英布此时也从侧厅进来，他看了一眼刚刚从外面走进的尹甜菜，声音不轻不重。

男子转过了身。一瞬间，好像一地散落的花瓣从周围飞扬起来，抖落一地的绚烂。他就那样静静地望着她，眼眸里装着沉甸甸的光华：“追儿。”

他是这样唤她的，薄如蝉翼的嘴唇挽起了一道浅浅的微笑。

尹甜菜整个人都僵住了。如果不是她眼花，那么现在站在眼前的这个人，简直长得和千以亦一模一样！只是一个儒雅，一个妖娆；一个淡然，一个邪魅。

“利兄，我将辛追夫人保全得完好无损，你也要答应我的要求，同我一起扳倒刘邦那老贼。”当英布再次开口的时候，尹甜菜终于知道了，面前这个与千以亦长得一模一样的男人，就是辛追的丈夫——利苍。

五

长沙国的气候比较干燥，尹甜菜跟随利苍回去之后便想尽办法劝说他遵从刘邦的指示，而利苍却总是以各种事由拖延时间，一会儿说政事繁忙，一会儿说身体不适，纵然告诉他儿子利豨还扣押在刘邦手里，他都无动于衷。

尹甜菜甚至都觉得利苍也许就是千以亦化身来找她麻烦的，从来没有见过这样铁石心肠的男人，宁可置儿子于危险之中，也不愿救他。

利苍在长沙国的府邸离长沙王王宫并不远，尹甜菜劝说几日之后，知道利苍是铁了心不会遵从刘邦的命令了，于是便想办法自己进宫去鼓动长沙王。

有了利苍夫人这个身份，她进宫的确方便了很多，大小城门的看守士兵一听利苍夫人的名号，纷纷放行，一路畅通无阻。

不过，她进得了宫门，未必有机会面见长沙王，尹甜菜想了很多办法，都没有成功。利苍并没有阻止她，他似乎觉得凭借一个女人的力量根本成不了什么大事。

尹甜菜也有一些沮丧，回到府里之后茶饭不思，整个人都提不起精神。自从来到长沙国，她就有些水土不服，长沙国的气候太干燥了，她并不是很能适应。利苍坐在对面椅子上，动作儒雅地盛着汤，看到尹甜菜什么都没有吃，便开口道："喝点汤，对身体有好处。"

"砰"的一声，尹甜菜直接重重地将筷子扣到了桌面上："利豨现在不知道是生是死，我还有什么胃口喝汤？！"

之前只是好言相劝，尹甜菜从来都没有冲着他发火，到了现在，她终于有点忍受不了了。

利苍依旧风轻云淡地坐在那里，他微微抬起眼帘："他们不会把他怎么样的，放心好了。你不是进了宫么，我不阻止你做任何事情，只要你可以办得到，追儿。"

尹甜菜顿时咬牙切齿……这绝对是挑衅！他以为她真的什么都做不到吗？

第二天再次进宫，尹甜菜就开始散播谣言，说淮南王英布要造反，凡是跟他有关系的人都会被诛九族。宫里的太监和宫女对这种闲话总是非常感兴趣，一传十、十传百，很快整个王宫里的人都在私下议论这件事，自然也传到了长沙王耳朵里，他开始担忧起来，淮南王英布就是他的姐夫，如果英布造反被诛杀九族，势必会牵连到他身上。

只是他并没有打算杀死淮南王，因为当他得知这个消息的同时，利苍也已经进了宫来。他的态度仍然是一贯的云淡风轻："陛下，您不必听信旁人的胡言乱语，这些都只是道听途说。淮南王一直忠心耿耿，绝对不会做出谋反的事。"

"所谓无风不起浪，既然有人如此议论，必定是有一个源头。利苍，你去调查一下，看看散播这些谣言的人是谁。"长沙王下了一个命令。

散播谣言的人是尹甜菜，利苍自然知道。

他回到家中之后便让下人看管着尹甜菜，不再允许她踏出府邸一步。

尹甜菜没有办法离开府邸，宫中的谣言又被遏止住了，长沙王也便平静了一些时日。他信任利苍，自然以为淮南王不会造反。只可惜事与愿违，当刘邦调动大批军队亲自率领士兵朝着东边攻打过来的时候，被蒙在鼓里的长沙王才知道，自己的姐夫英布是真的造反了！

他开始忧心忡忡起来，急忙召见利苍商量对策。然而，派出的亲信还没有到达利苍府邸，就传来了令人震惊的消息——利苍已经逃跑了。

尹甜菜是被强行带走的，利苍要保住她的性命，自然不会让她留在长沙国。一路上她都凶神恶煞地瞪着坐在对面的男人，马车颠簸得厉害，她觉得头昏脑胀，加上鼓动长沙王的事情没有完成，她更是一肚子的火："现在还可以逃到哪里去？对于你而言，权位、势力、威信，比儿子的性命还要重要吗？刘邦想要什么，你帮他便是了，得了整个天下之后，他还能再要什么！"

"追儿，最近你总是帮着皇上说话，甚至直呼他的名讳，在皇宫里，你们发生了什么事？"利苍的风轻云淡终于被尹甜菜的喋喋不休打破了，他转过头来看着她，一双通透的眼眸泛着淡淡的光泽。

尹甜菜听得浑身一僵，他问这话的意思好像是说她做了什么对不起他的事情似的。但她并不是真正的辛追啊，她是尹甜菜，一个从二十一世纪穿越而来的女生。

马车里顿时安静下来，两个人都不说话，尹甜菜将头转向窗外，而对面利苍的眼睛却一直注视着她，好像想要从她的脸上看出什么端倪一样。

就这样在路上不知道走了多久，她和利苍两人之间就好像隔了一道屏障，她不知道他心里在想什么，而利苍更不会知道，此时坐在自己对面的女人，其实心里的忐忑正与日俱增，她一直在思考着，以前的辛追是怎样的性格？她和利苍是怎么生活的？现在他会不会产生怀疑呢，怀疑自己并不是原来的辛追……如果万一被识破，自己又将如何应对？

又是一天日落，他们住宿在山脚下的一间客栈里。两人刚放下行李准备到楼下用膳，一个信使急急忙忙从外面赶了进来。他交给利苍一封信，利苍拆开之后脸色瞬间苍白："回去禀告你们大人，千万不要相信长沙王的话，不能去南越国！"

尹甜菜在旁暗自猜测，英布造反已经成为事实了，长沙王现在肯定有了动静，为了向刘邦示好保全自己的性命，他最有可能做的就是杀死英布。而现在利苍让信使赶回去通知英布不要前往南越国，是因为长沙王想要在南越国杀死英布吗？

六

事实证明尹甜菜的猜想没有错。利苍顾不上用膳，叮嘱两个女婢看住尹甜菜，然后自己只身一人骑马离开了客栈，他要赶去淮南王英布那里阻止将要发生的一切。

两个女婢遵从他的命令守在尹甜菜的房间门口，只要她一出来她们就会紧紧跟在身后，绝对不允许她离开她们的视线范围。尹甜菜想尽办法都无法摆脱她们，最后只好回到房间佯装睡觉，然后从窗户口爬出去。

这家客栈虽然只有两层楼高，但是从上面跳下去还是会伤得很重。尹甜菜撕开裙摆，沿着狭窄的窗沿爬到了旁边的房间里，轻轻推开门去，发现斜对面就站着自己的两个女婢。只是她们以为尹甜菜还在房间里，所以并没有看这边。

于是她利用这个机会从客栈里逃了出去，外面都是荒郊野林的，尹甜菜身边没有食物，没有水，她逃不了多远就觉得浑身无力，坐在路边的石头上休息。

再这样下去，她会死的。还不如回到客栈里，哪怕是被幽禁着，至少不会饿肚子。只是，这样的日子到底要过多久？她想要回到自己的时代，想要从这具身体里离开，她不是辛追，她是尹甜菜啊！

垂下头无力地揉了揉太阳穴，忽然头顶的一片月光被什么挡住了，她以为是乌云，便抬起头来看，当发现面前站着一个人时，她惊得一下子跳了起来，从石头上跌了下去摔到地面上。

“朕有这么可怕吗？让你吓成这般模样。”站在面前的男人穿着一身金色盔甲，月光倾泻在他的肩头，好像散发着盈盈的光辉。

不是别人，正是刘邦。

尹甜菜有一点沮丧地从地面上爬起来：“半夜三更地突然冒出来，我当然会吓一跳。对了，你不是在前线攻打淮南王么？怎么还有时间跑到这里来……”

她疑惑地回头看了看他的身后，只有一匹马，没有跟随的士兵。

刘邦一拂袖，盔甲上鳞片的撞击声哗哗作响：“朕只是来接你回宫，辛追。”他说着，忽然伸手一把将她拉到自己面前，“朕放你离开那么多天，你却什么事情都没有为朕办成，现在是不是应该受到一点惩罚？”

“我，我没有打算逃走！当初是说如果我逃走了，你可以惩罚我，就算办不成，我现在也已经打算回皇宫了！所以……我没有打算逃走的！”尹甜菜吓得不轻，她颤抖着手臂站在那里看着刘邦。

刘邦扬起嘴角：“那好，跟朕回宫。”

“淮南王怎么办？！你不是要杀死淮南王吗？利苍已经前去阻止了，他不会让淮南王去南越国的！”只要去不了南越国，长沙王就杀不死他。

“朕会让利苍见到英布吗？呵……”刘邦手臂一收，他忽然拦腰将尹甜菜挟到了马车上，“只要你在身边，他就见不到他。”

所以，他才千里迢迢赶来，将她带走。

淮南王是在南越国的余汗县兹乡百姓的民宅里被杀的。那是一个田舍，长沙王将他诱骗到那里之后，派人将他杀害了。尹甜菜得到这个消息是在三日之后，她很惊奇为什么利苍没有阻止他，当初快马加鞭赶出去，不就是为了阻止淮南王不要上长沙王的当吗？怎么到头来还是没有阻止成功？

刘邦早就知道会有这样的结局，他风平浪静地坐在高高的龙椅上，对着下面满朝文武百官宣布这场战争的胜利。只是他并没有提到利苍，也没有提起利苍背叛他的事情。最让所有人不解的是，刘邦竟然宣布要立辛追为妃。宫里的人并不知道利苍曾经违背了刘邦的命令，但是他们知道辛追是利苍的夫人，刘邦这样做，不就是抢朝臣的妻子吗？！

所有人都在窃窃私语着这件事。尹甜菜得知之后立刻惊得眼珠子也瞪出来了，她几乎什么都不知道，只听说淮南王死了，刘邦毫无预兆地就宣布了这个荒唐决定，让她根本不能接受。

宫女们捧来了价值连城的珠宝和象征权威的金钗，尹甜菜怔怔地看着桌面上的东西发呆，刘邦是疯了吗？利豨都留在她的身边，他怎么会做这样的事？

忽然利豨拉着她的手一紧，尹甜菜抬起头来，看到穿着金黄色龙袍的身影一闪，已经站在敞开的红漆大门之外，他挥了挥手，身边的宫女便毕恭毕敬地退了下去。尹甜菜感觉到一股没由来的压力，她将利豨护在了身后。

刘邦一步一步走进来，他的手里捧着一个锦盒："辛追，这是当初约定了的东西。"

她一愣，看到那个锦盒被缓缓打了开来，里面放着一件素纱禅衣："当初朕毁了那件世界上最轻的衣裳，现在朕补一件给你。"

这一件，便是真正的素纱禅衣，重为0.098斤。

"换上。"尹甜菜接过那件衣裳之后刘邦便坐到了她身后的金榻上。尹甜菜以为自己听错了，重复了一遍："什么？"

刘邦姿态优雅地坐在那里，他伸手撩起了身边利豨的长发，然后不轻不重的地重复了一遍："朕说，换上。"

强硬的语气让尹甜菜不得不服从他的命令，她走到屏风后面换上了素纱禅衣，走出来时刘邦已经将利豨抱到了腿上，可以看得出，利豨全身都僵硬着。

"跳一支舞给朕看。"刘邦又下了命令。

尹甜菜嘴角抽搐："你疯了吗？"她根本就不会跳舞，如果硬要说，广播体操算不算？

修长的手指缓缓攀上了利豨的脖颈，刘邦脸上只绽着笑容，但是手上的力量却陡然间加重了："朕不想再重复一遍，辛追。"

他是认真的！

尹甜菜感觉到浑身冰冷，她站在那里，看着利豨的脸色逐渐发了青，万般无奈之下，她勉强地让自己抬起了手，她什么舞都不会，但是在挥起长袖的一瞬间好像带起了一股莫名的力量，周围飞旋起来的阵阵凉风让她的衣袂在宫殿里飞舞着，吹乱了烛台上的火苗。

"哗"的一声，忽然有什么人从外面破窗而入，尹甜菜转过身。她看到那个原本儒雅的男子浑身狼狈地从外面闯进来，他的青衣上面满是淤泥，原本流水般的长发也有些凌乱地披散在身后。利苍，他就这样突兀地出现在他们面前，一切都是凌乱不堪的，只有那一双如水般澄明的眼眸直直地望着她："追儿……"

尹甜菜几乎是不由自主地往后退了一步，这几天接连发生的一连串事情如此让人意外，已经大大超出了她的心理承受范围，现在她觉得脑袋一团乱，几乎无法思考。

“你答应他了吗？”利苍的眼睛里似乎只有她，那是满满的绝望和悲伤，如同整个宫殿都坠入了冰窟一样。

刘邦从金榻上站了起来，他抱着受了惊吓瑟瑟发抖的利豨，嘴角挽起了一丝微笑：“朕知道你会来。”

利苍一句话都没有说，他直直地站在那里，一直看着尹甜菜。尹甜菜从来没有被人这样看着过，就好像自己犯下了不可饶恕的错误，就好像自己成了千古罪人。纵然她背叛了他，当着他的面跳舞给刘邦看那又如何，就算她带着儿子利豨嫁给刘邦为妃又如何，她是尹甜菜，她不离开这个世界，回不到自己原本的时代，所以……她也不再是辛追了。

“你同他在一起了……你背叛我了吗？”时间好像过去了很久，利苍迈开脚步缓缓朝着她走过来，尹甜菜一步一步后退，一步一步后退！现在的利苍已经完全失去了当初的儒雅和淡然，在他眼里，从来都只有她一个人，无论是过去，现在，抑或是未来！最初是刘邦先夺走她的，刘邦生性多疑，便将她从身边带走作为人质，所以他才开始反抗，开始想要扳倒他！后来她重新出现了，重新回到他的身边，他可以舍弃自己的儿子只要她能够留在身边！可是最后她竟然帮着刘邦说话，帮着刘邦做事！而现在，她回到了皇宫里，要嫁给他成为皇妃！

尹甜菜的手腕被猛地拉住了，面前的男子两眼冒火，好像一下子从仙人变作罗刹！尹甜菜被吓坏了，开始拼命挣扎，身旁的宫灯被打落在地，灼烧的蜡油一下子点燃了整个帘布，连同她身上穿着的素纱禅衣，都一起熊熊燃烧了起来。

“你放开我！利苍，你放开我！我不是辛追！”她终于忍无可忍了，伸手想要推开他，但是他的手握得非常紧，此时，他的眼里、心里、脑海里只有她的影子，他一遍又一遍地质问：“你背叛了我，辛追，你背叛了我！”

不远处的宫门已经被关了起来，尹甜菜难以置信地看着站在门外的刘邦，他在他们争吵之际便悄悄离开，连同利豨，也一并带走了。

刘邦是想要在这个宫殿里将利苍杀死，想要将他们在这个宫殿里一起杀死！

“你背叛了我！辛追，你背叛了我！”耳边重重地响彻着利苍的声音，尹甜菜的后背已经滚烫了，素纱禅衣整个都被点燃，一直灼烧到了她的身后。她想要将衣服脱下来，可是手腕被利苍抓着，根本没有办法摆脱。

“对！我背叛了你！”当这句话从她嘴里脱口而出的时候，利苍的手一下子松了开去……他呆呆地立在那里，眼睛一一眨不眨地望着她。

尹甜菜好不容易摆脱束缚，立刻退后几步脱下身上已经烧了一半的素纱禅衣。此时浓烟已经弥漫了整个宫殿，她看不清周围的东西，只是凭借仅存的直觉跑向大门。

刘邦就站在外面，红色漆窗上的纸已经被烧尽了，她看到他脸上扬起的笑容，灿烂如盈。她知道，她是出不去了……刘邦想要杀死他们，哪怕真的从这里逃出去，迎接她的也是死亡。就好像整个灵魂一下子被抽空了似的，她恍惚地站在那里，一直望着外面。利豨哭喊着想要摆脱刘邦冲进来救他们，但是他的声音越来越轻，越来越远。

“砰”，当身体倒在地面的一刹那，一股清凉如水的温度从身后传了过来，有一双手轻轻将她托起，一个透明的魂魄就这样从辛追的身体里浮出。

“银岚……”在彻底失去意识之前，她看到了他的一缕白发，还有指尖触碰到灵魂深处的温度。

宫殿角落的一层灰被吹了起来，泛着点点星光散落到空中。

那是美丽的素纱禅衣，最后的灰烬之舞。

第五章

鸡血石印章

一

“咳咳，咳咳咳……”一阵剧烈的咳嗽之后，尹甜菜猛地坐起了身，头上搭着的毛巾掉落到床边，她抬起头，看到银岚就站在身旁，自己则躺在魂穿古代事务所的席梦思上，不禁一阵恍惚：“我……回来了吗？”

她以为，她已经死了。死在那一场大火里面，死在刘邦紧紧盯着她的视线之下。这是她第一次感受死亡，是那么的接近，那么的炙热，就好像整个灵魂都被烧了起来，都要化为灰烬，也许，人们常常说的下地狱就是那般感受吧。

到现在，她的手指都还在颤抖着，仿佛那个场景还在身边。

银岚俯下身，修长的手背覆在她的额头上，有一股丝丝的凉意传来，让她觉得顿时安心了很多：“你的魂魄受到创伤，这几日便好好休息，什么也不要做了。”

尹甜菜点点头，她缩在那里，被子的一角被垫在了下巴处：“是千以亦带我去的。银岚，他到底是什么人？竟然可以不用这个铜戒就可以把我送到过去的时代！”

说到这里她缓缓举起手，指间的铜戒被灯光照得通明，忽然她看到了什么，眼睛瞬间瞪大：“银岚，银岚你看，这个是新的宝石吗？怎么颜色这么奇怪，是灰色的。”

“因为你接触了宝石拥有者，只是并没有取出来，所以留了宝石的空壳在铜戒上。”银岚说着将旁边的一个锦盒拿了过来，当他打开的时候尹甜菜一下怔在了那里。她记得这件美丽的衣裳，穿在身上的时候，轻盈得仿佛是一张蝉翼，只一挥舞就可以散发阵阵光芒。但是这件衣裳现在成了一堆灰烬，只剩下一小块衣角的碎片躺在那里。

她这才知道，原来那一天千以亦送她去汉朝时，正好银岚接了新的任务，而这个任务就是关于素纱禅衣的。

银岚让尹甜菜这几日多加休息，他答应会查清楚千以亦的身份，绝对不会让她再冒险了。至于这颗宝石，可以等下一次去取，刘邦的灵魂里拥有宝石的力量，他不仅仅只在一个空间里，还会转世成其他人，或者前往更早的时代。

尹甜菜在床上躺了一会儿，揉了揉太阳穴，发现身体稍微好了一些，只是仍旧有点累，看看窗外，天色已经暗了下来，银岚站在窗边，一动不动地望着天空，好像可以看透更遥远的东西。

“我要回家了。”算是打了一声招呼，尹甜菜起身下床。

银岚的长袖在她的身后拂起，一片施了法术的叶子就这么飘飘然落进了她的口袋中，只要她一出事，他便会第一时间觉察到。

这一次，一定不能再让她受伤了。

二

尹甜菜独自一个人在路上走着，不知道为什么觉得今天的风特别冷，她好几次都缩了缩脖子，裹紧衣服。

忽然身后有一个黑影闪过，尹甜菜觉察到了什么转过身来，一双手已经掐住了她的喉咙，并且死死地将她按到了墙壁上。

她几乎喘不过气来，脸色苍白地看着那双手的主人。

是一个只有十一二岁的女孩，但是力气却大得可怕，两只手轻而易举就制服了她，并且狠狠地往肉里面掐，像是要将她的灵魂都扯出来撕成碎片一样！尹甜菜紧紧扳住她的手，想要从这种窒息的感觉里逃脱出来，但是力量越来越小，身体越来越无力。

“哔”一声，掐在脖子上的手不知道为什么一瞬间消失了，尹甜菜整个人跌到地面拼命地咳嗽，脖颈上已经是一片紫青了。

“她是积聚着怨恨的魂魄……媒介物就在附近。”银岚缓缓地从黑暗中显现出身，他悬起手指，探入旁边的墙壁里，然后从砖瓦的缝隙里抽出了一枚铜钱，上面还冒着一股黑烟：“一般这种魂魄是没有办法实体化并且出来伤人的，一定是有谁对他们做了手脚。上次那个画卷上的女人……也一样。”

尹甜菜身体难受极了，她使劲支撑起手臂站起来：“是千以亦做的吗？刚才那个魂魄为什么要掐我？我跟她无冤无仇的。”

显然，她对自己受到这种待遇感到很不满。

银岚长袖一拂，一串通体透白的佛珠就这样悬挂在了她的脖颈之上：“回去之后好好休息，这串珠子会保护你不受到伤害。”

“我在问你话啊！刚才那个积聚怨恨的魂魄是千以亦派来杀我的吗？”尹甜菜握住了那串佛珠抬头问银岚，银岚并不正面回答她：“等我查出来了，自然会告诉你。一般积聚怨恨的魂魄只会伤害自己憎恨的人，不会受人指使。”

不会受人指使？可是她又没干什么坏事，那个女孩的魂魄为什么要伤害自己？尽管现在很多事情想不明白，但是尹甜菜还是决定先回家好好休息。不过，其实她并不能如愿，她已经缺了好几天课了，第二天无论如何，她都要上学了。

也许是脖子上挂着的佛珠太显眼了，第二天上早课的时候，同桌朝她看了好几眼，待到下课立刻兴致勃勃地问道："甜菜，你这串东西好漂亮，是哪里买的？"

"是朋友送的。"尹甜菜自然不能把银岚给说出来。

"能不能……借我看看？"同桌说到这里竟然伸出了手想要碰她脖子上的佛珠，尹甜菜条件反射地挡了一下，然后尴尬地僵在那里："这个，是很重要的朋友送给我的，以后有机会再介绍给你认识，让他也帮你带一串。"

同桌的神志好像一下子返了回来，收回手道："原来是这样。"

同桌以前是一个标准的书呆子，从来都对这种饰品不感兴趣的，今天是怎么了？奇奇怪怪的，尹甜菜百思不得其解，转头看看同桌，她正襟危坐，目光炯炯地盯着黑板，好像很认真的模样。

"尹甜菜……尹尹甜菜！"忽然站在讲台上的老师点了她的名字，尹甜菜猛地反应过来，然后"唰啦"一下从位置上站起来，碰得桌上的书稀里哗啦掉了一地。

"上课不要走神。"老师看到她这副样子，不禁叹了一口气。

尹甜菜连忙弯腰道歉，之前在汉朝规矩学多了，弯腰非常深，直接磕到了桌面上，发出"砰"的一声，旁边的同学全部笑作一团。尹甜菜立刻羞红了脸，只觉得今天真是丢脸丢到家了。

到了中午吃饭时间，尹甜菜拿着饭卡要去食堂打饭，以前从来都没有跟她一起吃过饭的同桌居然心血来潮说要和她一起走。尹甜菜愣了愣，既然对方都这么说了，也不好意思拒绝，而且她向来都是来者不拒的人，便笑容满面地跟她一起向食堂走去。

才走到大门口，忽然同桌一下子蹲到了地上，她紧紧地捂住肚子："甜，甜菜！我的肚子好疼！"

尹甜菜立刻伸手将她扶起来："怎么了？肚子很疼？不会是急性肠胃炎

吧？你总是吃一些乱七八糟的东西。走，我陪你去医务室。”她伸手将同桌的胳膊放到脖颈上，然后对其他一同去食堂打饭的同学道：“你们先走吧，我带她去看看。”

那两个同学对突然加入的同桌觉得很不满，以前都装作很正经的样子，从来不跟别人吃饭，今天第一次在一起吃饭就弄出事情来，她们连招呼都没有打就直接一扭头进了食堂，留下尹甜菜一人站在那里发愣，不明白她们俩这是怎么了。

她扶着同桌到了医务室后发现校医也去吃午饭了，没有人，只好让同桌在椅子上躺一会儿。才将她扶下去，忽然同桌的手一伸，飞快抓住了她脖子上的那串佛珠，然后用力一扯将它扯了下来！

一道红色的印记立刻在脖颈上显现，尹甜菜因为惯性摔到了躺椅上，同桌就被压在身下，她挣扎了几下，忽然眼珠子一红，直接将那串断了线的佛珠从窗台上扔了下去！

“你干什么啊？！”尹甜菜捂着发疼的脖子支撑起身来，同桌却已经昏死了过去。

就在这个瞬间忽然有一股强大的压力从四面八方涌动出来，尹甜菜朝四周看了看，却什么也没有发现，难道是自己错觉？对了，同桌昏过去了，得赶快去找校医来！

她急急忙忙转身要朝着门外跑去，忽然听到身后传来“噼啪”一声，好像有什么东西掉落到了地上，疑惑地回过身，看到一枚精致的古印章从同桌手里滑出来，掉在地上。那是一枚非常漂亮的鸡血石印章，通体鲜红，好像浸透了鲜血一样，周身雕刻着金色的腾龙图案，应该是价值连城的古董。

尹甜菜弯下腰正要去捡，忽然印章发出一束亮光，然后从里面涌出了一股黑烟。黑烟缓缓在尹甜菜面前凝聚，化成了一个古代装扮的武士。

三

头上的盔甲好像已经腐朽了很久，一块一块铁片从上面掉落下来，顶端的红缨早已经化为灰烬，只留下一根细长的残枝还悬挂在那里，武士的容貌被一层密密麻麻的黑烟遮挡着，并不能看得很清楚，但是可以感觉出来，他非常年轻，大约也只有二十三四岁的模样。

又是一个承载着怨恨的魂魄吗？莫非也是来杀自己的？尹甜菜警觉地后退了几步，那个武士原本是半悬在空中的，此时他的双脚缓缓踩到地面上，一双冒着黑烟、裸露着指骨的手一瞬间伸了出来，直直地探向尹甜菜的脖颈。尹甜菜急忙抬起手一挡，那个武士立刻挥起一拳打中她的胸口。

她整个人都飞了起来，撞到了陈列着药瓶的橱柜上，然后连人带柜地摔倒在地面上，上面哗啦啦摔下来一大堆瓶子，把她压在底下根本动弹不得。

那个武士又朝着她冲了过来，尹甜菜原本以为这次自己是死定了，结果万万没有料到那个武士居然穿过她直接从墙壁里走了出去，好像在焦急地往一个地方跑去。

她本来想要追上去看看，可是无奈整个人都被压住了，身体痛得厉害，动弹不得。幸亏此时校医回来了，连忙将尹甜菜扶起来，然后帮她处理身上的伤口。不光是后背和手臂，连脑袋都被砸伤了好几个地方，尹甜菜痛得龇牙咧嘴。

睡在躺椅上的同桌迷迷糊糊醒转，她看了看自己所处的地方，还有坐在旁边满身是伤的尹甜菜，眼睛都瞪了起来："我怎么会在这里？"

"你不是非要跟我一起去食堂吃饭，结果说肚子痛，让我把你扶到医务室的吗？"尹甜菜愤愤地瞪了她一眼，"还把我脖子上的一串珠子给扯断了，现在都不知道丢去哪里了。"

"怎么可能！我从来都不去食堂吃饭的，妈妈说食堂里的菜不卫生，所以我每天都带盒饭，怎么会跟着你去食堂呢？咦……真奇怪，今天早上的事我好像不记得了。"同桌一边揉着脑袋一边站起了身。

尹甜菜难以置信地愣在那里……她什么都不记得了，包括说她那串珠子漂亮，后来又将它夺过去的事情，还有……那个印章！

想到这，她赶紧蹲到地上四处找寻，见那枚印章还躺在那里，虽然黑烟消失了，但那诡异的红色和鲜艳的纹饰依旧让尹甜菜觉得全身发冷，刚才如果那个积聚着怨恨的灵魂是冲着她来的，她也许就已经死了！

晚上放学，尹甜菜绑着绷带从教室里走了出来。刚到楼梯口就遇上了从楼上下来的晓泊，晓泊看到她满身是伤的样子，整个人都怔住了："怎么……全身是伤。"

"哎，今天我遇到一件特别郁闷的事情……"尹甜菜一见到晓泊，立刻就凑了上去。晓泊被她这样忽然的靠近弄得有些不知所措，红着脸把头低了下来："什，什么事情……"

"我跟你说，我同桌今天……"刚一边走着一边要把事情说出来，忽然看到对面学校大门口站着一个穿白色衬衣、束银白长发的男人，周围经过的同学全都停下脚步，对着他指指点点，有一些甚至掏出手机拍起照来。

银……银岚？！

尹甜菜吓得头发都差点竖了起来，她急忙跟晓泊道别，飞快地朝着学校大门跑去。走近了一看，果然是银岚。她拼死拼活地从外面挤进去，一把拉住银岚的手："喂，你怎么跑到学校里来了？真是的，被其他同学看到了我可怎么办啊？而且，你这身是什么装扮啊？你不是……不是通常都穿那种拖泥带水的长袍么？"

没想到银岚换了这身衣服之后看上去居然挺帅的，难怪刚才那么多同学都围着他看，肯定以为他是从哪里来的明星了。

银岚被尹甜菜拖着离开了学校大门，走到另一边的围墙附近，银岚停下脚步，伸出手轻轻擦去了尹甜菜脸上的创可贴："你出事了，我给你的串珠呢？"

"不是我弄丢的。今天在学校，我同桌一直用怪怪的眼神看着我，还问我借那串珠子。我当然没借了，结果她假装肚子疼，让我扶她去医务室。在医务室里她把那串珠子夺走了，还丢到了窗外。我下课的时候有去找过，可是找不到。”尹甜菜生怕银岚骂她，急忙解释。

银岚缓缓收回了手，垂下眼帘：“那串珠子本来就是为了保护你，现在你没事就好。”

“对了银岚，我在同桌那里得到了这个。”尹甜菜忽然想起了什么，从口袋里摸出那枚印章，“从这个里面冒出一股很大的黑烟，然后一个带着怨气的武士跑了出来。幸亏他的目标不是我，只是把我推开之后就逃走了，不然今天我肯定死翘翘了。”

银岚接过印章仔细看了看，抹开底下发了黑的印泥，然后看到了上面的几个字：“是他么。”

“怎么了？”尹甜菜踮起脚也想看一看，银岚已经把东西收了起来：“既然他的魂魄来到了现世，我们就在现世将他收起来。这一次的任务就是他，只要解开他的心结，任务就完成了。”

尹甜菜听罢瘪瘪嘴：“可我又不知道那个灵魂跑去哪里了，他一出来就逃得没有影子了。”

银岚挽起一个笑容：“去了一个埋葬着他身体的地方。”

四

银岚说的地方，就是印章上那个武士的坟墓——霍去病的墓。

霍去病是汉武帝时期的名将，他在19岁时就统帅大军打退了匈奴，将他们逼回燕支山北，汉王朝以此收复了河西平原，让曾经在汉王朝头上为所欲为、使无数百姓家破人亡的匈奴终于也唱起了哀歌：“亡我祁连山，使我六畜不蕃息；失我燕支山，使我妇女无颜色。”

当时的霍去病正可谓是让匈奴人闻风丧胆的战神。

令尹甜菜意外的是，这样的战神居然也会成为怨灵，并且依附在那枚鸡血石印章之上。到底是什么原因让他变得如此呢?

战神的墓冢也和平常人的不一样。据说汉武帝为纪念他的战功，在茂陵东北为他修建了大型的墓冢，形状如同祁连山。封土上堆放着巨石，墓前放置着石人、石兽等等，他们形状各异，有怪兽吃羊、卧牛、人抱兽、卧猪、跃马等等，是中国现存时代最早、保存最完整的一批大型石雕艺术珍品。

银岚带着尹甜菜来到了霍去病的墓冢，她一路上惊讶地看着周围的建筑不停念叨着：“奢侈啊，真是奢侈啊，造那么大不是很浪费吗？”

“他是汉朝的战神，没有他，汉朝很多人家都会家破人亡。”银岚平静地道出一句。他从衬衣的袖子里取出了那枚印章，尹甜菜看得眼睛都瞪出来了：“你从袖子里取出来的？衬衣的袖子也可以放东西吗？”

银岚不理她，直接将印章甩到了空中。

一瞬间周围的树飞舞起了片片绿叶，拧成一股旋风朝着印章冲过去。尹甜菜紧紧盯着，就在这个时候，武士又出现了，他手里举着一把白光瑟瑟的剑，只一挥就将所有的叶片都给劈了开去。

“你已经死了，纵然找到了身体，那也已经化作了一具白骨，腐烂了千百年，一触碰就会化为灰烬。”银岚收回手，那些破碎的叶片纷纷坠落到地上。

尹甜菜怔怔地看着悬浮在天空上冒着黑烟的灵魂，她可以感觉到他的孤单和恐惧。

那曾经击退了千万匈奴军队的战神，也会恐惧。

他到底在恐惧着什么？

“我还活着！我还活着！”悬浮在半空中的武士周围冒出的黑烟越来越浓，他像是疯了一样去追逐那块印章，却没有料到银岚率先一步从地上跃起来直接一掌将他击打到地面，然后修长的手指一勾，那枚印章便回到了他的手里。

这是尹甜菜第一次看到银岚这么轻盈的动作，在地上没有任何辅助工具就可以跳得那么高，穿着衬衣西裤却还是那么优雅，就好像是一个跳芭蕾舞的男演员，刚才那一系列动作都是一气呵成的。她目瞪口呆地站在一旁。

银岚收回印章之后嘴角轻轻扬起，对着悬浮在空中的武士道：“想要得到它？”

“我还活着……我还活着……我还活着！！！”武士就好像根本没有什么理智，疯狂地朝着他们冲来。

银岚手臂一扬把尹甜菜推到了旁边的草坪里，自己则轻巧地在空中飞跃。武士根本抓不住他，也夺不回手里的印章，两个人如同动画片里的猫和老鼠，猫无论怎么努力也抓不住狡猾的老鼠。

哦，说错了。不是两个人，是一个人和一个怨灵！

“他就这样让你不悦吗？要如此嬉戏于他。”忽然一个声音从另一头高耸的石碑上传来。尹甜菜抬起头往上看去，是千以亦！

他穿着一身纯黑色的T恤，柔软的头发在空中飞扬，嘴角扬起的一丝笑容将他的狡黠表露无疑，一只手插在口袋里，另一只手上则握着一把铜鞘的剑，剑的顶端绑着两条纯白色的缎带，好像是女子绑在头上的发绳。

尹甜菜怔了怔，觉得那个发绳很眼熟……好像是上次穿越所附身的那个女子——辛追，时常佩戴着的发绳。

银岚的眉头一皱，他根本不给千以亦继续调侃下去的机会，直接跃了起来手指一动唤出无数的绿叶朝着他冲过去。千以亦脚尖一点从石碑上跳下，手中的剑横放到眼前，另一只手非常帅气地将剑从鞘里抽了出来！

“唰唰唰”一排剑花就这样甩了出来，那些绿叶全部被劈成了两半，然后悄无声息地落到地面上。

一黑一白，两个人就好像恶魔和天使一样，站在不同的位置，直视着对方。

尹甜菜紧张地站在下面，看到那个武士又冲了过来，连忙对着银岚喊：“他来了！小心！”

银岚立刻转过头，他手中好像带着一股引导风的力量，只轻轻一动就可以把周围所有的树叶全部召唤过来，然后铺天盖地冲上那个武士。怎料这个时候千以亦又动手了，他逼近银岚，趁着他不备，一剑刺向他的身后！银岚一个转身，手臂还没来得及收回，握在指间的印章就被千以亦夺了过去。

该死的千以亦，为什么每次都会出来搅局！

尹甜菜气得直跺脚，银岚召唤出来的树叶就好像龙卷风一样直接把武士冲到了半空中，然后恶狠狠地摔到地面。为了夺回印章，银岚身子一跃直接追上了想要离开的千以亦，两个人又在半空中来回打斗起来。

尹甜菜怕距离太远了看不清，连忙跑了过去。正好千以亦一剑刺中了银岚的肩膀，银岚召唤出来的树叶也冲到了千以亦的眼睛上，让他一瞬间看不清方向。银岚在夺回印章时因为肩膀受伤失了力，结果手掌一脱，印章直接从半空坠了下来！

当时尹甜菜就站在正下方，眼睁睁地看着印章落下来，正对着四个鲜红而且沾染着暗灰色印泥的大字就这么“啪”一下盖在了她的脑门上。

周围的一切在瞬间像流水一样哗啦啦地倒退了回去，尹甜菜呆呆地站在那里，看着一股硝烟弥漫过来，脚下原本的草地变成了散发着血腥味的战场！刀剑声、嘶吼声、砍杀声，还有那千军万马的奔跑声……没错，这里一瞬间变成了战场！

尹甜菜看到一个脸上还透露着稚嫩的男子骑着骏马从对面冲了过来，身后跟随着的是一大群举着武器的士兵。当时她就吓傻了，不知道为什么会一下子来到了古战场，整个人都吓得蹲到地上抱住头，当那些马蹄声从身边擦过的时候她才难以置信地抬起头……

这些不是真的，是一个梦境！

那些人轻而易举地穿过了她的身体，迎上对面的一大帮匈奴！两军交战，最前方的将领就是那个武士——霍去病！

他是那样年轻，却怀着满腔热血在战场上厮杀，战斗。

当匈奴被大军逼退终于各自逃散开去的时候，霍去病牵住了缰绳，他长剑一挥，大声地发下了命令：“所有俘虏一并带回！”

梦境还没有结束，原本的战场一瞬间变成了繁华的街道，霍去病凯旋而归，所有的百姓都站在城门口迎接他，他们大声地呼喊着他的名字，赞扬他保卫了家园。

流动的场景继续飞快倒退，就好像看到了他的整个一生，从金戈铁马一直到名垂千古，最后……伟大的将士躺在了冰冷的竹榻上，他的身边站着同他一起出生入死的兄弟，他们焦急地呼唤军医，并且紧紧地握住了他的手：“将军！将军！”

竹榻上的人缓缓合上了眼睛：“匈奴未灭……怎敢死啊……”

梦境的影子缓缓从周围褪去，那枚印章正好不偏不巧地从尹甜菜的额头滑落下来坠到地面。千以亦追赶上来想要将它夺走，却被尹甜菜率先一步捡了起来。

她转过身望向那个匍匐在地上挣扎着想要摆脱树叶束缚的武士，纤长的眼帘微微颤动了一下：“已经……没有匈奴了……”

五

已经没有匈奴了，所以……也不必如此执着地想要活着，想要继续保卫家园。

其实很多人都怕死，但是每个人害怕死亡都会有不同的理由，有的是舍不得自己的亲人，有的是不知道前方的路会变得如何，有的是因为作恶多端，担心下地狱……还有一些人，他们害怕死亡不是因为惧怕，而是放不下自己还没做完的事，放不下自己没保护住的东西。

那个拼命挣扎着想要从地上爬起来的武士也一样，他害怕死亡，是因为身后还有千军万马跟随着，是因为还有无数的匈奴人没有击退，所以他不想死，也不敢死！

拥旄（máo，古代用牦牛尾装饰的旗子）为大将的是他，汗马出长城的是他，乘墉（yōng，指城墙。乘墉指登上城墙，谓守卫疆域）挥宝剑的是他，蔽日引高旌（古代用羽毛装饰的旗子）的也是他！纵然位登万庾积（庾积是古代的容量单位，一庾等于十六斗，此处指位尊禄厚），功立百行成……他仍旧是他，仍旧心心念念、时时不忘那个最初的志愿……保卫家园！

"匈奴未灭……怎敢死啊！"梦境里最后的一句话就像烙印一样深深地刻在了尹甜菜的心里。她站起来走向匍匐在地面的武士，他抬起头，手里握着的剑发出尖锐的摩擦声，就好像怒不可遏，就好像要把尹甜菜砍成碎片一样。

"我没有欺骗你，霍将军。已经没有匈奴了！没有人会伤害我们的家园，没有人敢在边境胡作非为，我们有强大的军队保护在那里，我们有上百万上千万的军人守护在那里！所以……已经不需要再执着地活下来，一切都已经结束了！"尹甜菜忽然伸手一把握住了那个武士的手，就如同在最后的梦境里，所有的将领握住奄奄一息的霍去病将军的手一样。

他一下子怔住了，身体上冒出来的黑烟开始一圈一圈地朝着尹甜菜的手臂爬去。

银岚捂着流血的肩膀飞快地从指尖飞出无数片叶子："离开他！你会被怨

气附身的！那是污秽，你不可以触碰那些东西！”

“他会明白的！”尹甜菜转过了头，强大的一股力量从地面旋转起来，抵挡住了冲过来的叶子。她看着银岚，眼神坚定：“他会明白的……已经不需要再活着了！”

银岚的手一下子捏紧。他看着尹甜菜周围悬浮起来的那股力量，眼神一下子黯淡了下去……什么时候，她的力量已经开始苏醒了……

握着的手最终还是没有放开，冒着黑烟的武士缓缓从地上站了起来，他的盔甲开始一片一片地剥落，坠落到地面上，瞬间便成了灰。尹甜菜看着他，周围的一切都安静了下来，手心全部都是汗，那枚印章上面陈旧的印泥恐怕早就沾满手掌了。

“没有……匈奴了……”武士的盔甲里面传来一个沙哑的声音。

尹甜菜点点头，分外肯定地回答：“没有匈奴了！”

“啊——”一声响彻天际的呐喊，仿佛是战鼓声，仿佛是马蹄声，仿佛是兵戈声，仿佛是千军万马的奔跑声。武士伸出双臂一下子举向了天空，他在宣告战争的胜利，他在宣告最后夙愿的完结！

林中的鸟儿哗啦啦地飞了出来，一颗散发着光芒的鲜红色宝石从武士身上那一片浓密的黑烟里飞了出来，缓缓悬浮到空中。

那是金戈铁马驰骋沙场，纵然面对死亡也不惧怕的勇气之心！

尹甜菜伸出手正要接过宝石，突然一道黑色的光从远处射过来，一下子击中宝石。只听得“哗”一声，宝石在一瞬间变成了碎片，从空中散落了下来。

另一只手上握着的印章在这一瞬间破碎，那个武士的灵魂仿佛受到了极大的痛苦，发出一阵又一阵的惨叫声。最后一下子烟消云散，带着那片黑烟消逝在空中。

“不会如你所愿。”指尖还散落着晶莹的光芒，站立在石碑上的千以亦缓缓收回了手，他的眼睛漆黑如墨。

尹甜菜难以置信地呆立在那里，她抬起手，看着指上的铜戒。原本可以镶嵌宝石的地方就好像一朵朵绽开的花，其中一朵已经彻底闭合了，无法再开启……

这朵花上，镶嵌的应该就是刚才那颗宝石了，可是现在却被千以亦毁灭了！

捂着满是鲜血的肩膀，银岚抬起头看着高高站立在石碑上的千以亦，悬起的指尖还没有召唤出法术，他就已经化成点点星光，消失在了空中。

尹甜菜见银岚受了非常严重的伤，连忙跑过去扶住他：“银岚，你身上都是血，都是血啊！得去医院看看，得叫救护车。”她从来都没有见过银岚受伤，一直以来他都是风轻云淡地站在店门口，翩翩然就好像一个仙人一样，但是现在却全身是血，鲜红的颜色刺得尹甜菜睁不开眼。

她想要打电话拨120，却被银岚按住了手。他并没有多言，只是淡淡地呵出一句：“回去吧。”因为今天伤得很重，肩膀被千以亦的剑砍伤了七分，如果不回去调养，以后这只手可能会废掉。

六

回到店里之后，尹甜菜翻箱倒柜地寻找可以用来包扎伤口的东西，但是看到的大多都是一些无用的古董，连纱布和消毒药水都找不到。银岚捂着肩膀上的伤口端坐在里屋的木质地面上，尹甜菜跑去外面买了药回来看到他这个样子，立刻焦急地喊起来："银岚你疯了吗？地面那么冰，你又受了伤，为什么不躺在床上休息？"

银岚本来闭着眼睛，听到她说话便缓缓地睁了开来："药放着吧，我自己会处理的。今天你早一点回家。"

"可是你的手……"尹甜菜的话还没有说完，银岚立刻打断了她："如果想要我的伤口早点好，就立刻离开这里。"

看着银岚还在流血的手臂，尹甜菜艰难地咬了一下唇瓣，她把手里的纱布和药水放到银岚身边，指尖触碰到地面的时候发现有很多奇怪的泥灰覆盖在上面。真是奇怪了，前几天她才打扫过屋子的，怎么变得这样脏了？

银岚一直赶着她离开，她也不便再多留，于是转身合上了里屋的门："我帮你把店门关了吧，你好好养伤……如果有什么事情可以打我电话。"

"去吧。"屋里传来银岚淡淡的应诺声。

尹甜菜走到店门口，将放在柜台上的书包拿了下来，然后跨出门槛转过身打算关门，这木门日久没有修理了，地面上都已经磨出了一圈黑影，而且关起来比较吃力，她正用力地推拉着，忽然想起刚才那颗宝石被千以亦毁掉的事情，低头看了看手上的铜戒，镶嵌宝石的地方已经像一朵枯萎的花一样合拢了。当初银岚说，必须收集齐了宝石才能将戒指拿下来，现在宝石被毁掉了，是不是代表再也无法将铜戒拿下来了？

她忽然觉得一阵发冷，连忙把门再次推了开去，重新走进店里，得问问清楚，不然今天晚上肯定睡不着了。

尹甜菜站在里屋的外面敲了敲门，轻唤了几声银岚的名字，却没有反应。她小心翼翼地打开门，才想把话问出来，却被眼前的场景给镇住了！

只见银岚原本满头的银发变作了雪白，他静静地坐在木地板上，周围散落着许多大块大块的泥土，白色的衬衣被脱了下来放置到一边，覆盖在衬衣下的都是刚才尹甜菜端进去的药，那些药根本就没有用，纱布也放在原来的位置。从这里看去，他手臂上的伤口非常严重，还在淌着血，但奇迹的是，尹甜菜可以清晰地看到它们在一点一点自我修复。

银岚就静静地坐在地面上，周围散发着一层淡绿色的光晕，身边的泥土还在不断地膨胀着，膨胀着，一直到把银岚的脚整个都给吞没进去为止。这样的他，简直就像一棵生长在泥土里的树！

尹甜菜被眼前的场景惊呆了，她从来没有看见过这样的银岚，仿佛完全置身于另一个世界，听不到任何声音，那些滚落下来的泥土好像落叶坠入地面一样，静悄悄的，生怕打扰了闯入它们世界的人。

银岚的白发一圈一圈盘旋在地面，那是和他的脸庞完全不相符的颜色，洁白得如同冬日的雪。她情不自禁地伸出手朝着他的头发探去，忽然银岚紧闭的眼睛睁了开来，他一把抓住尹甜菜的手腕，眉宇皱成一团："你还在这里做什么。"

"我只是，只是想回来问问……"尹甜菜被吓了一跳，连忙抽回了自己的手。

银岚拿过旁边的衬衣重新穿上："问什么。"

她小心翼翼地看了一眼银岚的头发，还是白色的，没有变回来，而且还散发着淡淡的绿光。她吞了吞口水："你刚才在做什么？"

"你回来就是为了问这个？"银岚眼睛一瞥，尹甜菜立刻拼命地摇头："不是不是，我是想问那颗宝石被毁掉了，现在应该怎么办？以前你说如果不把所有宝石收集起来的话，铜戒就没办法拿下来的。"

"今日你先回去，这事以后再说。"银岚并没有像往常一样回答得干脆，他现在似乎只想将尹甜菜赶出店。

而尹甜菜仍旧厚脸皮地赖着不走，她心里很憋得慌，双手紧紧地握在胸口："可是按照你当初说的，这枚铜戒我就永远也摘不下来了对不对？现在有一颗宝石被毁掉了，还有一颗宝石我也没有办法取回来。银岚，我以后是不是——”

她话还没有说完，忽然看到银岚脸色有一些苍白，他尽量维持着自己的身体，却仿佛摇摇欲坠了似的，马上就要倒在地面。

“今日你先回去罢。”最后一声长长的呵气，银岚已经用手扶住了旁边的床沿，以此来保持自己的平衡。

尹甜菜看到他这副模样，也不敢再问下去，只能“喔”了一声，然后站起来小心翼翼地关上门离去。指间的铜戒安然无恙地戴在上面，她数了数，上面已经缀了三颗宝石，还有一颗颜色比较暗淡，应该是没有收集来的。最旁边一个用来镶嵌宝石的凹槽已经合上了花饰，原本这里应该还可以缀一颗宝石才对，现在却没有了。

“这真的是用来实现愿望的吗？”她喃喃自语地念叨了一句，然后抬起头看着店外的天空，“如果真的只是用来实现愿望的，为什么银岚要做到这个地步？宁可让自己受伤，也要拼命地取回宝石……”

它们……对他来说是非常重要的吧？是最珍贵的人留下来的吗？

第六章

加贺清光

一

遍地的鲜血如同鬼魅的爪牙一点一点从远处延伸过来，天空裂开一道巨大的口子，无数闪电从上面打下来，把地面照得惨白。一个穿着靛蓝色羽衣（衣袖上印有山形图案的独特羽织外衣）的少年站在血泊之中，他手里握着一把明晃晃的刀，刀刃上滴落的鲜血和雨水混在一起，好像邪恶与光明交相辉映。

尹甜菜怔怔地看着电影屏幕上的画面，搭在扶手上的胳膊微微朝着银岚的方向移了过去，她拉住他的衣袖："喂，银岚。"

银岚抬起眼帘，他本来希望能够从她嘴里听到跟历史背景有关的东西，谁知她竟然冒出这样一句话："觉不觉得里面的冲田总司很帅？"

银岚眉头立刻皱了起来，他不悦地扯回自己的袖子："我是让你来看一下日本江户时代后期的历史背景，还有幕末新选组（日本幕末时期一个亲幕府的武士组织，主要在京都活动，负责维持当地治安，对付反幕府人士）的情况，不是让你来欣赏电影里的美男。"

"好啦好啦，我知道了，继续看电影吧。"听银岚念念叨叨的，尹甜菜脑袋都要昏了。三个小时前她还坐在店里背书，因为文字的内容实在让她觉得枯燥，银岚便带她来了电影院。

一场电影下来，尹甜菜神清气爽地伸了一个懒腰。旁边的其他观众已经陆陆续续地离开了，只有他们还坐着，尹甜菜扭过头来："身上的伤好了吗？"

银岚似乎还在想事情，并没有立刻回答她，尹甜菜伸手在他眼前晃了晃："喂，你在想什么？"

回过了神，银岚侧目看了一眼坐在身边的尹甜菜："在想那个少年的身份。"

"你说千以亦吗？他既然在我们学校念书，应该会有档案，你可以去调查他一下。档案袋是在我们学校的文案室里，找起来有一些麻烦。不过我们老师的抽屉里，也有我们的联系方式家庭住址什么的，要不要我帮你去看一看？"尹甜菜答道。

但是银岚想知道的并不只是这些，他无视她说的话，从座椅上站了起来看向远处敞开的影院门，风轻云淡地呵出一句：“我们先走吧。”

因为前些日子与千以亦打斗落下了伤，虽然修复了一些，但是伤口太深，想要完全康复还得一段时间。银岚并不想立刻与他产生冲突，他想要知道他总是一味地阻止他们，到底有什么目的。

如今尹甜菜的魂魄也复原得差不多了，下一次的目的地就是在江户时代后期，取的是之前在刘邦那里无法得到的宝石。其实之前银岚原本想要再次将尹甜菜送回汉朝，但是他推算后发现那个时代刘邦体内所存在的宝石已经被人性的贪婪所侵蚀，没有办法取出来。所以只能将时间推迟，延后到了1842—1868年间，那是日本江户时代后期，有一把名为加贺清光的刀，是属于新选组队员冲田总司的。刀身极长，而且相当锋刃，在现世的加贺清光其实并没有出现任何反常现象，唯一奇怪的是在保存它的玻璃柜上总是出现樱花花瓣，无论什么季节。当时有人认为是一些游客在欣赏完樱花美景之后带进来的，也有人认为是恶作剧，因为没有损伤任何东西，所以看管加贺清光的管理员也并不在意。

加贺清光的主人冲田总司年幼时善良仁慈，待人友善，极易和人亲近，但是随着战乱的开始，他加入了新选组，见识了鲜血和死亡，最后成为一个血樱般的美少年，美丽如天使，嗜血如恶魔。

如今七颗宝石中，尹甜菜总共收集到了三颗，还有四颗没有被收回，其中一颗因为千以亦的阻挠，最终被毁掉了。尹甜菜问过银岚好几次，宝石被毁掉了一颗，之后应该怎么办，银岚总是转移话题，似乎并不想回答她，而是继续让她完成自己的任务。

离开电影院的两个人走在回店的路上，尹甜菜一直在碎碎念着电影里的角色，她几乎没有看多少内容，全部注意力都用在看男女主角的容貌上去了。

拐过一条街，银岚忽然停下来，跟在后面的尹甜菜差点撞到他的后背：“喂，你看着点哎！怎么说停就停的。”

“天空很漂亮。”银岚缓缓抬起头，看着城市的夜空。此时，虽然星辰的光芒被灯光遮掩，但依然璀璨。

尹甜菜听到他这么说也抬起了头：“喔，是很漂亮。”

“我已经有多久没有这样仰望天空了，许是……很久很久了罢。”他低声呢喃了一句，尹甜菜愣了愣：“刚才你说什么？”

“没什么，走吧。”银岚不再说什么，收回视线继续往前走路。忽然一道黑影从旁边拂过，银岚伸手挡在尹甜菜面前将她带到身后：“什么人？！”

那片低矮的围墙上，黑衣少年正挽着嘴角不冷不热地看着他们，他缓缓悬起的手指上沾满鲜血：“你想调查我？用你这样受伤的身体么？”

刚才为了护住尹甜菜，银岚强行扯动手臂上的肌肉，如今伤口又裂了开来，白色的衬衣上映出鲜红的液体。他紧紧盯着那个站在围墙上的少年，周围一圈黑色的瘴气就好像附着了生命力似的一片一片盘旋在他身侧，那是来自地狱的恶，是黑暗和堕落的象征。普通人被黑暗如此包围，是不可能还活着的，除非……他本身就是来自于黑暗。

银岚皱下眉头，尹甜菜看到他手臂上的伤口，整个人都僵住了：“你的伤，不是已经医治过了吗？不是应该已经好了吗？”

“你退后。”银岚抬起另一只手召唤出一圈暗绿色的咒文，手臂一扬，驱动咒文攻向千以亦，但千以亦只轻轻一跃，跳到尹甜菜面前。尹甜菜吓了一跳，急忙拉开一个防备的姿势：“你，你想干什么？！”

千以亦伸出手去，想要接近尹甜菜，但是被后面赶来的银岚用法术逼开了，他重新跳回围墙上：“无论你去了什么地方，无论你在哪里，我都会跟在你身边……永生永世，你们都无法摆脱我。”

“你究竟是谁？！”银岚捏紧了拳，肩膀上的血更加肆无忌惮地蔓延开来。

千以亦并不作答，围绕在他周身的黑暗气流好像旋转的一股风，很快就化作星星点点消失在围墙上。银岚捂住伤口微微喘着气，回过头，尹甜菜还呆立在原地：“他的意思是不是……只要我去取宝石，他就会像幽灵一样一直跟着我？”

银岚皱起眉，心下道，怕是比这个更麻烦。

二

因为上次在素纱禅衣事件中受创，再加上千以亦昨晚莫名其妙丢下的一句话，尹甜菜这一回再也不敢掉以轻心，她做足了准备，把整个江户时代的历史都背了一遍，包括幕末新选组的各个队员。除了冲田总司，其中最有名也是最可怕的是新选组副长土方岁三，历史上记载他是善于谋略的剑术家与兵法家，身长五尺五寸以上，风流倜傥，是公认的美男子，但他指挥组织时无情残酷，令其他队员不寒而栗，被敬为鬼神；还有一位斋藤一，他是当时土方岁三的副长助勤。斋藤一起初并不显眼，在新选组的重大活动里几乎从来看不到他的名字，但是到了后来，他的实力逐渐显露出来，参与各种卧底、暗杀的秘密行动，开始声名大振。

虽然脑海里对铜戒和宝石有几百个疑问，但银岚不说，尹甜菜再问也没有用，她乖乖地躺到席梦思上，闭上眼睛："银岚，如果我回不来了，你一定要救我。"那个战乱的时期，其实她知道一定会很危险的，但是这一次，她暗暗下决心，无论发生什么事情，她都不会认输，一定要把宝石取回来。

"你不会有事的，"银岚伸出手划在了她的额间，因为加贺清光并没有放在她身边，所以想要去那个时代必须由银岚控制时间，"我会守在你身边，等你回来。"最后的话音落下，尹甜菜便没有了声息。

恍如坠入一个梦境，尹甜菜只觉得周围一片迷茫的空白，没有路，没有阳光，也没有黑暗。她行走着，思考着，忽然一个清脆的声音在耳边响起："姐姐，你没事吧？！"

尹甜菜还没有回过神来，她拼命挣扎了一会儿，睁开眼睛，发现自己穿着繁重的和服躺在一滩泥水地里，旁边一辆咣当咣当响的牛车飞快地冲了过去。一双小手将她扶了起来，清脆的声音对着驶远的牛车大声骂道："会不会驾车啊，不知道这里有坑吗？！真是的，不会驾车就别驾，眼睛长在头顶上！"

尹甜菜看清了扶着自己的是一个十一二岁的小女孩，梳着发髻，身上穿着橘黄色的宽袖单衣，外面罩着铜钱花纹的翠绿色外衫，眼睛一闪一闪的，非常可爱。她见尹甜菜发呆，伸手摸了摸她的额头："应该没有摔坏，姐姐！你真笨，刚才不知道躲开吗？"

尹甜菜一头雾水地站在那里，世界上有这样凶悍的妹妹吗？好像她才是姐姐，自己反而是妹妹一样。不过，这个身体……她低头看了看穿在身上的和服，好像被弄脏了。

"真是的，现在的人都不知道怎么回事，以为驾着牛车就威风了。以前我们土御门家风光的时候，可是有好几辆牛车呢！"小女孩愤愤地念叨几句，一把拉住尹甜菜，"姐姐走吧，如果穿着这身衣服去见岩田桑，他一定会生气的。"

小女孩虽然个子小，但是力气倒是挺大的，很快尹甜菜就被她拖到了一个屋宅前面，抬头看去，这是一个很老旧的宅子，两扇门早就脱了漆，露出里面干褐的颜色，左边挂着一个小牌匾，牌匾上用墨写着几个字"土御门"。比较奇妙的是，那两扇门上画着奇怪的符号，好像一个阴阳阵。

"姐姐快把衣服换了，等会儿要去见岩田桑，他会告诉我们怎么去京都的。"手腕被她紧紧地拉着，尹甜菜进了宅子之后立刻被推到一个糊着白纸的门前，"我在门口等你。"

"惠子，你又闯了什么祸，让你姐姐变成这副样子。"一个温厚的声音从身后传了过来，拉着她手的小女孩立刻转过身，撅起了嘴："岩田桑。"

"要叫叔叔。"那是一个看上去有四五十岁的男人，穿着宽大的浴袍，脚下踩着木屐，脸上的笑容非常慈祥，"看把你姐姐穗香变成什么模样了，快去把衣服换了吧。我是来告诉你们，明天可以和大原家的运粮队一起走，他们也是去京都的。我帮你们付了钱，他们可以一路护送你们过去。"

抓着的手立刻松开了，小女孩飞快地扑了过去："真的吗？！谢谢岩田桑！"

"要叫叔叔。"中年男人无奈地笑了笑。

破轮子咯吱咯吱地转，两头老牛艰难地拉着一车货在黄泥路上缓缓前进。尹甜菜看着倚靠在身边紧紧拉着她袖子睡觉的小女孩，长长地呵出一口气。

本来以为至少会附在离加贺清光近一点的人身上，没想到居然离得十万八千里。这个身体的主人名叫土御门穗香，是土御门家的后裔。据说土御门曾经是非常有名的阴阳世家，受到过德川幕府的庇护，一直掌握着阴阳师集团的实权。但是明治维新（指19世纪末日本所进行的由上而下、具有资本主义性质的全面西化与现代化改革运动）之后，阴阳道被废除，所以土御门一下子没落了。她现在的身份是土御门的长女，因为家族没落，许多亲戚都各自去其他地方发展，只有她们的父亲仍旧坚守着土御门的老宅子，一直到后来他卧病不起，才将她们托付给了京都里的一个亲戚。

而现在尹甜菜便是带着妹妹土御门惠子前往京都投奔那个亲戚。在她的记忆里，弟弟妹妹都应该是那种很可爱很会撒娇、动不动就哭的孩子，可是惠子却完全不一样，她很要强，只要有人欺负她或者开她的玩笑，她会立刻跳起来大声嚷嚷。而且她很护着自己，就像母鸡护小鸡似的，身为妹妹却经常骂她笨蛋，说她总是迷迷糊糊的，不知道照顾自己。

尹甜菜吃不惯日本菜，也许是因为家族没落生活拮据，她们的菜里看不到一点肉，全部都是菜，今天是腌萝卜，明天是腌咸菜，而且饭量特别少，虽然尹甜菜并不喜欢吃太多的饭，但是少成这样她还是头一次遇到。

一开始尹甜菜会挑食，只吃白饭，把腌菜全部都剩了下来，惠子就教训她，说她浪费粮食。过了几天她发现菜里居然出现了肉丝，有的时候会有生鱼片。后来才知道原来是惠子跟运粮队里的一些人讨要的，对于穷苦人家来说肉是多么珍贵的东西，惠子希望姐姐可以吃得开心一些，就努力去讨好那些运粮队的人。

其实这么几天接触下来，尹甜菜知道惠子并不是一个会随便讨好别人的孩子，她那么要强，又很爱面子，但是为了自己，竟然会死皮赖脸地跑去跟那些人要菜。一直以来，尹甜菜都被父母保护着，从来不用为衣食住行操心，她认为这是理所当然的，但是当被一个陌生人这样护着的时候，她的心便开始不安起来。这个小女孩总是把最好的留给自己，总是处处保护着自己……她知道，这些其实并不是理所当然的。

在抵达京都之前，尹甜菜开始尝试着去感恩她的保护，她也会将菜夹进惠子的碗里，会用手护着她熟睡的脑袋不被震疼了，会把温暖的毯子从身上移开盖到她的膝盖上……其实很多时候付出和得到是等立的，当你想要得到关爱，首先要付出关爱；而你已经得到了关爱，仍然不要忘记去关爱曾经关爱过你的人。

京都自然是与众不同的，所谓一国之都，所有的繁荣昌盛都展现在里面。人口密集的街道，吆喝的小贩，一排排整齐的房屋，都让尹甜菜看得眼花缭乱，身边来来往往的女子都撑着精致的纸伞遮着脸，穿着和服小心翼翼地走路，而男人大多是穿比较宽大的浴衣，也有一些穿狩衣、手握折扇的贵族在街上游逛。

"姐姐，京都好大啊。"下了牛车之后妹妹惠子拉着尹甜菜在京都的街上走着，身边有很多琳琅满目的摊子，上面摆放着新奇的玩意儿。

尹甜菜被她牵着到处走到处看，那些花花绿绿的小东西对从来没有出过小镇的惠子来说真的是非常有吸引力。街道上不时有一些穿着宽大武士服的人走来走去，其中一些是之前在电影里看过的靛蓝色羽衣，他们腰上挂着长刀，站在街道上四处逡巡。尹甜菜有些好奇地朝他们张望了一眼便不敢多看，在这种人生地不熟的地方还是安分一些为好。

走过一个转角，忽然迎面走来两个同样穿着靛蓝色羽衣的武士，其中一个束着头发，有一张看上去特别干净漂亮的脸，身体纤细，明明好像是弱不禁风的，但是却压着一股强大的力量，从对面直直地朝她们逼来；另一边的男人则是二十多岁，同样也穿着羽衣，一张霸道强势的脸，手里的刀被直接扛到了肩膀上。

本来是相安无事地擦肩而过，但是在尹甜菜穿过他们身旁的一瞬间，忽然有一股淡淡柔柔的风从耳边划过，好像有什么力量……来到了她的身边。

尹甜菜奇怪地撇了一下头，她想要继续走，忽然身边的武士抓住了她的手臂。

尹甜菜吓了一跳，转过头去，原本看到的那张霸道强势的脸已经彻底改变了表情，扛在肩上的刀也被放到了一侧，武士把她的手臂扯到自己面前："我说过，无论你去了什么地方，无论你在哪里，我都会跟在你身边……永生永世，你们都无法摆脱我。"

是千以亦！她全身都颤抖了一下，拉住惠子的手拼命往前面跑去。千以亦真的跟随到了这里，天啊！

站在武士旁边的那个少年微微抬起了眼帘，他开口道："斋藤，你认识那个女孩？"

武士挽起嘴角："是呢。"

三

“姐姐，姐姐你怎么了？那两个武士是姐姐认识的人吗？”被拉着跑的惠子根本就是一头雾水，她只能跟着尹甜菜跑着，然后不住地回头看。穿靛蓝色羽衣的两个人还站在原地，他们的目光都不约而同地落在她们身上。

尹甜菜跑得飞快，她生怕千以亦会追上来，完全没有看前面的路，忽然“砰”一下撞到一堵硬硬的东西，然后直接被弹了回来摔到地面。

惠子急忙抓住她的手臂将她扶起：“姐姐！”

尹甜菜摔得眼冒金星，她好不容易爬起来，稳住心神，看清自己刚才撞到的“东西”，是两个卷着袖子凶神恶煞的浪人（指日本幕府时代失去封禄而流浪的武士，也叫“日本流氓”），立刻察觉到不对劲，连忙弯下腰冲他们鞠躬道歉：“对不起对不起。”

那两个浪人虽然并没有被撞伤，但是他们根本没打算就这么放过她们，其中一个人伸手抓住了尹甜菜的胳膊：“在大街上横冲直撞地走路可不好啊，小妹妹。撞了人也不是道歉就能完事的。”

惠子见他们居然抓着自己的姐姐，立刻伸手想要推开抓着尹甜菜的浪人，但是对方力气很大，又是男人，怎么也推不开。她一着急之下干脆张开嘴对着浪人的手臂咬了一口，浪人疼得急忙松开了手。

惠子拉着尹甜菜飞快地转过身：“姐姐快走！”

“该死的，那个臭丫头！”两个浪人立刻追赶了上来，京都的路人都吓得躲到一边。现在是战乱时期，许多武士仗着自己主人的权势而横行霸道，有些浪人根本就还不是武士，却拿着刀剑在路上耀武扬威，普通民众大多都是敢怒而不敢言的。

尹甜菜遇到的这两个人就是街头的浪人，他们经常随意吃店铺里的东西而不给钱，有的时候甚至会故意砍伤行走的路人。

京都的街道行人非常多，但是此刻他们全部都挤到了道路两旁，惠子拉着尹甜菜的手飞快地往前跑着，身后两个浪人握着刀一边辱骂一边追赶着。

本来以为至少可以逃走，谁知忽然从前方的一个巷子里蹿出了另一个浪人，直接把她们的去路给拦住了。

被咬了手臂的那个人直接伸手就给了惠子一巴掌将她打倒在地。尹甜菜因为被惠子拉着手，也一并摔了过去。她脸上手上都被擦破了皮，抬起头来时那些人已经把惠子抓了起来："这丫头居然敢咬我，直接卖去吉原好了！"

"姐姐！"惠子挣扎着叫嚷，尹甜菜想要上去把她救下来，但是被其中一个浪人推开，那人直接挥起一刀砍向她："少来多管闲事！"

就在这一瞬间，忽然一个蓝色的影子冲了过来，他背对着那把砍下来的刀护住了尹甜菜，尹甜菜整个人都被按在了蓝色身影的怀里，没有受任何伤，但是她感觉到有什么湿漉漉的东西滴到了脸上，抬起头来，看到的竟然是血！

"斋藤！"后面传来急促的喊声，尹甜菜抬起头，她看到之前遇到的那个穿靛蓝色羽衣的少年武士握着长刀从对面跑了过来，看到俯在地上的人满身是血，立刻抽出刀，直接砍伤了一个浪人。剩余的两个人抓着惠子就跑："快走，是新选组的人！"

尹甜菜挣扎着从护着她的人身下跑出来追了上去："惠子！惠子！"

眼看就要追上了，其中一个浪人挥手一刀就砍在她的手臂上，尹甜菜吃痛地摔在地面，虽然伤口并不深，但是也流了很多血。

身后的少年扶起刚才救了尹甜菜的武士，一把按住他流血的肩膀："斋藤，你竟然把后背留给了敌人！"

斋藤一是个非常谨慎的人，他从来都不会将自己的后背挡在别人的刀下，哪怕是自己的兄弟遇到危险，他宁可一刀把敌人杀了，也绝对不会把自己的后背面向敌人！而这一次，他为了一个素不相识的女孩，居然舍命挡刀……少年的眼神冷下来，他看了一眼捂着手臂跪坐在地上的尹甜菜，尹甜菜眼眶里全都是泪水："惠子，惠子被抓走了！"

"我想你需要给我们一个解释。"少年扶起斋藤一，眼神冰冷地看向她。

尹甜菜从来没有见过这样的人，明明拥有美丽不可方物的容颜，眼瞳里却冷漠地泛着嗜血的光泽。他穿着一身白色的素袄，外面罩着直垂落地的靛蓝色宽大羽衣，黑色的长发束在身后，脸上没有任何笑容，虽然整张脸俊美异常，但他全身散发出来的冷漠却让尹甜菜忍不住打了一个寒颤。

这个少年……如同一片沾染着鲜血的樱花，美丽而危险。

一抹夕阳从木窗外斜斜地照进来，地板上不算太冷，但对一直跪坐着的尹甜菜来说也算是一种折磨了，她咬着牙看着自己的手臂被一个叫原田左之助的人包扎着，他虽然动作已经很轻柔了，但是对于像尹甜菜这种很少受伤的女生来说，仍旧非常疼："姑娘不必害怕，总司就是这样一个人，他看到斋藤受伤了，所以才会生气的。"

总司，原来刚才那个少年就是冲田总司。加贺清光应该就是他的佩刀吧，至少历史上是这样记载着的。尹甜菜瞥了一眼窗外，几个穿着同样靛蓝色羽衣的少年就站在外面探头探脑，原田伸手把药瓶子砸了出去："偷偷摸摸干什么呢！"

"她可是第一个让斋藤把后背献给刀的人啊，我们想看看而已。"那些人笑着哄散开去。

原田转回头，他其实也很想知道答案，便问尹甜菜："姑娘，你和斋藤认识吗？"

认识吗？应该算是认识的吧。那样的眼神，还有那样的语气，不是千以亦还能是谁呢？只是她想不明白，一直阻止他们收集宝石的千以亦为什么会在那种情况下扑上来救她？如果她死了不是更好吗？

"不认识。"尹甜菜挺直了背跪坐在地面上，她握紧衣角，"我和妹妹惠子是第一次来京都，她被那些人带走了，不知道会被带去什么地方，我很担心。"

原田安慰她道："别担心，我们已经派人去寻了。总司把你带回来也是怕你出事，其实他人并不坏。对了，我们去看看斋藤吧，他的伤比你严重多了。"

尹甜菜眼帘微微颤动了一下，呵出一口气："伤得很重吗？"

"嗯，不过姑娘请放心，他身体很强壮，以前挨的刀伤也不计其数了，马上就可以康复，只要多休息几天就好。"原田道。

两人来到另外一个四面都开着窗的屋子里，斋藤一全身缠着白布躺在地面上，脸色极其苍白。旁边跪坐着的少年就是冲田总司，他看到尹甜菜进来，脸上竟然绽开了笑容，只是那样的笑里带着一丝冰冷的含义：“因为你，斋藤到现在都没有醒过来。”

这完全就是在责怪她的意思！尹甜菜缩在那里，视线落在少年脚边平放着的那把刀上，虽然看过了照片，但是总觉得好像并不是她要寻找的加贺清光。难道之后会换鞘吗？还是得拔出来看一看才行。

因为斋藤一一直没有醒，冲田总司就一直陪在他身边坐着，据说他们关系很好，现在他受了伤，冲田总司讨厌尹甜菜也是理所当然的。尹甜菜本来就没有去处，于是也只能陪在那里，看着救命恩人流着汗，痛苦地忍受刀伤的折磨。差不多到了半夜时分，外面忽然传来脚步声，一个新选组成员拉开门对冲田总司喊道：“总司，外面又出事了！”

冲田总司皱了皱眉头，他看了一眼坐在边上的尹甜菜：“你守在这里。”

尹甜菜吓得拼命点头，等到他站起身拿着刀出去了，她才敢舒一口气。

不知过去了多久，尹甜菜犯起困来，她坐在那里撑着下巴，头一垂一垂地打盹，忽然感觉有什么光亮了起来，她被惊醒，睁眼看去，恍惚间见躺在地面的斋藤一身上竟然脱出了一具魂魄，泛着淡淡的暗光，后背同样有个伤口。

她死命地揉了揉眼睛，当看清那具魂魄的容貌时，微微怔了怔……果然是千以亦！是他附在斋藤一身上救了她！只是……明明伤的是斋藤一的身体，为什么千以亦的灵魂看起来也伤得很严重？他要去哪里？是要回去了吗？

尹甜菜赶紧伸手想要拉住他，却只穿过了一丝柔软的影子，那透明的魂魄最后像一阵风似的消失在屋子里。

冲田总司回来时天已经快亮了，他拉开门看到尹甜菜已经靠在墙角睡着了，斋藤一正背着身在找刀，白布上的血迹已经干涸，他听到声音后立刻转过身，很显然并不是很放心把后背露给旁人。

“你醒了。”冲田总司跨了进来，尹甜菜还在睡着，她昨天累坏了，遇到浪人袭击，又受了伤，还守了斋藤一一夜，就算旁边有说话声，她都没有反应。

斋藤一将刀插在腰绳上，淡淡地应了句：“嗯。”

“昨天你为了这个女孩挡了敌人一刀，还记得吗？”冲田总司在地板上坐下来，准备跟他好好聊聊。

斋藤一看了一眼靠在那里睡觉的尹甜菜，思考半天，最后终于开了口：“忘了。”

忘了，就这样很简单的一句话，让冲田总司皱起了眉头。他用自己从来不显露给敌人的后背挡了刀，差一点就把性命搭进去，现在居然用一句“忘了”，就把所有责任都给推卸了去，他难道脑子被烧坏了吗？！

“明白了。”沉默许久，冲田总司也只能用这样一句话来结束他和斋藤一的谈话。斋藤一握着刀走出屋子，外面办了任务回来的新选组其他队员看到他立刻过来调侃：“斋藤啊，你昨天可真威风，为了一个女孩子居然舍命挡刀，以后我们都要效仿才是啊，哈哈哈哈。”

斋藤一一头雾水，想要辩解却不知如何开口。

尹甜菜醒过来时已经是正午了，冲田总司还坐在对面一声不响地看着她。她吓得整个人都跳了起来，揉揉眼睛看了看空旷的床单：“斋藤呢？”

“醒了，”冲田总司答道，“他说不记得你的事，所以你可以走了。”

尹甜菜愣了一下，脑海里立刻闪过昨晚恍惚间看到的情景，莫非是千以亦附在他身上的魂魄离开了？那千以亦是回去了吗？受了那样重的伤，应该仍旧可以回去吧，他明明那么强大。

“你可以走了，”见尹甜菜没反应，冲田总司又重复了一遍，“这里不是女人应该留下的地方。”

“那惠子呢？！”尹甜菜抬起了头。冲田总司站了起来：“等找到她之后我们会通知你的，现在我送你回去。”

四

回去？当然是没地方可去的。尹甜菜只听惠子说过她们要投靠的亲戚叫良平和树，至于具体在哪里，她根本不知道。冲田总司便带着她去街上询问。

新选组的主要职责是维持治安，所以他们的队员所到之处，总是很受人欢迎，特别是冲田总司本来就长得好看，而且脸上一直带着笑容，路过的人都会跟他打招呼。尹甜菜已经见识过了这个美少年，他笑起来有时候比板着脸还可怕，是真真正正的笑里藏刀，难怪历史上说冲田总司是天使与魔鬼的化身，真是一点都不假。

“对了，你叫什么名字。”走在前面的冲田总司忽然想起什么，停下脚步。尹甜菜没注意，直接撞到了他背上：“你们武士不是都不应该把后背留给敌人吗？”

“如果你是敌人，你早就死了。”他脸上仍旧笑着，却说着可怕的话。

尹甜菜瘪了瘪嘴道：“我叫穗香，土御门穗香。”

“土御门？好像是一个阴阳世家，你之前对斋藤施了咒，才让他救得你吗？”冲田总司反问了一句。

尹甜菜真想掐他：“我要是能施咒，肯定直接让那几个浪人脱光衣服挂在街口的牌坊上面被人丢西红柿丢鸡蛋，还会让他们那么逍遥自在地把惠子带走吗？！”

冲田总司怔了几秒钟，忽然大声笑了起来，和之前不同，这一次的笑是真实的、发自内心的笑。尹甜菜还咬牙切齿地站在那里：“我是说真的，如果我会施咒，我绝对会那样做，他们还伤了我的手，你知道有多疼吗？我最怕疼了！”

他们两个就站在街道中间，尹甜菜气愤地在那里摆着手势解释刚才的话，冲田总司则握着刀柄哈哈大笑，周围路过的人都被他的笑容感染了，有几个还走过来同他们说话。这一切都被一个端着一大摞脏碗筷从水茶屋里走出来的小女孩看到了，她难以置信地望着他们，脸上满是震惊的表情。

她被抓走才没多久，她以为她会很担心她，会很着急，会努力救她回去的……可是现在，却看到她站在街上和一个少年笑得这样开心，她是不是已经将她这个妹妹忘记了？！是不是已经不打算寻找她将她救出去了？！

没错，那个端着脏碗筷被人指使着去洗碗的小女孩，就是被那些浪人抓走的惠子！

惠子被浪人抓走后，很快被卖到了吉原街的水茶屋，因为她年纪尚小，还不能接客，所以水茶屋的女人们就让她每天擦地、洗衣服、洗碗。惠子来到这里的第一个晚上就干活干到很晚，手指全部脱了皮，而且火辣辣地疼痛。她一直都相信姐姐会来救她回去，也一直认为姐姐会很担心她。可是当那一天，她看到尹甜菜和一个少年站在街道上开心地说笑时，她的心仿佛被狠狠地锤了一下。那种被背叛的感觉，让她非常难受。

其实只要当时她大声喊一下，尹甜菜和冲田总司就可以看到她了，但是她并没有那样做，而是看着他们慢慢离去，消失在街道的尽头。

“臭丫头，洗个碗都这样慢吗？！还不快点干活！”水茶屋里的女人们已经嚷嚷起来，她咬着下唇端着一大堆东西走到水井口，然后用已经磨破了皮快要流血的手用力地拉着井绳，把水打上来。

冲田总司带着尹甜菜在街上问了很多人都没有打听到有用的信息，最后只能带着她重新回到新选组。其他队员看到他们回来，立刻打趣道：“哟，这不是斋藤一喜欢的人吗？总司，朋友妻不可欺哦。”

“别胡说。”冲田总司笑着骂了回去。

尹甜菜瞥了一眼他的刀，冲田总司注意到了，便将刀拿了起来：“为什么总是看它？”

“啊，因为它很好看……”尹甜菜被吓了一跳，胡乱接道。

冲田总司第一次听到有人说刀好看，他把刀悬在眼前用力一抽，只听得“噌”一声，一道强光反射到尹甜菜眼里，她吓得后退一步，然后怔怔地打量着那把刀……不是加贺清光，她在照片上见过，加贺清光不是长这样的。但是历史上记载加贺清光应该是冲田总司的佩刀才对啊？嗯，也有可能是新选组其他成员换刀之后才轮到他手里的，历史记载，当时在新选组里成员经常换着刀用，那加贺清光现在会在其他成员手里吗？

尹甜菜把目光定格在旁边几位经过的队员身上，冲田总司淡淡地看了她一眼，然后将刀收了起来。

因为暂时没有住处，尹甜菜便在新选组里住了下来。当然不是白住的，她得每天清洗碗筷，还有帮他们洗衣服补衣服。洗碗洗筷还好，她以前也做过，但是洗衣服补衣服……就从来没做过了。洗衣服有洗衣机，补衣服那简直是不可能的，就算是新买的，如果不喜欢了也是会丢掉的，哪里还用补的？

所以刚开始干活时她常常弄得一塌糊涂，衣服不会洗，补的话经常连袖子也一并补了进去。新选组的人都对她很无奈，从来没见过这样的女孩子，不会做饭，洗碗洗筷子洗衣服都乱七八糟的（那时候没有洗洁精没有洗衣粉），补衣服就更不用说了，简直就是噩梦。常常是尹甜菜很积极地跳出来要帮他们补，他们则苦苦哀求着她放过他们的衣服。

只有冲田总司会很大方地把衣服交给她，尽管补得一塌糊涂，他还是会照样穿。因为他是美少年，无论穿什么都好看。

就这样一连在新选组里待了七八日，尹甜菜除了每天偷偷摸摸去看那些队员的刀之外，还焦急地打听妹妹惠子的事。其实冲田总司知道，尹甜菜留在新选组里并不单单只是为了等她妹妹的消息，那一天他与她谈到刀的时候，她的视线一直落在新选组成员腰间的武器上面……新选组从来不留可疑的人，但是冲田总司并没有揭发她，只是每日一回来就来到她身边，监督她的举动。

尹甜菜原本以为应该可以很快就把妹妹寻回来的，但是没有想到过去这么多天了，竟然一点消息都没有。她开始担心起来，不知道惠子过得怎么样了，会不会被人卖去了什么地方做奴隶呢？

冲田总司帮她打听到了那个亲戚的消息，原来他们早就搬离了京都，说是去另一个地方做生意了。尹甜菜不敢离开京都，她一定要等找到惠子之后再带着她走，而且最重要的是……加贺清光应该就在新选组里。

不知道什么原因，她最近这几天晚上总是睡不好，听到木门外总是传来喃喃细语的声音，好像是责骂她的话，但是又听不清到底在骂些什么。因为这样，第二天起来总是精神不振的样子，整个人迷迷糊糊的，走着走着就会摔在地面。最严重的一次是在洗碗时，她竟然整个人都倒在了木盆里，差一点就窒息过去。冲田总司将她扶到屋里唤来了大夫。大夫检查过后摇了摇头："身体是无恙的，可能是中了咒。"

"咒？"冲田总司脸上的笑容终于消失了。之前还和她开玩笑说既然是土御门家，也许会施咒，结果她自己反倒是中了咒。

大夫继续说道："这咒，除非是施咒的人死了，否则她会一直病着。"

"可有什么救法？"冲田总司握紧了手里的刀。大夫收拾药箱站了起来，"三日之后施咒的人便会来取她的性命，若是不能取走，那个施咒的人便会被反噬。所以先生只要好好保护这位姑娘不受到伤害就可以了。"

五

三日，他便这样跪坐在尹甜菜身边三日。没有休息一刻，纵然是组里有人喊他一道去执行任务，他也拒绝了。有些队友看他这样，便说要帮他一起看守，可以轮班替换，如果一个人这样不眠不休地坐三日，一定吃不消的。但是冲田总司拒绝了，他就这样平放着刀，看着躺在那里浑身难受的尹甜菜，她好像是做了噩梦，一直无法醒来。

木窗外经常会走过一些人，大部分都是担心他们、跑来探头探脑的队友们，连平时非常木讷的斋藤一也过来看望他们。最让人吃惊的是，新选组人人惧怕的鬼神副长土方岁三竟然也出现在了屋外。

他披着黑白肩衣站在木门外，身后的阳光全部被挡住了，脸上看不清表情，他看了一眼眼睛紧闭的尹甜菜和跪坐在旁边的冲田总司，微微皱了下眉头，不轻不重地开了口："你是一番的组长，不要忘记你的职责。"

"过了今天就好……"冲田总司的声音已经有些沙哑。

土方岁三一步跨了进来："我帮你守着，你去休息一下。"

"副长，这里交给我——"他话还没有说完，那个男人就握住他的胳膊直接将他丢了出去："我帮你守，你还不放心吗？"

冲田总司垂下眼帘，这个男人只要开了口，就没有办法将他扳回来，也正是因为这样，新选组的纪律才能这样有条不紊吧。他已经异常疲倦，连自己的佩刀都忘记在了屋子里，缓缓转过身离开了。

冲田总司离开后，坐在屋内的土方岁三抬头瞥了一眼外面围站着的其他队员，他们被他凌厉的眼神吓了回去，再也不敢围在外头看。待到人都走了，只剩下他和躺在地上的尹甜菜，他的眼神竟一下子柔和了起来。

缓缓地伸出手，冰冷的指腹轻轻摸去了她额间的汗："我说过……无论你去了什么地方，无论你在哪里，我都会跟在你身边……永生永世，你都无法摆脱我……"

他擦拭着她的汗，忽然感到背后一阵剧痛，他躬起身子，整个人都俯到地面剧烈地咳嗽起来。支撑的手臂按在尹甜菜发间，他捂着嘴尽量不让声音传到外面去，灵魂深处的刀伤泛上来一阵一阵的剧疼，那是撕心裂肺的煎熬。

是的，他是千以亦，那天从斋藤一的身体里脱离出来，原本应该被送回去的，但是尹甜菜在这里，他便强行留了下来，附着在这个男人身上。他必须守着她，至少在这个时候，他不会让她有任何差池。因为在这之后的永生永世，就算是死，她也无法摆脱他！

他就这样一直跪坐在她身旁，当天空暗下来时，忽然有一缕黑烟从窗外拂过，他微微眯起了眼睛……那缕黑烟，是怨恨。他可以感觉得到，周围缓缓压下来一股戾气，恨不得将这里的一切撕裂。

是怨灵吗？如若是怨灵应该不是这种感觉。他站起身，随手拿过身旁的一把刀便走到了屋外，那缕黑烟在空中划了一圈，飘到了后院里，他立刻抽出刀飞快地追赶上去。

睡在另一个屋里的冲田总司忽然觉察到什么，他立刻爬起来推开门跑到尹甜菜休息的房间。屋里空荡荡的，早已经没有土方岁三的影子，他左右环顾了一下，正好看到尹甜菜缓缓从地上爬起来，她一直揉着自己的太阳穴，眼神还很迷茫。冲田总司过去扶住她："土方副长去什么地方了？"

"土方……副长？他是谁啊，去什么地方我怎么知道，我又没见过他。"尹甜菜压根不记得刚才有人守在她身边的事，只觉得自己好像睡了很久，头有点昏沉沉的。

外面漆黑的庭院里忽然出现了几道火光，两个队员举着火把跑了过来，他们拉开门对冲田总司道："总司，有人闯入了新选组！副长已经追出去了，好像是那个施咒的人！"

他听罢犹豫了下，然后将放在旁边的刀捡了起来丢给尹甜菜："你在这里等着，我去去就来。"只要杀了施咒的人，她的病便会好起来。

刚要跨步追上去，忽然身子一僵，他捂着嘴重重地咳嗽了几下，尹甜菜连忙站起来要扶住他，却被他推开了："没事。"

怎么可能会没事，他握紧的手上都是血……尹甜菜知道，历史上记载他的身体一直是很差的。

冲田总司跟着那几个队员离开了，尹甜菜抱着刀走回屋里，里面点着的灯光线非常暗，因为刀很重，她刚要将它放到地上的时候忽然怔了一下，随后眼睛猛地睁大："加贺清光？！"

没错，她手里的刀正是加贺清光。土方岁三在看守尹甜菜的时候将刀和冲田总司落下的放在了一排上，后来有一缕黑烟从窗外蹿过去，他便随手抓起一把刀追到了外头。因为附在他身上的是千以亦，在新选组里，刀对武士是非常重要的，可惜千以亦并不是武士。

其实加贺清光最早确实是冲田总司的，后来土方岁三在一次战役里遗失了自己的配刀，冲田总司便把自己的刀给了他。如今回来了，却到了尹甜菜的手里。

尹甜菜背对着门坐在那里观察手里的刀，忽然听见清脆的一声铃铛响，转过身去，看到一个穿红白相间巫女服的小女孩从外面跨了进来，手腕上系着一条红绳，红绳末端有两个古铜色的铃铛，只要走一步，那铃铛就发出一声脆响。

"惠子？"尹甜菜呆呆地看着她，脸上慢慢露出笑容，"惠子你回来了吗？天啊，我找了你那么久，以为你再也不会出现了！"

"找了我那么久？"惠子的声音有些奇怪，最后的音调一直往上提，好像一点都不相信她说的话，"姐姐真的找了我那么久吗？"

尹甜菜察觉到有些不对劲，扶着墙壁站了起来："惠子，你怎么了？"

"姐姐你说呢？我等了你很久哦……"她的眼眶里明明滑落下了眼泪，却还挽着笑，那模样非常可怕，好像吃人的怪物似的，让尹甜菜全身的汗毛都竖了起来。

忽然，惠子疾步跑过来一把将尹甜菜按到墙壁上，她举起右手上的金钗，声音大得吓人："我一直等你一直等你，以为你会来救我，可是你却和其他男人在路上嬉戏玩闹着！你知道我这几天吃了多少苦，做了多少工吗？！当初明明约定好的，我们是一直在一起的啊……可是姐姐却没有来救我！"

那是怎样的眼神啊，绝望，悲伤，好像整个世界都坍塌了一样。尹甜菜怔怔地站在那里，一动不动……这样的眼神，好像曾经也在哪里相遇过。也是这般年纪的一个人，跪在一张玉榻边，榻上躺着一个年轻的少女，那个人绝望而痛苦地哭泣着，最后哭白了头发。

“穗香！”

“尹甜菜！”

两个不同的声音同时从屋外传了过来，那金钗还悬在半空没有落下，冲田总司和土方岁三已经站在了外头。尹甜菜怔怔地看着他们，视线落在了土方岁三身上：“为什么，你……”

知道她的名字。

挡在最前面的冲田总司哪里顾上听他们在说什么话，他披散着头发，美丽的脸没有任何笑容，如同来自地狱的罗刹。他疾走几步，一把抓起地上的加贺清光，直接抽出了鞘对着惠子的后背砍了下去，尹甜菜根本来不及反应就看到一片血花飞溅在空中，然后坠满一地。

美丽的少年还站在原地，他没有穿羽衣，白色单衣上满是鲜红刺眼的血，让尹甜菜一刹那间浑身冰冷，然后呆呆地看着刀上的血渍。

“你不应该看的……”白皙而冰凉的手缓缓抬了起来抚上尹甜菜的眼睛，他在她面前遮住了这一切。

“叮当”一声，那铃铛滚落到了地上……

在那之后，那个原本出现在屋外的土方岁三仿佛是失踪了一样，尹甜菜再也没有看到他的身影，听说是接了任务出去办事了。尹甜菜一直没有开口说话，她猜测，也许那个土方岁三，是千以亦后来附上灵魂的人，因为那一声喊，是如此深刻，在脑海里久久回荡，无法抹去。

她经常一个人坐在走廊上，看着被系在房梁顶的那个铃铛，只要风一吹，就发出叮当的脆响声。她发觉自己真的很懦弱无能，如若不是千以亦一次又一次地出现，如若不是冲田总司护在她身边，她早就死了……尽管她时常想要保护身边的人，但总是做不到。

新选组的战争爆发了，冲田总司开始不断咳嗽，到后来咳出的血越来越多，但他从来都没有停止过战斗，手里的刀总是握得很紧。加贺清光重新回到了他身边，不知是什么原因，刀刃看上去仿佛暗淡了很多，也没有以前锋利了。他心里积聚了太多愧疚，因为伤害了尹甜菜的妹妹，或许杀死其他人时他从来都不会犹豫一下，但是面对尹甜菜，他却觉得心痛得厉害。

那一天回来，他独自一人坐到樱花树下，飘落在脚边的花瓣散落了一地，手指间握着的巾帕上是一片刺眼的鲜红。

他知道自己时间应该不多了。

尹甜菜从屋里出来，她穿着淡红色的和服。冲田总司看到她立刻站起来要走，他害怕看到她的眼睛，他害怕她会责怪他，会恨他。

“总司。”尹甜菜开了口，她喊住他。

少年停住了脚步。

穿着木屐一步一步来到他的身后，尹甜菜伸出了手，她拉住了他：“我从未怪过你。”

整个肩膀猛地一颤，少年紧握着刀的手松了开去，加贺清光就这样“哗”一下坠落到了地面，溅起一片樱花。

终于……可以放下了。

第七章

传家之宝

一

昨日正午十二点在莫斯科开幕的世界宝石博览会上，一颗来自中国的紫宝石吸引了无数人的注意。它镶嵌在一枚银白色的男士铂金耳钉上，四周蔓延而起的花萼装饰将整颗紫宝石束缚其中，整体看起来简洁高贵。据称，这颗宝石是中国有名的商企世家天泽家世世代代流传下来的传家之宝。在打造这枚耳钉时，有专家对宝石的成分进行了鉴定，让人惊讶的是，宝石的成分居然是世人闻所未闻、见所未见的，甚至可以说，迄今为止，这种元素还没有科学家发现过，因此无法命名。这个有趣的传闻给这颗美丽的紫宝石蒙上了一层神秘色彩。目前，这颗紫宝石耳钉的持有者是天泽世家的下一任继承人，他的名字就镌刻在耳钉后侧的长针上——天泽岚尹……

银岚站在橱窗前，慢慢合上了手里的报纸。毫无疑问的，这颗紫宝石就是他们要寻找的下一个目标。视线微微一瞥，他看向橱窗外，尹甜菜正端坐在店门口，小木凳子垫在屁股底下，头一动不动地保持一个姿势仰望天空，已经连续好几天了。

她从日本幕末时代回来之后便是这副样子。似乎是在那里发生了什么事，但是当他问起，她又不回答，只是这么看着天空，唯一告诉他的，就是她在那里遇到了千以亦。并且，千以亦为了救他，让自己的灵魂受了重伤。

银岚已经调查过了千以亦的本体，那的确是一个人类，但是令他震惊的是，那个本体的灵魂，仿佛就是由黑暗和怨恨构成的，那样的一个存在……如同来自地狱的魔鬼。

“那是，下一颗宝石吗？”尹甜菜不知道什么时候回过神来，走到银岚身边，探头看了一眼他手里握着的报纸，“这个……不在灵魂里面吗？”

是的，这颗宝石不同于其他取得的宝石，它并没有在灵魂体内，而是一直作为一个实体之物存在着的。一般这七颗宝石会随着时间的推移落入轮回，转世为人，但是这报纸上介绍的这颗紫宝石却并没有如此，也许是被什么东西束缚住了，或者……是因为宝石本身在眷恋着什么，所以才一直没有离开天泽世家。

银岚将报纸递了过来平摊到尹甜菜手上，尹甜菜伸出手看了看铜戒上的宝石，又对比了一下报纸上那个就算是黑白也非常漂亮的紫宝石，难以置信地睁大了眼睛："真的是一模一样的，它已经被人取出来了吗？"

银岚沉思片刻道："应该不是，这颗宝石是一直游离在人世间的。"

尹甜菜瞪大眼睛仔细比较着，她忽然想到了什么，猛地抬起头："银岚！你说这是下一颗宝石，可它没有在灵魂里面啊，你让我去取这颗宝石……和明抢有什么差别？"

银岚不说话了，他似乎也是在思考这个问题。一直以来他都以为所有宝石都会转世，却没想到还有一颗居然仍旧以实物形式存在。如果用买的，他们没有那么多钱；如果用要的，天泽世家的人也不会给；如果用抢的，在这个信息发达的世界，他们两人应该很快就会被曝光。最重要的是，银岚不认为自己会随便去抢别人的东西。

"宝石的主人就在这个城市的另一座学校里，你是学生，可以尝试着接触他。"考虑了片刻，他终于开了口。

尹甜菜看了一眼报纸上的那个名字，紫宝石所有者——天泽岚尹，下面还介绍了他现在所在的学校——华腾私立学院。

华腾……那不是城里很有名的超贵族学校吗？！

在华腾私立学院里，你可以见到三种学生，一是家里非常有钱，父母绝对是国家百强企业里的领导者；二是家里非常有势力，父母绝对是在市里或者省里当官的；三就是那种超乎常人的、好几所学校也未必能找出一个的真正的佼佼者，他（或她）凭借自己的超高成绩得到丰厚奖学金，并得以免费入学。

尹甜菜成绩不怎么样，钱也不多，亲戚中更没有人是当大官的，自然不可能进入这个学校念书。可是，不能进去念书，又怎么可能会认识那个天泽岚尹呢?

她真是欲哭无泪了："银岚，虽然我们这个世界倡导人人平等，但是现实往往都是残酷的。这个叫天泽岚尹的人你别看他只是一个学生，但是他在的学校可是超有名的贵族学校，我根本没有办法见到他。”

银岚眉头微微皱起，他的确没有考虑到这个问题，但是眼下又没有更好的办法去接触这颗宝石，他想了想，平静地将报纸收了起来：“尽你所能去接触他，如若真的办不到，我再另想他法。”

银岚都已经这样说了，尹甜菜也没有办法再拒绝。虽然她不能进去那所贵族学校念书，但总能打听到其他成绩好、家里条件普通的学生在里面念书吧。成绩好的学生肯定也会很关注成绩好的学生，他们学校虽不是贵族学校，但是成绩好的也有一个，那就是晓泊，去找晓泊问问有没有认识的朋友在华腾私立学院念书，也许还是有希望可以见到天泽岚尹的。

晓泊的教室在楼上，尹甜菜在第二天下课之后就上了楼打算去找他。她刚从楼梯踩上走廊就听见有人喊晓泊：“晓泊，你们班有一个叫千以亦的同学吗？”晓泊从教室里出来，朝外面望了望，首先注意到的竟然是站在楼梯口的尹甜菜。

尹甜菜冲他身后指指，他才转回了头去：“李老师。”

“呵呵，晓泊啊，上次的奥数比赛你成绩很不错，以后还要继续努力啊。对了，你们班有一个叫千以亦的同学吗？他历史成绩不错，后天学校有个比赛，如果他想参加考试，你可以让他到我这里报名。”那个老师手里捧着一大堆练习本，大概是刚从其他教室收了作业回来。

晓泊回答道：“千以亦这几天都没来上课。如果他来了，我会通知他的，李老师放心吧。”

“好。”那个老师托了托手里的练习本离开了。

尹甜菜怔在那里，一时没有回过神来，千以亦这几天都没来上课，难道是因为上次在京都受的伤太严重了，还没有康复吗？她到现在都记忆犹新，那伤口确确实实是印刻在灵魂上，看起来很严重。

“尹甜菜。”晓泊走近她，轻声唤了一句，尹甜菜这才反应过来：“嗯，在。”

“是来找我的吗？” 晓泊脸上挽起淡淡的笑容，尹甜菜立刻摆出哀求的手势："啊，晓泊同学，我有一件事想要求求你。你有没有认识的朋友是在华腾私立学院里念书的？如果有可不可以介绍给我认识？这件事情对我非常非常重要，拜托你了……"

虽然晓泊一头雾水不知道她要干什么，但总算是帮了她。他介绍了一个之前在奥数比赛时认识的朋友，那个朋友就是华腾私立学院的学生。尹甜菜要了电话号码之后就把晓泊的这位朋友约了出来，询问关于天泽岚尹的事。不过，让她失望的是，这个同学和天泽岚尹并不熟，但他告诉了尹甜菜一些有关天泽岚尹的传言。

天泽岚尹是学校里成绩最差的一个学生，经常逃课，从来都不认真念书。但因为他是天泽世家的继承人，校方并没有对他进行任何处置，而是睁一只眼闭一只眼，只要他闯的祸不是特别大，他们都会帮他处理，所以学校里几乎没有人敢得罪他，因为惧怕，自然也没有几个人敢跟他做朋友。陪伴在他身边的都是一些跟他一样不喜欢念书，整天只知道玩耍的纨绔子弟，这些人经常聚在一起去学校附近的几个桌球场打桌球，或者去酒吧里喝酒。华腾私立学院管理极其严格，外校学生和闲杂人等一律不得入内，所以尹甜菜想要见到天泽岚尹，只有去那几个地方才有机会。

二

很快便是周末，尽管很不情愿，但尹甜菜还是不得不打起精神，准备去碰碰运气。华腾私立学院外面总共有三个桌球场，尹甜菜起初不敢进去找人，只能站在门口张望着，她脑海里有一点天泽岚尹的印象，因为是紫宝石的主人，所以电视里也有拍到他出席莫斯科宝石博览会的画面。当时他穿着一身淡黄色的衬衣，外面罩墨色夹克，身体颀长纤细，皮肤白皙，就站在展放紫宝石耳钉那个柜台旁边，周围很多相机都在拍他，他却没有多余的表情，只是站着。因为画面时间很短，所以尹甜菜只记住了一个大概轮廓，并没有看清楚他的相貌。

尹甜菜站在桌球场门口探头探脑地看了一会，里面走出来一个服务生，问她有什么事，尹甜菜缩了缩脖子："我找一个人。"

"找哪一位？"服务生看她是学生模样，便试探性地问了一句，"是来找华腾私立学院的学生吗？"

"嗯嗯！"尹甜菜迫不及待地点了点头。那个服务生便伸手朝着对面的桌球场一指："他们都在那里。"

转过头去，一片深红色的霓虹灯闪烁着，几个巨大的字体来回翻滚——联锐桌球场，天泽岚尹会在那里吗？尹甜菜心里打起鼓来，她谢过服务生，扭头往那个桌球场跑去。

看到左耳上戴着紫宝石耳钉的少年时，尹甜菜整个人都激动了起来，她顾不上打量那人的相貌，眼睛一眨不眨地牢牢盯住那颗耳钉，生怕视线一移开，宝石就消失了。呵，这就是她下一颗要收集的宝石啊，果然光彩熠熠夺目异常，和铜戒上的那些宝石比起来，简直是天差地别。不过，莫非是因为衬在铂金上的缘故？不是有句话叫"人靠衣装佛靠金装"，其他宝石镶嵌在廉价的铜戒上显得暗淡无光泽，这颗紫宝石镶嵌在铂金上，价钱就在两个档次，所以看起来也不一样吧。

向来只有男生出现的桌球场突然出现了个女生，而且从进来之后就动也不动地直直盯着天泽岚尹，尹甜菜的怪异举动很快引起几个男生注意，他们嘻嘻笑着捅了捅正俯身打球的少年：“天泽，有个女生在看你呢。”

“砰”一声，白球飞快地撞到边缘反弹了回来，直接将两个其他颜色的球撞进了洞里。天泽岚尹直起身，他竖起手里的杆子用旁边放着的滑石粉擦了擦杆头，然后抬起眼帘望向尹甜菜这边。

那是一双极其漂亮的眼睛，在亮着白光的照灯下，如同一块半透明的冰，冷漠而摄人心魄。

尹甜菜并没有注意到少年的视线已经看了过来，仍旧盯着他左耳的紫宝石看。有时候，她甚至都不知道自己为什么要对银岚的话如此言听计从、如此执着，为了收集这些宝石，她好几次险些丢了性命。真的只是为了将铜戒摘下来吗？还是有别的原因……也许，这样的执着并不是因为银岚，而是这些宝石……也仿佛像是拥有了灵魂，在不断地吸引着她。

正想着，忽然一只手挡住了宝石的光芒，她猛地反应过来，发现原本在打球的那几个少年已经都停了下来，全部把视线集中到她身上。

“呃……”尹甜菜抿了抿嘴，她僵硬地站在那里不知道该说什么，两只手在面前绞来绞去，最后心一横，咬了咬牙开口道：“你耳钉上的那颗紫宝石是我的。”

本来他们看到一个女生出现在桌球场已经觉得很意外了，现在尹甜菜又说出这样的话，那些人都笑了起来：“你说天泽世世代代传承下来的宝石是你的吗？哈哈，这个玩笑也开得太大了，恐怕全世界没有一个人会相信吧。”

尹甜菜整张脸“刷”的一下红了。也是，现在就算告诉全天下的人这颗宝石是属于这个铜戒的，也没有人会相信。而且说到底这个铜戒也不是属于她的，是银岚交给她让她帮忙收集宝石的。虽然当初说只要收集满七颗宝石就可以拿下它并且实现一个愿望，但后来发生了那么多事，甚至有一颗宝石已经被千以亦毁掉了，银岚仍旧让她继续收集宝石，什么也不告诉她，她自己都一头雾水……铜戒到底来自哪里，宝石又有什么作用……真的可以实现愿望吗？

天泽岚走近尹甜菜，面无表情地望了她一眼，伸手拂过耳垂上的紫宝石：“又是一个为了它而来的人。”尹甜菜杵在那里没有动，面前的人已经一个转身坐到桌球台边的沙发上，他伸手在桌面轻轻一点，边上立刻有一个服务员过来为他倒酒。小抿了一口，他抬起眼帘，“说说吧。”

“说什么？”尹甜菜一愣。

天泽岚尹不冷不热地开了口：“说说你为什么想要这颗宝石，如果你得到了它，你会怎么样。”

为什么想要这颗宝石，尹甜菜怔了一下，她低头看了一眼戴在自己手上的铜戒，一时间顿住了，不知从何说起。此时，周围其他打球的少年早就不耐烦了，他们拿过球杆继续打球，只留下尹甜菜一个人尴尬地站在天泽岚尹面前。

天泽岚尹将耳钉取下来悬在桌面上，他握着耳钉的尾针轻轻一拧，耳钉像陀螺一样在桌面旋转起来：“每一个将目光停留在它身上的人我都会这样问，你们为什么想要这颗宝石。是因为它的美丽，是因为它的成分，还是因为它被称为无价之宝？女人想要用它装饰自己的美丽，男人想要用它炫耀自己的地位……那么你，为什么想要它？”

她，为什么想要这颗宝石？是因为银岚告诉她，只要收集齐这些宝石，手上的铜戒就可以摘下来，并且实现一个愿望？但是尹甜菜并不需要实现什么愿望，她只是单纯地想把这枚铜戒摘下来……为了可以摘下它，她付出了很大的代价。

桌球场的灯本来就比较暗，坐在角落沙发上的天泽岚尹更像是置身于黑暗中，他已经喝下了第三杯酒，但是尹甜菜还是一句话都没有回答。

忽然，他直起身，从沙发上站了起来：“说到底这只不过是一颗石头而已。”他的声音有些沙哑，脸上看不出表情，但是尹甜菜可以察觉到他的心情并不好。

天泽家世世代代都在守护着这颗所谓的传家之宝，他们小心翼翼，生怕宝石会出什么意外，有时甚至会因为这颗东西责骂那些看护不力的佣人。小的时候，因为好奇，他偷偷将它拿到后花园里琢磨把玩，却不小心失手，宝石落进了荷花池里，一时间，整个天泽家上下天翻地覆、鸡犬不宁，所有人都斥责他、骂他，向来对他和善的父亲甚至一巴掌打在他的脸上，那天，他赌气跑到同学家里，一晚上都没有回家。父亲的那一巴掌，像一把匕首，深深地落在了他的心口。有时候，他真是恨透了这颗紫宝石，长大后，父母郑重地把它交到他手上，他曾经试过好几次想要遗失它，但每次到最后都会被天泽家的人找回来。它，永远都比他重要呢……

“它不只是一颗石头，它对我而言非常重要。”尹甜菜终于发出了声。天泽岚尹冷漠地瞥了她一眼：“比你的家人还重要，比你的朋友还重要，比你的性命还重要吗？”

当然不可能！尹甜菜怔住了，哪怕是一辈子都拿不下手上的铜戒都没关系，她可不想看到自己的家人朋友有事。

见她犹豫，天泽岚尹嘴角弯起了一道弧线：“所以我说，它只不过是一颗石头罢了。”在旁人眼里，这颗石头再怎么有价值，也比不上家人和朋友重要，但是天泽家……呵，在那些人的眼里，这颗石头才是最重要的呢。哪怕他死了，他们也只会担心它吧……

天泽岚尹再没有理睬尹甜菜，他拿起球杆，冷漠地转身，径自向球桌走去。

尹甜菜初战告败，吃了个不软不硬的闭门羹，只好垂头丧气地回到店里。银岚正在翻看一本历史卷册，上面记载的都是很早以前的事，关于那颗紫宝石他似乎有了头绪，应该是有一个人偷偷将它藏了起来，并没有散落在世间，所以它无法轮回。

“那颗宝石如何了？”银岚抬起眼帘。

尹甜菜走到柜台前，小声嘟囔道：“我真不知道天泽岚尹是怎么想的，他一个劲地问我为什么要得到那颗宝石，我总不能跟他说，是因为你让我收集宝石我才去拿的吧？”

银岚沉默一会儿，从柜台里面走了出来：“所以你没有拿回它。”

尹甜菜道：“当然不可能拿回来了，那是人家的传家之宝，我虽然看见了，但是他不给我，我也不能用抢的啊。”

银岚自然不会让尹甜菜去抢，他也是第一次遇到宝石仍旧以实物方式存在的情况，他也一直在思考如何将宝石取回来，但还没有想到可行的办法，此刻只好皱眉吩咐道：“你先跟着他罢。”

还要跟着他？！尹甜菜觉得今天已经是尴尬到家了，要是以后还是跟着他，每天盯着他耳朵上的宝石，估计他们天泽家就要派警察来调查她是不是有企图要偷走宝石了。

三

尽管心里仍然抗拒，但尹甜菜还是乖乖照着银岚的话去做了。她每天放学之后就会去华腾私立学院附近的桌球场看天泽岚尹打球，而且绝对是视线不离地盯着他左耳上的紫宝石。那些一同打球的少年都已经认得她了，有时候还会远远地跟她打声招呼。

这样一连过去了七八天，忽然有一日，她去桌球场时发现天泽岚尹竟然不在，于是急急忙忙跑到他们学校门口抓着铁栅栏朝里面看去。原来当天华腾私立学院有篮球比赛，天泽岚尹和其他几个少年正在一起打篮球。

她微微舒了一口气，只要不是消失了就行。既然今天他们是打篮球，自己又不能进去，那就回家算了。尹甜菜正这样想着，忽然听见篮球场里传来一声呐喊："天泽看球！小心点啊，差点就砸到头了，你走什么神。"

砸到头？！那岂不是很危险？！紫宝石就戴在他耳朵上，如果砸破了怎么办？！而且这种激烈的运动很有可能会跌倒、撞伤什么的，宝石又那么脆弱，上次千以亦一击就把它打碎了，这次如果也打碎了，那还了得？！

尹甜菜心里一急，更是紧紧地抓住了铁栅栏死命探着头朝里看。如果他敢做出一点伤害紫宝石的事情，她一定会冲进去拼命的。就算是用抢的，也要把宝石夺过来！

一个高抛球直接进了篮框，天泽岚尹擦着汗直起身，他其实早就注意到外面的尹甜菜了。因为不是同一个学校的，她不能进到里面来，而华腾私立学院的篮球场正好在校园最边缘，她只隔着一个铁栅栏就可以看见了。只是，别人看球都是看比赛胜负，而她看的却是自己耳朵上的这颗紫宝石。微微眯了一下眼睛，天泽岚尹忽然有一种想要恶作剧的感觉，既然她这么心疼这颗宝石，如果让它受到损伤的话……

"天泽！"又是在球场上走神了，身为同队队员的伙伴们忍不住提醒了他一下。天泽岚尹转过头，对他们摆了一个手势，示意下次将球传到他这里。

尹甜菜看得要多紧张就有多紧张，她心里一直很郁闷，既然是天泽家世世代代传承下来的宝物，应该好好保存起来才对，怎么可以给这样一个鲁莽的人，而且还戴着宝贵的紫宝石打篮球，难道他们就不担心那宝石会随时被破坏掉吗?

此时球赛已经进行到白热化阶段，天泽岚尹他们队的队员抢到了球，另一个队的球员们立刻快速退回到自己的领地：“回防！快点回防！”

球在不断交替着传递，忽然有人大声吼了一句：“天泽，左边！”

跑在右边的天泽岚尹一下子转过身，那球的速度太快了，他还来不及伸手，球已经冲着他的身体打了过去。其实这个时候只要他速度慢下来是绝对不会受伤的，但是他不经意间又看了一眼站在铁栅栏外面的尹甜菜，微微一笑，竟然用身子挡住了球，然后被狠狠地撞到了地面。

球场上的人都停了下来，几个少年着急地跑到天泽岚尹身边：“天泽你没事吧？！刚才怎么不躲开，今天你打球怎么回事，总是三心二意的！”

天啊，他被篮球打到了？！那……那紫宝石呢?

被一群学生围着的天泽岚尹站了起来，尹甜菜这边一点都看不到，她不甘心地使劲跳着，想要看清他左耳上的紫宝石有没有事，但怎么看都看不清，那些队员一个个都很高，严严实实地挡住了她的视线。

好不容易露出了一个角，她拼命贴着脸往里面看。当看清他左耳上本来还戴着的耳钉已经消失不见时，她整颗心都提了起来！不见了，他的耳钉不见了，镶嵌着紫宝石的耳钉不见了啊！这可如何是好？！

天泽岚尹微微侧过头，看到尹甜菜正如他所料，像热锅上的蚂蚁般团团转的模样，忽然自嘲地笑了笑。他摊开手，耳钉安然无恙地躺在那里。刚才在摔倒之前，他故意将它摘了下来，想要看看她找不到宝石之后会是什么模样，果然是很担心啊。

推开围在身边的人，他一步一步朝着铁栅栏走去，尹甜菜还在担心着，她看到天泽岚尹走了过来，左耳上空空如也，不禁大声喊道：“喂，喂你的耳钉，你的耳钉掉了！快点回去找啊，你的耳钉不见了！”

天泽岚尹没有回头，仍旧朝着她走过去，两个人就这样隔着高耸的铁栅栏，一个站在外面，一个站在里面。

尹甜菜已经急得满脸通红了：“你快点回去啊，你的耳钉掉在篮球场里了，快点回去找找！紫宝石会不会出问题啊？你怎么这样不小心，你不知道它是很重要的东西吗？”

“看来它对你真的很重要……”天泽岚尹抬手擦了一把额间的汗，脸上挂着让人捉摸不透的笑。尹甜菜握紧了手：“很重要！”

“比你的家人还重要，比你的朋友还重要，比你的性命还重要？”完全不顾身后还在进行着的篮球比赛，他就这样看着她。

又是这句话，尹甜菜双手紧紧握住铁栅栏。再怎么重要，也不会比家人比朋友比性命更重要啊，她只是单纯地想要收集它们，她只是听从银岚的吩咐，她只是想要用它们脱下这个铜戒……可是有时候，连自己也不知道为什么，视线总是会紧紧地盯着它们。也许初次相遇，第一次去完成任务的时候，她只是为了完成银岚的吩咐，但是不知不觉中……她想要自己更加努力，想要自己可以把它们一颗一颗都收集到身边，就好像这些宝石是她曾经遗失的温暖。

“我的家人和朋友，比它重要……”她咬了咬下唇，猛地抬起了头，“但是我很喜欢它，想要它！”

很喜欢它，想要它。

铁栅栏里的少年怔住了，他看着站在外面的女孩，当确确实实从她嘴里听到这句话的时候，自己竟然无法再捉弄她。他缓缓抬起手，摊开，里面正安静地躺着那个镶嵌着紫宝石的耳钉。因为手心里也都是汗，宝石上面湿漉漉的，在阳光的照射下显得更加绚烂夺目。

看到它安然无恙地躺在天泽岚尹手心里，栅栏外的尹甜菜明显舒了一口气，整个人都松懈下来。怎料这时，天泽岚尹忽然甩手一丢，她又吓得把心提到了嗓子眼。

世上有很多人将目光集中在这颗宝石上，有人希望得到它，是因为它可以卖出一个好价钱；有人希望得到它，是因为它的成分让人觉得匪夷所思；有人希望得到它，是因为它的尊贵美丽可以成为炫耀的资本，但是她是不同的……

站在铁栅栏外的尹甜菜，她是不同的。

她看着它，没有贪婪，没有欲望，只是想要它而已，只是喜欢它而已。这样的喜欢，就好像这颗宝石，原本就是属于她的，只是被她遗忘了而已。而现在，她重新出现，想要将它带走。

天泽世家一直流传着这样一个故事，是关于这颗紫宝石的。在很久很久以前，有一位王国的王子失去了挚爱的亲人，他将那个亲人身上佩戴的饰物取了下来，然后用刀撬出里面的宝石。他吩咐侍卫将这些宝石分散到世界各地去，为了可以让死者的灵魂永远留驻在大地上。而这个侍卫却偷偷藏了一颗在袖子里，并且世世代代流传下来，成为他们家族的传家之宝。尽管只是传说，但是天泽岚尹此刻却彷徨了，她，是否就是这颗宝石真正的主人呢？

天泽岚尹悬在半空中的手缓缓收了回来，那颗缀着紫宝石的耳钉并没有被丢出去，而是夹在指缝里，他留下一句话，然后转身走回了篮球场："如果喜欢，下次见面我会将它给你。但是，我会拿走你身上的一件东西作为交换。"

从华腾私立学院离开，天色已经很晚了。尹甜菜抬头看了看周围，路灯已经亮了起来，她估计了下时间，觉得自己应该先回店里一趟，因为把书包忘在那里了，如果不拿回来就没办法做作业。银岚这几天一直都在忙，他在寻找如何唤回紫宝石的方法，而尹甜菜则听从他的吩咐远远地守着那颗美丽的宝石，绝不让它受到任何伤害。她总觉得很不安，天泽岚尹并不是一个安分的人，他又打桌球又打篮球的，还把紫宝石戴在耳朵上，只要稍微不小心就会弄破。而且，他要自己用身上的一样东西作为交换，到底会拿走她的什么东西呢？

走过一个转角，前方就是店铺大门了，尹甜菜忽然停住脚步。她看到银岚闭着眼睛倚靠在门口的藤木椅上，敞开的领口里还可以看到肩膀上的伤，虽然愈合了不少，但仍旧可以看到细细的一道痕迹。他睡着了，就在店的门口。

在她记忆里，银岚一直是一个很谨慎的人，他从来都不会轻易露出破绽，更不会这样毫无警惕地让自己睡在大门口。而现在他就这样躺在那里沉沉睡去，似乎周围的一切都安静了下来，全部定格在画面里。

尹甜菜小心翼翼地走上去，还没到他身边，银岚便睁开了眼睛："回来了么。"

“嗯。”尹甜菜被吓了一跳，她没料到银岚醒得这样快。进了店里，她从柜台上拿下书包，走到外面，“我先回家了。”

“等等，”银岚从藤椅上站了起来，取下一直佩戴在他身上的一颗玉珠，将它挂到尹甜菜的脖颈上，“以后带着它，它会护你周全……它和上次送予你的佛珠可不一样，千万不要再弄丢了。”

这颗玉珠是滚圆剔透的，绿如翡翠，透如琉璃，尹甜菜好奇地握在手里看了看：“这是什么东西？摸上去凉凉的。”

银岚风轻云淡地呵出一句话：“对我来说……非常重要的东西。”

四

“甜菜，今天我们一起去逛街吧，好不容易熬到一天作业特别少的。”第二天放学后，边上的几个同学一起约着要去街上玩，尹甜菜正在收拾书包，她还得去看着天泽岚尹，她可不希望紫宝石出现一点差池：“不去了，我还有事。”

“最近你总是神神秘秘的，到底在做什么啊？”同学们还在身后问着话，她已经拎起书包打算走出教室，忽然门外进来一个打扫包干区的男生，他扫视了教室一眼，然后把目光落在尹甜菜身上：“喂，校门口有个人找你。”

又有人找她？尹甜菜从窗外探出头，她本来以为会是银岚想到了唤回紫宝石的方法所以来找她，却没想到，站在学校大门外的，竟然是天泽岚尹！他的身边还跟着几个一起玩耍的同伴。

挤在窗口的几个学生已经激动了起来：“快看校徽！是华腾私立中学的！都是有钱人家的少爷哎，甜菜，你怎么会认识……哎？甜菜人呢？”

“她早就下去了。”那个打扫包干区的男生扛着扫把关上了教室门。

尹甜菜背着书包快速朝校门外跑去，她心里七上八下的。天泽岚尹怎么会忽然来找她，难道……他已经想好要从自己身上拿走什么了吗？

门口已经有几个路过的同学摇头晃脑朝他们这边看来，尹甜菜站在距离他们十五米的地方停了下来，天泽岚尹招了招手：“过来。”

果然是找她的。尹甜菜立刻“噌噌噌”跑了过去，还没站稳，就看到他把左耳上的耳钉取了下来：“你想要这个，我可以给你。”

“真的吗？”尹甜菜颤颤悠悠地伸出了手，旁边几个站着的少年忽然笑了笑，她立刻想起之前天泽岚尹说的话，要从她身上拿走一样东西，连忙将手收了回来，“你要从我身上拿走什么作为交换？”

天泽岚尹顿了顿，其实他之前对尹甜菜说的只是随口的一句玩笑话，原本这次来并没有打算从她身上拿走什么，但是见她这样警惕，便好奇地上下打量她一番，最后将视线定格在了她的胸前：“用你脖子上的玉珠作为交换。”

“玉珠不行！”尹甜菜立刻后退一步，握住了脖子上的东西，那是银岚送给她的，而且是专门用来保护她生命安全的。银岚再三嘱咐过了，这次一定不可以把它弄丢。她根本就不知道这几个人要对玉珠做什么，如果它被拿走的话，就不能和银岚交代了。

天泽岚尹微微皱起了眉头：“你这颗玉珠很值钱？”

“这是朋友送给我的东西，我不会拿来做交易的！”尹甜菜答得斩钉截铁。天泽岚尹忽然笑了起来，他伸手将紫宝石举到了空中：“你不是很想要它吗？怎么连一颗玉珠都不肯交换。现在它在我手里，主人不是你，我可以随意丢弃它的，等到它被毁掉了，你再想交换都没有用了。”

看到天泽岚尹竟然举起了手要把紫宝石砸掉，尹甜菜急了，她握紧了手里的玉珠思考着现在应该怎么办。银岚应该也会比较想要紫宝石吧，这颗玉珠说到底也不过是一件保护她的东西，大不了她自己保护自己就好，玉珠留在身边也没有什么用。

举着的手马上就要把紫宝石丢出去了，尹甜菜一下子将脖颈上的玉珠拿了下来：“给你！”

散发着淡淡的荧光，那颗玉珠在阳光下显得更加翠绿。天泽岚尹脸上看不出任何表情，他垂下手将紫宝石放到尹甜菜的掌心，然后拿过了那颗玉珠。

令尹甜菜没有想到的是，他接过玉珠的一刹那，竟然直接将它摔到了地面。只听得“哗”一声，玉珠破碎了一地，只留下那段红绳还穿在一半的残骸里。

此时站在橱窗前的银岚忽然感觉到心口一阵疼痛，他整个人失去了重心，来不及抓住任何东西就跌倒在地上，肩膀处本来已经愈合的伤口又裂了开来，他觉得整个人都疼得厉害，身子一下子蜷缩了起来。

玉珠……被毁掉了吗？

“你做什么啊？！”看到天泽岚尹竟然把银岚给她的玉珠打碎了，尹甜菜气得整张脸都白了。天泽岚尹不冷不热地抬脚踩在已经支离破碎的残骸上：“我们不是做了交换了吗？现在它是我的，我想要怎么对它是我的自由，不是吗？”

尹甜菜握紧了手：“可是它对我很重要！”

“如果对你很重要，就不要轻易将它作为交换！”天泽岚尹的声音一下子提高了，“如果觉得不重要，就不要张口闭口说最喜欢，最珍贵，最难以割舍！这种话听了只会让人觉得好笑！”

尹甜菜站在原地一动不动，耳钉上的细针已经扎进了她手掌里。那几个少年吹了声口哨，转过身跟着天泽岚尹一起离开了，只留下一地的玉珠碎片。

尽管拿到了紫宝石，可是她为什么有一种很难受很难受的感觉？好像心口被人狠狠地扎了一刀，难受得几乎要流血。

尹甜菜背着书包脚步沉重地朝店铺走去，一路上想着应该怎么跟银岚解释。是先告诉他得到了紫宝石，还是先告诉他玉珠被毁掉的消息？银岚会生气吗？对他来说，紫宝石应该要比玉珠来得重要吧。

好不容易到了店铺门口，尹甜菜吸了一口气，尽量让自己脸上扬起微笑：“银岚，告诉你一个好消息哦，我得到了紫——银岚？！银岚你怎么了？”

看到他竟然整个人都跌倒在地面脸色发白，肩膀上的伤口又流出了很多血，尹甜菜吓得直接跑了过去将他扶起：“银岚！你的伤还没好吗？怎么变得这么严重，昨天不是还好好的吗？”

“玉珠……在哪里。”银岚勉强睁开眼睛，他看到尹甜菜胸前空空如也，眼神一下子黯淡下来，“你将它弄丢了。”

“不是，是我用它交换了紫宝石，我得到紫宝石了！”尹甜菜连忙将手里的耳钉举了起来。

银岚长长地呵出一口气，他垂下眼帘：“我告诉过你……放在你身边的玉珠，对我很重要啊。”

尹甜菜一下子怔在那里，将这么重要的东西放在她身边，就只是为了保护她，而且银岚一句关于玉珠重要的话都没说，只是告诉她这次不要再弄丢了，他从来都没有告诉她这颗玉珠是那么重要那么宝贵的东西啊！

五

有些人，会常常把“最喜欢、最重要、最宝贵”这些话放在嘴边，但是却从来都不知道到底哪一样是真正值得他们珍惜的；而有些人，什么都不说，什么都不表示，好像是一副并不重要的样子，但是他们握在手里的，却是最宝贵的。

尹甜菜丢下书包从店铺跑了出去，此时天空上黑压压盖过了一片乌云。她飞快地在街道上奔跑着，她跑回了学校门口，地上已经哗啦啦落下了豆大的雨滴，那些玉珠碎片被雨水冲散开去，有一些甚至滚到了下水道里。

尹甜菜害怕极了，她拼命地捡着，拼命地用手把那些碎片抓起来。手掌被划出了血，她咬着牙，眼泪从眼眶蔓延出来，大颗大颗地砸到被雨水打湿的衣领上。

“如果对你很重要，就不要轻易将它作为交换！如果觉得不重要，就不要张口闭口就说最喜欢，最珍贵，最难以割舍！”天泽岚尹的话一直回荡在她脑海里，尹甜菜哭得厉害，她摸索着抓着地上混杂着雨水的碎片，用力地将它们握在手心里。

忽然，一双鞋跨进了她的视线，尹甜菜抬起已经哭肿的眼睛，看到出现在眼前的是天泽岚尹，立刻站起身，将口袋里的紫宝石耳钉取了出来摊在他眼前：“我把它还给你！我不要了，我把它还给你！求求你，让玉珠回来……好不好……”

“为什么，想要它回来？”天泽岚尹站在那里，他看着眼前哭得一塌糊涂的尹甜菜，不知不觉握紧了手。

“因为我不知道……它原来那么重要。”是银岚最宝贵的东西，却放在了她的身上。而现在，为了换一颗紫宝石，却让他丢失了最宝贵的玉珠。她宁可让自己一辈子都摘不下铜戒，也不想让银岚受伤啊。

天泽岚尹抬起手，按住躺在尹甜菜手里的紫宝石：“那颗玉珠，比它重要吗？”

“因为我的朋友，比它重要啊。”尹甜菜紧紧抓着自己的手臂，她从来都没有觉得这样难受，好像撕心裂肺，好像随时都可以把生命交付出去，只为了换回银岚的玉珠。

当尹甜菜这句话从嘴里脱口而出，原本躺在她掌心里的紫宝石忽然一下子悬浮到了半空中。天泽岚尹后退了一步，宝石的光辉几乎映彻了整个天际，他看到那颗宝石从耳钉上脱了下来，随后倏然缀入尹甜菜手里的铜戒上。那些散落在地面的玉珠碎片也跟着一起升腾到了空中，像散开的萤火虫一样环绕在四周，然后逐渐逐渐聚拢在一起，融合成了一颗剔透的玉珠，落入尹甜菜的手心。

尹甜菜怔住了，看着那颗重新复原的玉珠落回到掌心里，她一下子握住，紧紧地贴到了心口。这一次，不管发生什么事，绝对不会再丢弃它了。

天泽岚尹看到站在雨中的尹甜菜紧紧握住那一颗玉珠，雨水顺着脸颊流淌下来，他转过了身，打算离开。尹甜菜喊住了他："天泽，你的紫宝石……"

他重新转回身，目光停留在那颗依附在铜戒上的美丽珠子，脸上忽然绽开了一个笑容："你留着吧……也许那本来就应该是属于你的。"

天泽世家拥有紫宝石那么多年，却从来没有见过它散发这样的光芒。也许只有宝石的主人才可以做到吧。

六

稀稀落落的雨从天空坠落下来，尹甜菜紧紧握着手里的玉珠朝着店铺的方向跑去。马路边飞驰而过的汽车溅起了大片大片的泥水，打得她浑身上下都湿透了。眼前的路有一点模糊，是雨水蔓延进了眼睛里，她伸出手擦了擦，忽然看到一个身影出现在自己眼前。

因为脚步并没有停止，她整个身子都撞了上去，站在面前的人立刻伸出手扶住她，她还没有抬头，忽然感觉到那个人划过了自己戴着铜戒的手背，有一股莫名的力量涌了上来，她吃惊地看到那些原本附着在铜戒上的五颗宝石一下子飞了起来，顺着那个人的手脱离开去！那是她好不容易才一颗一颗收集到的，是她拼尽了全力才收集到的啊。

“不要！”脚跟用力一顶，她飞快地扑了上去，在那些宝石全部飞走之前牢牢地抓住了四颗，最后那颗紫宝石还是落到了那个人手里。

她抬起头，看到站在对面的黑衣少年……是千以亦！自从在江户时代后期恍惚见过一面之后，他就再也没有出现过，而现在，他又忽然出现在自己面前，并且夺走了紫宝石！

千以亦站在离尹甜菜只有四五米的地方，他脸上张扬着美丽的笑容：“我在日本救了你一命，现在你用这颗奇迹之石来答谢我，如何？”

他的身体渐渐往后退去，尹甜菜想要拉住他，但是距离却越来越远。千以亦脚尖一点，瞬间便隐进了茫茫的雨雾之中，再也看不见身影。

他的伤，也好了吗？

站在大雨中，尹甜菜看着一片茫茫的雾气，终于将视线拉回到握在手里的宝石上。这些宝石差一点就被千以亦夺去了，但是总算挽救了一些回来，并且重新回到了铜戒里，尹甜菜知道凭借自己的力量是夺不回那颗紫宝石的，现在最重要的是把玉珠带回去，只要可以救活银岚就好……哪怕不要这些宝石，只要可以救活银岚……比一切都重要！

赶到店里之后，她发现原本倒在橱窗下的银岚竟然不见了，她焦急地呼唤他的名字，整颗心都悬了起来。如果因为她的过错让银岚消失了，她一辈子都不会原谅自己的！

“我在这里。”忽然一个声音从里屋传了过来，尹甜菜抬起头，看到银岚打开门，原本苍白的脸色稍微好转了一些，只是肩膀上的血迹还是那样刺眼。

其实很多事情，只有当我们失去了才会觉得它很重要。也许平时我们从来都不在意它们，当终于有一天，它们消失了，我们才开始感到恐慌，感到孤单，感到害怕。无论它们代表着什么，是真真实实存在的物体也好，还是我们的情感也好，无论我们是否在意它们，它们都存在着，只是我们尚未觉察罢了。

看到银岚站在门口，他是醒着的，他是活生生的，他并没有闭上眼睛，尹甜菜眼眶里悬着的泪终于大颗大颗滚落下来。要知道，刚才她是多么害怕，害怕银岚就这样倒在那里，再也醒不过来了。

也许，这是尹甜菜第一次在他面前这样号啕大哭，她站在店门外的街道上，眼泪噼里啪啦地滚落下来，手掌拼命地擦着，但是怎么都不及眼泪的速度快。

银岚长长地呵了一口气，他走到她面前，伸手将她揽进了怀里：“已经没事了。”

好了，一切都已经没事了。很多人很多事，在你最初遇见的时候未必会在你心中留下深刻印象，然而终究有一天，当你熟悉了、习惯了他的存在，他的一举一动，都会牵挂着你，那便是人与人之间的牵绊呵。

第八章

银岚之树

一

一缕细腻的余霞从斑驳的木窗外照射进来，斜靠在门板上的男子指尖上沾着一枚玉珠，那玉珠浑圆剔透，精美至极。他取了一根红绳轻轻从玉珠的一头穿了过去，然后系上一个结，挂于面前的少女颈上："这一回，你可一定好好地守住它。"

尹甜菜咬了咬牙，她想把这玉珠还回去："不行。银岚，这个东西太珍贵了。如果再交给我，我守护不了它的话，你又会受伤的。"

银岚只靠着门板，他伸手拂过尹甜菜胸前的玉珠："无妨，好好守着它便是。"说完，他低头看了一眼站在面前全身湿漉漉的尹甜菜，忽然伸手揉了揉她的脑袋："今天就到这里吧，你回家换身衣服，好好休息休息，不要感冒了。"

"我身强体壮的，怎么可能会感……阿嚏！"尹甜菜还想反驳，结果一个喷嚏打得她面红耳赤。

银岚从柜台后面拿出一块白色毛巾盖在她的头上："先擦擦吧，等下还会下雨，我帮你去取一把伞。"

尹甜菜嗅了嗅毛巾上的味道："这之前是擦什么的？怎么臭臭的。银岚，这不会是抹布吧？你不会要我用抹布擦头发吧啊？"

"是新的，前些日子下雨，潮了便落了味道。"取了伞出来的银岚看到尹甜菜一副嫌弃的样子，立刻皱起了眉头。尹甜菜半信半疑地拿着那块白毛巾擦头发，擦着擦着她忽然想起了什么似的抬起头来："银岚，天泽家的那颗紫宝石，被千以亦夺走了。我赶着回来把玉珠还给你……就没有追上。"

银岚没有答话，转过身重新翻看起那本记载着上古时期历史的书。尹甜菜坐在一旁擦头发，整个店里都非常安静，连一根针掉到地上都可以听见。

好不容易把头发擦干了，尹甜菜觉得再坐下去也没必要，就站起身把毛巾放到银岚旁边："我先回家了。"

"嗯。"银岚淡淡地应了一句，他干脆连看都没看她一眼。

尹甜菜咬着嘴唇嘀咕道："真是的，我还辛辛苦苦把玉珠找回来，现在就不当我是朋友了。”其实到现在为止，尹甜菜对银岚的过去还是一无所知。银岚把她的事情倒是调查了个清楚，对自己的事情却闭口不谈，搞得神秘兮兮的。

回到家后，尹甜菜洗了个澡，换上干净的衣服打算做作业。结果发现书包里少了一本练习本，应该是落在学校里了。看了看窗外又淅淅沥沥下起来的雨，要是现在去拿练习本，估计又会被淋湿了，她犹豫了一下，决定还是再去学校一趟比较好，和明天挨老师骂比起来，淋淋雨又算得了什么呢。

尹甜菜撑着伞跑到学校门口，大门早就被关上了。她踮起脚敲了敲门卫的玻璃窗，请求他打开门让她进去拿练习本。门卫见是一个乖巧的女学生，便站了起来，打开旁边的一扇小门，放尹甜菜进去。

尹甜菜急匆匆地跑到教室门口，却发现门被锁上了。钥匙只有办公室才有，办公室的门应该也被关上了吧？心里虽然这样想着，但是已经大老远跑到了学校，最多再跑一趟办公室，也不差这么一点路了。

幸运的是，办公室里还有一位老师在备案，并没有锁门，尹甜菜喊了一声“报告”便走了进去：“老师，我有东西忘在教室里了，想要拿钥匙去开门。”

“钥匙都放在钟老师的抽屉里，你找找吧。”备课的老师抬起头来指了指旁边一个空位置，尹甜菜立刻跑过去找。那个抽屉里还放着一堆资料，都是学生的名册之类，尹甜菜瞄了一眼，好像是一些转校生的档案。尹甜菜低头翻钥匙，忽然看到了其中一份文件上写着“千以亦”三个字，她愣了愣：原来千以亦是转校生。

她看了看还在备课的老师，发现他并没有注意自己这边，于是小心翼翼地将文件打开。上面写着，千以亦是在上个学期转到这个学校里来的，之前一直都在家里自学，没有其他学校的记录。往下看了看，联系方式里居然连个电话都没有，只有一个家庭住址，还在离城区很远的郊外。

“钥匙找到了吗？”见尹甜菜久久没有反应，那个老师低着头随口问了一句。尹甜菜吓了一跳，连忙将资料塞回去放进了抽屉里：“找，找到了……我这就去开门。”

拿了练习本回来，尹甜菜赶紧把脑海里记住的千以亦的家庭住址写在了本子里，如果把这个告诉银岚，他就可以去调查看看千以亦到底是什么人，被夺走的紫宝石也许就可以抢回来了。

这样想着，她不禁加快脚步跑向了店里。银岚还在那里翻看着书，尹甜菜把练习本上的地址交给了他："千以亦住在这个地方，我们要不要去找找看，也许他会在这里的。"

银岚伸手在练习本上一拂，那原本粘附在纸面上的字就收进了他的掌心中："你留在这里，我去。"

"哎，明明是我弄到他地址的，为什么是你去啊？我也要去！"尹甜菜自然不依，但是才转过身，就发现银岚已经消失了，只留下片片绿叶坠落到地面上。

二

尹甜菜当然不可能只让银岚一个人行动，他总是把很多事情都隐瞒起来不告诉她，但越是这样，尹甜菜心里就越别扭，宝石的事情也好，铜戒的事情也好，她总觉得自己是一无所知的，好像一直以来都只是顺从银岚的吩咐，按照他的要求做事，可明明当初遇见的时候，她才是他的主人啊，主人有资格知道这一切。

再次默背了几遍地址，尹甜菜拦了一辆出租车追了上去。因为是在郊区，车子开到一条泥路旁就停了下来。前面的路很窄，车子是开不过去的。

尹甜菜付了钱从车里下来，抬起头朝那条窄路看去，周围到处都长满了野草，好像很少有人经过似的。一直往前走，边上原本低矮的灌木里也参差着一些高大的树木，再走进去，就干脆进了一个茂密的树林里，此时，雨已经停了，冒出的太阳只能穿透细密的树叶间隙才能来到地面。

“这是什么地方啊？”她很少走这样的路，进了树林之后很快就找不到方向了，只是凭着直觉知道自己一直在往更深处的地方走，而前面似乎总没有尽头。

忽然，一片散发着淡淡荧光的树叶从眼前飘过，那是和脖子上挂着的玉珠一样的光芒！尹甜菜的视线定格在那片叶子上，它在空中打了一个旋儿，落到了地面上，散发着的光芒也消失了。

真是奇怪的树叶……她转回头，却见无数片叶子从对面飘了过来，就好像散落的樱花一样，在空中飞舞着。尹甜菜循着叶子飞来的方向走去，她穿过一片长满荆棘灌木的山坡，又跨过了一条流着清水的小溪，当看到伫立在那里的一棵散发着光芒的大树时，她彻底震住了。

从来没有见过这样美丽的树，好像全身都闪闪发着光，有很多明亮的光点从里面飘散出来，悬浮到空中。

那些叶子其实是很好辨认的，如果没有猜错的话，这棵应该是槐树。但是槐树不会发光啊？为什么这棵树却是闪闪发光的，好像里面活着一个灵魂似的？而且这棵树非常大，枝干粗壮，应该是活了上百年甚至上千年，太不可思议了。

尹甜菜好像是被树吸引了一样，一步一步靠过去走到它身边。当伸出的手贴到了粗糙的树干上时，挂在胸前的玉珠瞬间发出了明亮的光芒，好像是在同这棵树相呼应似的。这样奇异的现象让尹甜菜睁大了眼睛，她抬起头朝上方看去，槐树伸展的粗枝一直向上空延伸着，青翠的树叶好像在展示着自己丰沛的生命力。尹甜菜忽然有一种很奇妙的感觉，她想起那天银岚在修复身体时，也是这般模样，脚下全部都是泥土，全身盈盈地散发着光芒……

忽然一阵巨风吹来，槐树的叶子卷到了空中，尹甜菜随着叶子的飞腾转过身，她看到郁郁葱葱的树林间，俨然屹立着一座被蔷薇花藤缠绕的白色古堡。古堡并不高，灰白色的墙壁因为布满了蔷薇花藤，被隐藏得很好，如若不是这些叶子都被吸引去了那个方向，她根本就发现不了它。

三

尹甜菜拨开荆棘朝着古堡的方向走去，布满花藤的围墙越来越近了，上面的瓦片非常精致，虽然好像经过了很久的日晒雨淋，但是那细腻的纹路依旧环绕着每一片瓦的边缘。

“这里应该有一条深水沟，下雨的时候里面会积满水……”尹甜菜明明只是沿着古堡外面走，她忽然好像感觉到了什么，停下了脚步，脑海里出现这样的想法让她微微怔了怔，蹲下身去，拨开那些密密麻麻的草堆，她果然看到了一条水沟。只是那水沟已经干涸了很久，里面的淤泥散发出一股腐烂的臭味。

她是第一次来这个地方吧……可是为什么，会有一种熟悉的感觉呢？

抬起头望向古堡上方，眼前忽然一晃，好像有一个人影冲破了屋顶跃到了另一边，尹甜菜睁大眼睛，那是千以亦！而紧跟随在他身后的那个驱动着树叶的人，是银岚！

尹甜菜加快脚步朝围墙前方跑去。她甚至都不知道自己为什么会那么肯定，大门就在那个方向。

一圈一圈环绕的古铜色铁环，紧紧相扣的铜锁，尹甜菜不知道自己在这古堡的围墙外头跑了多久，忽然一片光亮从身侧照射过来，她停下脚步，转过头，那两扇敞开的巨大石门就耸立在眼前，石门上面镌刻着许多美丽的图案，只是布满了青苔，看不清图案到底是什么。从门缝里看去，可以看见茂密的杂草丛，还有发黑的象形石雕。

这个地方……如此熟悉。

尹甜菜怔住了，她小心翼翼地走了进去，脚下踩到半截干枯的树枝，发出清脆的“咔嚓”声。曾几何时，似乎也有过这样的场景，两个孩子站在这偌大的宫殿门外，旁边有一条淌着水的清池……还有柔水，翠柳……片片柔软的叶飘落到池面上，泛起点点涟漪。有一支白皙如玉的手臂搭在池沿上，那水中的倒影，是一张美丽的脸……明明好像有什么东西在脑海一闪而过，却怎么也抓不住那个瞬间。尹甜菜使劲地摇晃了一下脑袋，让自己清醒过来。

沿着宫殿大门的白玉石板走上去，因为长久没有人到过此处，那白玉石都已经发黑发黄了。

才跨出几步，忽然好像有两个身影从旁边奔跑而过，那是一个少年与一个少女，他们牵着手在这宫殿里奔跑着，嬉戏着，周围绽放的花朵仿佛也为他们的欢乐而摇曳着枝干。

“蔓……”

一声轻吟在耳边响起，尹甜菜猛地回过头，却什么也没有看见，只有那空荡荡的一扇门，还有身后斑白的宫殿支柱。

如此熟悉又陌生的感觉让尹甜菜全身发起抖来，她忽然莫名其妙地害怕起来，这个地方，好像有什么东西在撕扯着她的记忆。她折转身，迈开脚步急匆匆想要逃离，抬起头，忽然看见一黑一白两个身影从前方飞快地穿过，是千以亦和银岚！

“银岚！”尹甜菜焦急地追了上去，这一声呐喊，让那个白色的身影一下子顿住了。

银岚回过头，看到尹甜菜出现在林子里，顿时大怒：“你为什么在这里？！我让你回家的，你不听从我的话了吗？！”

尹甜菜从来都没看到银岚这样生气过，好像她的出现会给他带来灾难一样：“我是担心你所以才赶来的！你什么都不告诉我，我像个傻瓜一样被蒙在鼓里，宝石也好，铜戒也好，你从来不告诉我它们来自哪里，它们对你到底有多么重要！”

是的，对他……并不是对尹甜菜。她其实早就有所感觉了，每次收集到一颗宝石，银岚总是会看着它们，好像是思念着谁，通过这些宝石思念着一个在很远很远地方的人……这些宝石对银岚才是最重要的吧？也许它们根本就不可以实现愿望！

银岚伸手抓住她的肩膀：“从这里回去，我不想再重复第二遍。”

“我不回去！”尹甜菜第一次忤逆了他的话，而且回答得异常坚定。银岚眉头一下子皱了起来，正要说话，一股强大的力量从旁边飞窜出来，银岚挥起袖子一挡，那些力量好似带着片片风刃，凌厉地刮开衣袖，冲向他们。

尹甜菜吓得呆立在那里，银岚抓住她的手直接揽入怀中，他反身用后背挡住冲过来的力量，后背顿时被风刃恶狠狠地刮出两道伤口。

站在对面树上的千以亦悬起了手，他的指尖环绕着一圈又一圈的黑暗力量，嘴角却挽起笑容："银岚王子殿下，为了保护她的躯壳，你还真是尽心尽力呢。"

王子殿下？尹甜菜从银岚怀里探出头来，看到他背上的血，吓得脸色都青了："银，银岚，你流血了！"

"快点离开这里……"银岚松开手，勉强支撑着一跃而起，驱使周围树木的叶子席卷向千以亦。千以亦脚尖一点，翻身从树上跳了下来，他抬起头看到对面尹甜菜脖颈上悬挂的玉珠，忽然眼睛微微一眯："原来放在她身上。"

"快走啊！"银岚察觉到危险的时候，已经来不及了。尹甜菜就呆呆的站在原地，千以亦轻而易举来到她面前，一把抓下挂在她脖颈上的玉珠，一股黑色的火焰灼烧到了玉珠表面，千以亦转过头去，那棵活了千年万年的老槐树也跟着一同燃烧起来。他打了一个响指让火势变得越来越大，然后整个人都跳到了半空。

银岚在这一瞬间跌倒在地面，他紧紧地捂着胸口，仿佛整个身体的灵魂都在灼烧！

"只要它死了，你也一样会死……对吗？"千以亦笑得绚烂，美丽的黑色火焰和他整个人都融合在一起，好像一个来自地狱的魔鬼。

"银岚你怎么了？！"尹甜菜焦急地跑过去要扶起他，却被银岚一把推开了。

手指触碰到火焰，立刻被灼烧成一片焦黑。银岚痛苦地蜷缩在地面上，一头银发再次变作雪白。千以亦看了一眼站在下面的尹甜菜，开口提醒她道："今日他终究是一死，你还是不要插手的好。"

尹甜菜咬着牙抬起头："只要我还活着，我不会看着他死去！"

千以亦眯起了眼睛："为什么？"

"因为他是银岚！"尹甜菜握紧了拳头，她几乎是怒不可遏地看着他，"他是我的朋友！他曾经救过我的性命！我的确不知道他来自哪里，的确不知道为什么他的头发会一会儿银色一会儿白色，也不知道为什么他让我收集这些宝石却不告诉我它们有什么用……但是他救过我很多次性命！他一直保护着我，一直不让我受伤，所以他是我的朋友，我不可能见死不救！你把玉珠还给我！”

伸手想要去夺，千以亦立刻举高了手：“你疯了吗？碰到这些火焰，你会被烧死的！”

“把玉珠还给我……”尹甜菜一个劲地跳着想要把玉珠拿回来，千以亦终于忍无可忍，一把将她推了开去：“好，你若是愿意将自己的身体化为灰烬，我就将玉珠还给你！”

一直都是挽着笑容的少年第一次发了火，他将玉珠悬到半空中，脸上的表情阴晴不定：“知道银岚为什么会有这颗玉珠吗？因为他为了可以活上千年万年，将自己的魂魄和槐树的魂魄结合在了一起，所以这颗玉珠就是他的元神。你现在为了他可以付出自己的生命吗？他对于你而言，只是一个陌生人罢了，甚至他一直想要伤害你。他要保护的也不是你，而是你的躯壳！他需要你的躯壳所以才一直保护着你！”

“把玉珠还给我，把玉珠还给我！”尹甜菜只想要救银岚，哪里听得进他的胡言乱语。千以亦后退一步，冷冷地看着她：“你走进那棵树里去，将自己的身体烧为灰烬，我就灭了火，把玉珠送回银岚体内。”

尹甜菜一下子怔住了，她将视线落在那棵正熊熊燃烧的槐树上，火焰已经把树枝烧断了，粗大的树枝残骸，不断地跌落在地面上。如果从这里走过去，进到那些火焰里，银岚就不会这样痛苦了。那颗玉珠是因为在她身上，所以才没有被保护好，自己竟然再一次，害了银岚……

千以亦和银岚原本都以为她不敢这样做，但是令他们震惊的是，她迈开了脚步，一步一步走向了熊熊燃烧的树。她的手臂是颤抖的，肩膀是颤抖的……但，她还是毅然走进了树里面。

当身体被黑色的火焰吞噬，突然一阵光芒散发出来，一颗深蓝色的宝石从尹甜菜体内飞出，银岚难以置信地看着那颗宝石固定在了铜戒上……

纯真之石，竟然在尹甜菜的灵魂里？！

四

黑色的火焰被熄灭了，握在千以亦手里的玉珠一瞬间坠落下来，银岚便在这一刻召唤出无数的叶子席卷向他全身，将玉珠从地面托了起来回到手中。千以亦后退几步站定到树枝上，摸了一下口袋，眉宇立刻紧锁起来："奇迹之石……"

"在我手里。"银岚伸出了手，一颗紫色的宝石就夹在指间，他快步来到尹甜菜面前，失去了纯真之石的她已经闭上了眼睛昏死过去。银岚托起她的手背，古色的铜戒上已经并排缀了五颗宝石，再将这一颗放上去，就是第六颗了。

千以亦自然不会让银岚这样轻易得手，他挥出一道黑色的力量阻止他，但是却被铜戒上纯真之石散发出来的光芒阻挡住了。

"你可真是疯了，到现在还在保护这个人……"紧握的手里发出格格的响声，他眼睁睁的看着银岚将奇迹之石安放在了铜戒里。

第一颗收集来的是慈爱之心，对人仁慈，温柔善良，无论在什么时候都默默地保护着她，默默地照顾着她；第二颗收集来的是希望，面对逆境永不放弃；第三颗是真诚，代表着坦诚相待，从心底感动他人，并且最终获得他人的信任，那是真诚之心；第四颗是怜悯，将太多的歉意和悲伤存放在心里，尽管时常做出伤害他人的举动，但是在心里却仍旧拥有一颗怜悯之心；第五颗是奇迹，无论在何时何地都要相信自己，都要拥有可以创造奇迹的决心；第六颗是纯真，纯洁真挚，没有一丝污染，那是世界上最晶莹剔透的美丽；第七颗被毁灭的是勇气，为了保卫自己的家园，为了可以继续活下去，会付出一切的勇气。

这七颗宝石所形成的，并不是拥有可以实现任何愿望的力量，那只是银岚编造的一个美丽谎言罢了。它是灵魂的碎片，当它们都聚集在一起，那个在千万年前，站立在宫殿之外，永远洋溢着笑脸的少女，便会重新出现在这个世界上。

"你以为这样就可以唤醒她吗？别忘了你少了一颗宝石！她是不可能醒过

来的，就算你剥离了尹甜菜的灵魂，也不可能将她的魂魄放进去！”千以亦身上陡然冒出了一股强大的黑雾，他想要阻止银岚利用宝石召唤那个已死去的人的灵魂，但是所有的攻击都被纯真之石的力量给阻挡了。

银岚冷冷地瞥了一眼站在远处的千以亦：“你只是一团污秽凝结而成的东西，有什么资格阻止我。”

“呵，那你现在又同我有什么区别？我是恶，而你若是下了手，同样也是恶！若是她知道你为了让她复活而做这样的事，恐怕她永远不会原谅你！”千以亦的话让银岚一下子顿住了手。

是啊，若是他为了让她复活而毁灭了尹甜菜的灵魂，她应该是永远都不会原谅他的吧，毕竟那是一个如此纯粹美好的人，全世界的美丽都集中在了她身上……

五

那是千百年前才应该拥有的记忆了吧。曾经辉煌而美丽，绽放着睡莲、拥有无数子民的神秘国度——古蜀国，有一对双生子诞生在这个神秘国度里，她们不同于其他人，其他人从诞生之时就附着了人最初的善与恶，而这对双生子原本应该是归于同一，但是却在出生之后，善与恶分成了两个个体，便成为了双生子。

一个名为蔓，一个名为萝。

蔓是所有恶的集结体，而萝则是所有善的集结体。在那个国度里，蔓和萝原本都应该受到爱戴，因为她们是国王生下的孩子，被称为蔓公主和萝公主。但是蔓只知道嫉妒、怨恨、贪婪，因而受到所有古蜀国子民的排斥；萝则善良、仁慈、真诚，受到所有古蜀国子民的喜欢。

古蜀国不能只有公主而没有王子，他们必须要有一个男孩来继承皇位，双生子诞生后的第三年，国王和王后便生下了一个男孩，那就是银岚。

银岚的出现让蔓心底的嫉妒和怨恨进一步加重了。她没有爱，所以无法去疼惜亲人，但是萝有爱，所以特别照顾刚出生的弟弟银岚。从他开始学走路，一直到后来张口叫出的第一个字，都是萝。

萝照顾着银岚，同样也照顾着国家里的每一个子民。银岚和所有人一样，他们都喜欢萝，而厌恶蔓，蔓是懒惰的、自私的、易怒的、贪婪的、自满的，她心中的恶逐渐形成了一个黑暗的阴影，并且越胀越大。她太过于嫉妒了，以至于后来有一日，她决心除掉自己的双生妹妹萝，尽管她们拥有一模一样的容貌，但是因为嫉妒，她希望萝生生世世都不要再出现在世间！她要毁灭善，只留得恶。

古蜀国有一位国师，精通占卜巫蛊之术，蔓从国师手里求得了一个铜戒，只要戴上这个铜戒就可以削弱魂魄的力量，然后在月圆的最后一夜，当戴着它的那个人所有魂魄的力量都被收集到铜戒上时，再将它取下来，把上面凝结的宝石全部打碎，这个人就会生生世世消失在世界上。

蔓求得铜戒之后将它送给了萝，萝因为生性善良单纯，所以并没有怀疑她，而是欢快地戴上铜戒握住了蔓的手：“蔓，我们会永远在一起，对吗？”

蔓的脸上没有笑容：“是啊，会永远在一起。”

在这之后，每隔一个月，萝都会觉得身体非常难受，而且越来越虚弱。到了最后一个月，她躺在床上，已经病得不轻了。

月圆之夜马上就要来临，蔓提着裙摆跑到跪在宫殿天台上祈祷姐姐的病快点好起来的银岚，她伸出手轻轻扶在他的肩膀上：“弟弟，你想要救萝吗？”

银岚并不愿意信任蔓，因为她是一个坏姐姐，从小就经常欺负他，厌恶他，恨不得他消失。但是看着那张与萝一模一样的脸，他的心又颤抖了，她们是如此相像，除了额间的羽片。蔓是黑色的，而萝是明亮的金色。

“萝的手指上有一枚铜戒指哦，就是因为那枚铜戒指她才会病倒的。如果想要救她，你只要将铜戒取下来，把上面的宝石打碎，她便会醒过来……”那是多么温和的声音啊，为了诱骗他，让他亲手毁灭最爱的人，蔓尽力模仿着萝的语气。如若哪一天他得知真相，一定会发疯吧，蔓在心里暗暗得意。

跪在天台上的银岚犹豫了，他紧紧地握住衣摆，美丽的长发散落在身后：“是真的吗？只要取下那枚铜戒，将上面的宝石打碎了，萝便会醒过来吗？”

“嗯，不救她的话，她可是会死的哦。”蔓嘴角弯起了笑容，额间的黑色羽片更加绽放出光芒，“你看，月亮马上要从乌云里出来了，等月光照射到萝的身上，她就再也无法睁开眼睛了。”

银岚一下子站起了身，他飞快地踩着石阶跑了下去……他不会让萝死的，他不会让萝永远睁不开眼睛！

飘逸的长发在空中飞舞，他推开了那扇缠绕着藤蔓的雕花大门，萝正安静地躺在玉榻之上，她双手紧握在胸前，闭着眼睛没有一丝气息。

“萝，萝！”他吓坏了，几步跑到她的身边，抬起头看到躲在云里的月亮已经一点一点探了出来，戴在萝手指上的铜戒还在闪闪发光，他脑海里只有蔓最后的几句话，“如果不将它摘下来，萝是会死的……”

忽然狠了狠心，他一把握住那枚铜戒，用力一抽。萝脸上的血色便在这一瞬间褪去，变为苍白。银岚深深地吸着气，铜戒上的宝石是那样温暖，盈盈地散发着光芒，当他紧握在手上时，好像有一股力量从身边划过，轻轻地抱住他的身体。此时月光已经倾泻下来，银岚知道自己别无选择，他掏出匕首将那些宝石从铜戒上撬下来，但是当挥起手臂要将它们打碎的时候，却发现自己整个身体都在颤抖。

为什么……为什么握着它们的时候，感觉到的却是这样的温暖，他根本下不了手啊，根本无法将它们砸碎。

“来人，将这些宝石带出宫去，封入天池里！” 银岚最终还是没有下手，他将宝石交给了最信任的一个侍卫，命令他带着它们逃到天涯海角，逃到边疆最遥远的地方，那里有一个天池，无边无际。

侍卫带走了宝石，他遵照吩咐将宝石丢入了天池，但是却在犹豫之间偷偷将一颗紫色宝石留了下来。

银岚回到萝的宫殿，他看到她依旧紧闭着眼睛，站在旁边的御医沉重地摇着头，表示无法再救治她了：“王子殿下，公主的魂魄已经从身体里离开了，她是无法再醒过来的。”

魂魄离开了……银岚怔住了。

“弟弟，是你夺走了她的命呢。”蔓轻笑着从旁边的帷幕后面走了出来，她的声音婉转如夜莺，但是字字句句却像刀刃一样割在他的心口，“铜戒上的那些宝石，都是萝魂魄的凝结之物，你毁了它们，就是毁了萝的魂魄……呐，是你杀了她哦。”

几乎是在这一瞬间，银岚的脸褪了血色，他悲痛欲绝，俯身在萝的榻边哭泣着，到了第二日，他的头发已经变作银白，好像天山之巅的晶雪，剔透而冰冷。

他在自责，明明知道蔓是邪恶的，明明知道蔓在撒谎，他却依然天真地信任了她的话。为此，他失去了最爱的姐姐，失去了一直守护在他身边、保护在他身边的人……如若不是蔓，她还会继续过着幸福的生活。这一切罪恶，都是蔓给的！

为了可以重新将那些灵魂的碎片寻找回来，他放弃了继承王位，在五年里走遍了整个神秘古蜀国的角角落落，终于求得世外仙人的法术，将自己的灵魂与槐树的灵魂结合在了一起，他不想就这样随着时间的流逝而老去，他要活很久，要活很多很多年，他必须将萝分离的灵魂碎片全部寻找回来。

便是因为这样，他才变成了现在的银岚，为了收集宝石，为了可以让萝复活。而这一切的罪魁祸首就是她——尹甜菜。

这具承装了邪恶灵魂的身体，他要将她的魂魄脱离出来，将铜戒上收复的力量全部释放进去。银岚紧紧地扣住了尹甜菜的脖颈，千以亦大声制止了他："她并不是蔓！银岚，你看清楚了，她是尹甜菜，不是蔓！在过去那么多年里，你难道都没有注意吗？蔓的嫉妒是因为孤独，蔓的愤怒是因为悲伤，在她身边没有一个人陪伴着，所以她想要毁灭被所有人都注视着的萝。但是萝离开之后，她比以前更加孤独了，比以前更加悲伤了，她将心底的那份恶抑制了起来，终于变成了现在的她。如若她依旧是恶，纯真之石便不可能在她身上！"

银岚怔住了，他呆呆地站在那里，脑海里划过了许多尹甜菜陪伴在他身边的影像。

"你冷吗？"

"我只有一块钱，你要吗？"

"我身下的木板床很硬。"

"你的意思是如果一辈子没客人，我手上这玩意儿要戴一辈子？"

"银岚啊，银岚啊。"

"只要我还活着，我不会看着他死去！"

紧扣的手缓缓松了开去，银岚的心在犹豫，看着这张熟悉的脸，看着这个为了他甘愿走进熊熊烈火里的人……但是，如果她的灵魂不从这具身体里出来，萝永远都不会醒了，只有她的身体才可以，只有她……才可以让萝的魂魄固定。因为她们本来就是双生子！

猛地用了力，银岚伸手抵住了尹甜菜额头，那一缕美丽的灵魂之光顺着他的指尖环绕成圈状一点一点从白皙的肌肤里渗透出来，就在这个时候，她的额头忽然划过一道淡淡的暗光，只见周围扬起了一层乌黑的浓雾，银岚惊得松开手想要后退，躺在地上的尹甜菜已经睁开了眼睛，她用力一扯，将自己的手抽了回来，然后一把拉住银岚的衣襟，嘴角扬起的笑甜美而危险："弟弟……我回来了。"

六

回来了，沉睡了千年万年，终于从这具身体里苏醒了过来。她已经等待了很久，等待着有一天，自己可以从那些枷锁里逃出来。她从来都没有睡过这么长时间，周围都是一片黑暗，脚上手上缠满了沉重的铁链。她想要努力挣脱，但是总有一股力量压制着她。现在好了，那股力量消失了，她也从枷锁里面逃了出来，而且还看到了曾经的弟弟。

“呵，过了这么多年，你竟还是这副容貌呢。”冰冷的手指缓缓抚上了银岚的脸，银岚挥起一掌，想要将面前的人打出去，但是蔓一个纵身就跃到了他的上方，然后轻描淡写地跳落到地面，眼睛一瞥，她看到了站在斜对面的千以亦，忽然眉角一扬：“没想到你这个污秽竟然修成了人形，真是奇迹啊。”

千以亦不冷不热地回了一句：“我这个污秽也是拜你所赐。”

是的，他是污秽。在千年万年前的古蜀国，蔓的内心一直积聚着一片黑暗，这片黑暗随着她日积月累的怨恨、嫉妒而一天天增大，一天天拥有了意识。她死后重新转世，因为上一世的恶让她众叛亲离，加上本身就极易怨恨，所以她开始厌恶自己的恶，厌恶自己内心那片黑暗的阴影，于是在重新转世之时，她将恶封闭起来，抛弃了内心那片黑暗的阴影。

被抛弃的黑暗因为拥有意识而坠入轮回，他一世一世地重生，一世一世地累积着那些过往的记忆。终于到了利苍这一世，他停止了轮回，开始游走世界寻找当初赐予他意识的人。

而现在，这个人便在他的眼前——蔓。

明明是她的恶给予他生命，而后来却又将恶形成的黑暗抛弃！他憎恨着她，如此地憎恨……可是却又无法看着她受伤……因为，她是蔓，他是因她而生的！

“没想到我身上的恶还能形成一个这样的你，若是在以前，你可以陪伴在我身边，或许我就不孤独了。”轻声笑着，尹甜菜原本傻傻呆呆的神情一下子变得妩媚起来，蔓是邪恶而危险的，她同样拥有美丽的笑颜，但是这样的笑颜却可以置人于死地。

千以亦并不说话，他不知道蔓的出现是好还是坏。他一直阻止尹甜菜收集宝石，就是不想让银岚毁了她的灵魂。但是如果尹甜菜失去了过去的意识，重新变成了蔓，那她曾经那段只属于尹甜菜的记忆呢，会消失不见吗？

指上的铜戒还散发着盈盈的光芒，蔓伸出了手，她悬在眼前细细欣赏着，上面每一颗宝石都这样耀眼，耀眼得让她恨不得直接摘下它们砸到地面。银岚注意到蔓的表情，他召唤了周围所有的树叶想要将她手里的铜戒夺回来，但是却被她轻而易举地躲了开去："银岚，我在她的灵魂深处躲了那么久，你以为现在的我斗不过你么？"

"蔓！她从来没有做过伤害你的事！在她的眼里，你一直是她血亲的姐妹，你厌恶她，她却从来没有厌恶你；你伤害她，她却一直保护着你；你想要杀死她，她却从来都不怨恨你！"银岚焦急地开了口。

"够了！"蔓粗暴地打断他的话，"杀死她的不是我，是你！当初是你取下了戴在她手里的铜戒，也是你将这些宝石带离她的身边！呵，不过我确实没想到，本以为你会把这些宝石打碎的，你却只是投进了天池。不过没有关系，现在它们不是到了我的手里吗？"

指尖一动，那枚铜戒一下子悬到了空中，她轻巧地将它握在手里，然后猛地用力要把铜戒连同宝石一起砸到地面上……

奇迹却在这一瞬间发生了！

那六颗宝石盘旋成一道流苏从地面升腾了上来，周围的空气好像被倒吸住了似的，统统飞向那个漩涡，占据着尹甜菜身体的蔓急速后退，跳落到了树上，却没有想到那些树早就被银岚控制了，弯曲的树根像章鱼的触角飞快朝她击打过来，她开始不断躲避跳跃，但是这一整片树林仿佛都是属于银岚的，无论降落在哪个地方，都会被这些东西攻击！

千以亦出手召唤了黑色的火焰保护了她，蔓冷漠地抬起眼帘："我不需要污秽的东西来保护我。"

美丽的眼睛一下子退散了光华，千以亦站立在那里，从她苏醒过来之后，只看了他一眼，确认了他的身份，便再也没有将目光注视到他身上。无论是千百年前，还是现在，她都是厌恶自己的。

只是他不知道，她厌恶的到底是她本身的黑暗，还是只是他而已呢。

忽然旁边有一大片尖利的竹枝呼啸着挟着光芒冲向蔓，千以亦来不及保护她，那些竹枝马上就要刺向蔓。便是在这一刹那，宝石所盘旋而成的那道流苏竟然挡在了蔓身前……那是一个异常美丽的少女，金黄的长发披散到地上，晶莹剔透的眼瞳微微泛着光华，她展开手臂挡在蔓的面前，脸上只有温柔的微笑。

银岚怔住了，他颤动了一下唇瓣："萝……"

第九章

第六扇门

一

泛开的光芒恍若拥有力量的涟漪在空中散漫开来，整片碧绿的森林都散发出了光亮！蔓睁开眼睛看向前方，一个美丽的少女悬浮在半空中，那柔软的金发轻盈地划过她的脸庞……玫瑰色的纱带从少女的脖颈一路系到脚踝，那是千年万年的羁绊，生生世世都无法将它们扯开。玉藕般白皙光滑的手臂挡在尹甜菜面前，少女脸上一直挽着淡淡柔柔的微笑，像是阳光突然穿透厚密的树荫，一道一道渗透下来，照射到地面。

银岚呆住了，真的是萝，现在出现在眼前的这个半透明的影子……真的是萝。

他已经等了那么久，寻了那么久，为了可以再次见到她，他宁愿放弃一切，将自己的灵魂托付于槐树，以半人半妖的身份在尘世间辗转千年，只为能寻回她。那是他从睁开眼睛第一眼便看到的温暖，金色的长发，柔软的微笑，还有额间那片美丽的羽之印记。她是一直陪伴在他身边的人，是扶着他一步一步走路，扶着他一步一步长大的人啊。

“萝，萝……”伸出的手想要触碰她的温暖，但是穿过的，只有她发梢的影子。

扶着树站立起来的蔓呆呆地看着空中那个影子，忽然整张脸都扭曲了起来。又是她，无论自己逃到哪里，无论自己怎么想要摆脱，都无法将她从视线里抹去！她就像一个梦魇，世界上所有的好都集中在她的身上，而自己……根本什么都不是！

明明是同样的脸，明明流着同样的血，为什么她便是光明，而自己就要在这样的地狱里活着！

她愤怒地转过头去，刚才那枚铜戒并没有被砸到地面，它还悬浮在离地面只有几公分的距离，散发着光芒。

蔓忽然伸出手，无数道黑色的光线从身后悬浮起来冲向那枚铜戒，她要毁掉这些东西，毁掉那个总是挡在自己面前的人！

说时迟那时快，银岚急急唤出树叶想要挡住蔓的攻击，但是蔓抢先一步，当树叶飞到她面前时，黑色的光线直接从铜戒中间穿了过去，只听见“咔嚓”

一声脆响，无数的宝石碎片从空中落了下来，那悬浮的萝的影像，此时如破碎的镜片一样变成一块一块，缓缓从空中破散开来。

蔓看着落了一地的碎片，忽然仰天大笑起来："银岚，你千方百计想要收集她的灵魂碎片让她重生，可最后还是毁在我的手里，哈哈哈！"

话音才落下，忽然整片森林好像地震了一般剧烈震荡起来，蔓一个不稳被摔到地面，她抬起头，难以置信地看着周围的一切。那些原本翠绿高大的古树好像瞬间在变小变矮，伸展的枝干被收了回来，所有草木都倒退了时间，它们从生长期变回了发芽期，最后纷纷没入了泥土里；那些移动的石块，风化的碎片，也一点一点重组，就好像历史的岁月在这一刻倒流了，爬满古堡的蔷薇花藤也退了下来，一直回到地面上。墙壁的颜色逐渐鲜亮，城外的水沟波光粼粼，一座一座原本坍塌的房屋重新拔地而起，并列排在了城堡的周围。

一切都回到了千万年前的古蜀国，那片都城，那座古堡！

蔓怔在了那里，她回过头来，看着那些一模一样的路，一模一样的街道，一模一样的房子，除了空无一人之外，这一切都和过去完全相同！是银岚施了法术吗？！这些……都是假的，都只是银岚使的障眼法吗？！

周围散开的落花缀满了一地，蔓踩着破碎的琉璃石一路往前走，这样的空寂曾经是她一直希望的，但是当周围真的什么都没有时，她却又恐惧了。

滴答，滴答……忽然有一阵轻微的水滴声传入她的耳朵里，在这个几乎一切都停止了的世界里，这样的水声仿佛给了她一盏通透的明灯，她转过身寻找声音来源，最后看到了围绕在古堡周围的那条水沟，波光粼粼的水面正泛着丝丝涟漪，那一只雪白的石雕龙卧在墙壁上，龙的嘴里有一个小洞，古堡屋顶上的雨水就是通过这个小洞坠进水沟里的。

蔓抬起头，此刻的天空是一片明朗的晴天，没有下雨，这龙嘴里的水又是从何而来？

她顺着古堡围墙看去，在距离最高的白塔还有七八公分的地方，有一扇敞开的窗，窗沿上正坐着一个七八岁的男孩，男孩梳着发髻垂着头望着她，嘴角的笑意像极了温和的萝。蔓立刻转身跑进古堡里，她顺着石阶一层一层往上跑，当到达那扇窗时，本来坐在窗沿边的孩童却不见了，只剩下空空的一扇窗门。

“在寻我吗？”身后忽然传来一句话，蔓立刻转过身，那个孩子就站在她后面，穿着单色短裤，嘴角弥漫着若有似无的笑。

蔓走过去一把握住了他的脖颈：“这里是什么地方？！”

“你猜呢？”明明掐得那样用力，但是孩童的脸色却丝毫没有变化，他只是望着蔓，眼睛深邃得仿佛一池水潭，“只是掐死我，可没有办法从这个地方出去呢。”

蔓的手劲松了下来，她看着眼前这个只有七八岁大的孩子，忽然心里有一种奇怪的感觉。她抓着他的衣领将他带到窗户口，然后一用力直接将他推了出去。

意料之中的，那个孩子并没有坠落到地面，他就这样悬浮在半空中，原本绑着的青丝批散开来，周围泛起的涟漪在空中形成一道淡色的光圈。他眼帘微微颤动，嘴角的笑意收了起来：“你还真是一个恶人呢，如果想一辈子被困在这个世界里，你可以杀死我。”

“这个世界？”蔓怔住了。

“你不知道吗？因为你毁了那些灵魂的宝石，它们破碎的力量就构成了这个异次元空间。”男孩缓缓跳落回了窗沿上，“而我，便是这个世界的守护者——混沌。”

“混沌……”蔓重复了一遍他的名字，而他已经站到她面前，伸出手想要抓住她的衣角，却被蔓一下子躲开了，“怎么离开这里？！”

“离开么？”男孩眯起眼睛，他忽然侧过身，伸手指向远处的一片山，“那里有一个神庙，神庙的后面就是离开这个世界的通道。但是你想要去到那里，必须穿过神庙前的五扇大门，每一扇门都有门的守护者，如果你不强大，是无法穿过那里的呢。”

布满青苔的石阶，一层一层盘旋而上。蔓抬起头，正前方那一片郁郁葱葱的树林间，可以看到一扇悬空的红漆大门，没有房梁，如同一个伫立的牌坊。上面挂着一幅水墨画，画中是一只人面马身、虎纹鸟翼的怪兽，旁边题着两个字：英招。

“它曾经是看管天帝后花园的神兽呢。在昆仑山东北四百里处，天帝在那里有一座悬圃，那是天帝在人间的一座花园呵，便是由它看管着的。”男孩轻巧地从空中落了下来，脚尖点于地面，悬起了一股清风，“而且，它曾经参加过数以万计的战争，以它之力守护这扇门，你是无法轻易通过的。”

这句话才从嘴边溢出，忽然那画里的怪兽动了起来，周围的地面开始晃动，蔓后退一步站定，一对巨大的鸟翼就从里面挣脱出来，好像是被束缚很久了，它急速飞出带起的一股风把所有树叶都卷到了空中。

蔓怔怔地站在原地，那只怪兽扑扇着巨大的翅膀落于地面，一张清秀的脸冷冰冰的没有任何表情。

“我可以教你通过这里的方法哦。英招是一只很容易相信别人谎言的神兽，只要你开口，随意的一句谎话，它都会相信你，放你过去……你应该办得到才对吧。”身边的男孩依旧笑着，他总是这副表情，永远是无害的模样，却让蔓感到厌恶。因为这样的笑容，太像萝了。

谎言吗？蔓皱起眉头，如果只是谎言的话，她的确可以办得到。在过去的世界里，她不是编制了很多谎言吗？撒谎，欺骗，最后没有一个人肯站在她身边，他们都不相信她的话，只要她一开口，他们便觉得她是在骗人。

所以，已经说了这么多的谎话，再多一个又能怎样？

抬起眼帘，蔓上面一步站到英招面前：“我有一样东西落在了那扇门的后面，只要你肯放我过去，我捡着那个东西便会回来。”

脸不红心不跳，撒谎对于她而言，早已是家常便饭了。

那怪兽果然信了她的话，只犹豫了一下，便让开了路。蔓一步一步从它身边走过，在穿过那扇门的时候还回头望了它一眼，因为拥有人的面孔，尽管冷冰冰的没有任何表情，但是它的眼睛却分外明亮，好像藏于水底的宝玉。

它在等着她……回来。

但是蔓，却一直走一直走，再也没有回过头。不知道吗？这便是谎言，她从未对人真诚，当跨过了这道门，她所失去的……便是永恒的真诚。

二

第二扇门与第一扇门不同，它不是木柱的，而是由铜铁打造而成的。在门的正前方有一个香炉，香炉上是一只长着翅膀的狮子铜像，烟从底下不断地冒出来，好像它是坐于烟中似的。

这便是第二个守护者吗？蔓微微眯起眼睛，她没有立刻动手，而是回头望了一眼身边的男孩混沌。他见蔓转过头看他，嘴角立刻扬起更加明媚的笑容：“它是狻猊，传说中龙的儿子。形如狮，喜烟好坐，所以才会出现在香炉上，随之吞烟吐雾。你可不要小看它，它非常耐打，一般人无法通过这扇门。”

果然，香炉顶端的神兽铜像在蔓跨入门的边界时，立刻化作一团烟膨胀到空中，身后的双翼飞快地展开，并且毫不客气地举起爪子就朝蔓抓下来。

蔓急忙侧身躲过它的攻击，那锋利的爪子在地上抓出一道非常明显的抓痕，草叶全部都碎成了碎末。如果刚才这一击是抓在她身上，估计立刻就血肉模糊了。蔓还没有缓过神来，忽然那怪物又朝她扑了过来，蔓跌跌撞撞地往前跑去，周围的泥土被怪物的利爪刨起来，噼里啪啦砸在她身上。

混沌只笑着也不帮她，就这么站在旁边看。

蔓咬牙切齿地瞪了他一眼：“它的弱点是什么？！”

“弱点？它可是龙的儿子，我怎么会知道弱点呢。”混沌揽起袖子捂住嘴痴痴地笑，他似乎就喜欢看到她这副样子，那么狼狈，被一只怪兽追得无处可逃。

正如他所说，狻猊非常耐打，无论蔓使出什么法子攻击它，它都可以轻而易举地挡下来。到最后，体力跟不上的蔓逐渐放慢了速度，狻猊趁机对着她穷追猛打，她身上被抓伤了好几个地方，再这样下去，她会死在这里了！

蔓脚下还在不断奔跑着，忽然一个不留神，她重重地摔在了地上，身后的狻猊立刻扑上来，它举起爪子就朝蔓的脸抓下去！便是在这一瞬间，忽然一只手从身后伸过来，轻而易举地就抵住了那只巨大的狮爪，然后轻轻一弹，狻猊庞大的身躯被凌空摔了出去撞到铜门上，发出巨大的声响。

“它的弱点啊，”身后的人缓缓走了出来，依然是那张微笑的脸，“就是害怕比它强大的人。狻猊天生就胆子小，通常都会躲在其他龙的后面。现在它的兄弟都不在，它只能装出很吓人的模样，把别人唬走。如果你可以反过来吓唬它，它便不敢再造次了呢。”

尽管身躯如此稚嫩，却可以只用一击就将狻猊打败，蔓捂着伤口从地上站起来，她似乎一直都小看了这个男孩。

恢复神志的狻猊蹲在铜门口龇牙咧嘴地甩着毛发，因为刚才混沌的一击，使得它不敢再凶横。但瞧见靠过来的是蔓，它的低鸣声里立刻带上了示威的成分。

蔓想着混沌刚才说的话，忽然冷笑一声，一把抓住身边的混沌拉到自己面前，然后挥起手在他脸上重重打了一巴掌——“啪”！

这一声非常响亮，混沌白皙的脸上立刻出现五个手指印，蔓松开手之后走到狻猊面前，狻猊竟然吓得连连后退，最后躲到了香炉旁边。混沌伸手擦去嘴角被打出的血渍：“你还真是手下不留情，恐怕这个世界上，没有比你更加坏的人了呢。”

狻猊起初只怕混沌，但是当它看到蔓连混沌都敢打，自然也怕起了她，便乖乖地放他们过了铜门。

继续往上走，周围的空气逐渐变得朦胧起来，好像是起了雾。蔓的脚步开始变慢了，她尽量以最小的步子跨上石阶，说不定前方又会出现什么奇怪的东西，她变得格外小心翼翼。忽然听得“哗”一声，好像是什么鱼从水里跳了出来。她立刻停下脚步：“是什么东西？”

跟在旁边的混沌轻巧地点了一下脚尖，跳到最上面的一个石阶上：“是横公鱼。”

“横公鱼？”蔓皱起了眉头，这又是什么奇怪的东西。她迈开脚步，也跟着混沌跨上了那个石阶，当眼前的场景出现在眼前时，她一下子震住了。

是一片湖，非常大的湖，几乎占据了她的全部视线。湖水中央悬着一颗滚圆的水玉，有无数条七八尺长、形似鲤的鱼在那里跳跃着，当水玉要坠下来的时候就会有一条鱼跳上去顶一下那颗水玉。它们轮流替换着，轮流在下面游动，不断地顶起那颗水玉，不让它坠到水里面。

混沌蹲了下来，伸手轻轻搅动了一下湖里的水："知道它们为什么要不断顶住那颗水玉吗？因为它是这一片石湖的支柱呢。如果那颗水玉掉进水里，石湖的平衡就会消失，到时候这一整个湖的水都会倾泻下来，淹没下面的村庄。"

蔓若有所思地看着那些不断跳动的鱼，颤动了一下嘴唇："你的意思是，只要那颗水玉坠落下来，这片湖就会倾覆，到时候我便可以通过这个地方，是吗？"

"你说呢？"混沌并不直接回答她，他只是望了一眼山下那些房子，"若是这片湖倾倒下来，那里所有的东西都会淹没哦。"

淹没吗？这些对于她来说又算得了什么？

蔓的视线扫过湖岸边，她看到一艘木船正停在那里，便立刻跨出几步站到了船上。

船桨有些破烂，上面还黏附了几颗螺蛳，似乎是很久都没有人来这里划过船了，她一把抓住船桨的柄，探入水中划了起来，驶向中间那颗水玉。

越往湖中央去，那些拥挤的横公鱼便越多，蔓划得有些吃力，那些鱼好像是在阻止着她前进，不断地将她的船往后推。蔓忽地举起桨，重重地打在水面上，有几条鱼被她打中，立刻漫出一片血迹，翻了鱼肚白。

站在岸边的混沌一直看着蔓，他的眼瞳渐渐变换了色彩，仿佛是一颗透明的玻璃球，看不到任何杂质，只有一片黑色的浓雾在里面来回旋转。他身后，不知何时展开的一对羽翼一片一片飘落着羽毛，它们落到了湖边，那些原本茂盛的草叶竟然一下子枯黄发黑，好像被剥夺了生命力。

"因为你是恶，所以我才会跟在你的身边……"他喃喃地开了口，看着那船桨上鲜红的颜色，忽然笑得面目可憎起来。

此时有一股力量从身后蔓延过来，混沌立刻收起翅膀转过身，还没有看清来人，只觉得有一股同样的黑色之气袭了过来，那一缕浓重如来自地狱的憎恶就这样从眼前拂过，混沌没有阻止他，那个置身于黑雾里的少年，明明一身的污垢，却温柔如风。

蔓已经接近了悬浮在空中的水玉，她放下船桨站了起来，伸出的手马上就要触碰到水玉的边缘，忽然另一只手从背后探了过来，一把握住她的手腕：“蔓。”

她皱下眉，转过头，看到那张少年的脸，置于黑暗之中，却精美至极。

猛地将他推开，蔓厌恶地拍了拍手腕上的灰尘：“你也被困在这个地方了？本以为只有我自己一个人在这里呢。呵……你是我身上的污垢，因我而生，所以萝同样不会放过你，将你我一起关到了这个世界。”

置身于黑暗中的千以亦轻轻落到了船尾上，附着在他身上的黑雾渐渐散去：“蔓，不要相信那个人所说的话，你若是将水玉丢进了湖里，你会失去更多的东西。”

“不相信他，那么让我相信你吗？”蔓不冷不热地挽起嘴角，她忽地伸手一把抓住那枚悬浮在空中的水玉，“你可以告诉我，若是我这样做了，失去的会是什么东西。能够说服我，我便不将它丢进水里。”

千以亦垂下了眼帘：“你的善。”

蔓笑了，她扬起手：“你觉得，我会有这种东西吗？”

“哗”，水玉被抛入了湖中！

整片湖池在这一瞬间倾斜过来，蔓乘坐的木船顺着水和那些横公鱼一起冲向了山下的村庄。她在千钧一发之际，脚尖一点，跳落到了对面的岸上，混沌正绽放着笑颜站在那里，他伸手将蔓拉到了身后，那些湖水铺天盖地砸下来时，混沌一挥手就挡出了一个屏障。

指间的温暖一点一点被传到掌心里，蔓看着挡在面前的男孩：“你为什么要帮我？”

“因为你是恶啊。”他如此回答她。

蔓更加不解了：“我是恶你便帮助我？为什么……恶应该不会有任何人会喜欢吧。”就像当初那样，那些人总是离她远远的。

湖水已经流尽了，前面一大片干涸的淤泥便显露出来，混沌收回刚才释放出去的结界，然后回过身：“现在你可以从这里过去了，穿过这片湖，对面会出现新的石阶，继续走上去，再穿过三扇门，就会抵达那个神庙。”

他要往前走，蔓一把拉住了他的衣领：“我在问你话。”

他只笑了笑，随后耸耸肩膀：“因为我是混沌。”

完全不懂他的意思。蔓不再管他，反正只要穿过了这六扇大门，她就可以从这个世界逃出去，无论萝的灵魂碎片力量有多大，都无法困住她！

在穿过湖的时候蔓发现身后还跟了一个人，就是刚才想要阻止她的少年千以亦。这个曾经一直住在她心里，像一片阴影一样不断徘徊的东西，最后竟然修炼出了人心，并且还可以轮回转世，实在是太可笑了。尽管过了那么多年，她仍旧是厌恶他的，恨不得这样的东西早点消失在她身边。

然而千以亦知道，她如此厌恶自己，那是因为她心里仍旧向往着那些美好，那是与她的灵魂分裂开的另一个人，萝，身上所聚集的美好。

过了石湖，果然看到新的石阶出现在面前，蔓仔细打量了一下，这一段的石阶比之前更加陡更加难走，不知道这最顶上会有什么东西。她拨开旁边的草叶，一脚从淤泥里跨出来踩上石阶，千以亦一声不吭地跟上。

脚下的路果然异常难走，蔓几乎是抓着旁边的灌木才勉强踩住那些又滑又湿的石阶。上面到处都是青苔，一个不小心就会被滑倒，要是掉下去……可是会丧命的。不过值得庆幸的是，千以亦跟在后面，哪怕真的要死了，至少可以拉一个垫背。

正想着，她忽然一不小心抓住了带刺的灌木，吃痛之下，她松开了手，结果没站稳，整个身子都往后倒去。

千以亦急忙从后面托住了她将她扶正：“小心。”

明明是她心里的憎恶与黑暗所形成的东西，竟然也拥有这样的温暖！蔓心底弥漫上来一阵不悦，她拍开他的手掌：“不用你帮忙！”

“吱——”一阵鸟兽的巨响忽然从上空传了过来，蔓把视线从千以亦身上移开，抬起头看向天空，只见一只纯黑色的大鸟从天空飞过，扬起的风把周围的树都吹得哗哗作响。她急忙拉住另一边的灌木让自己站稳，等到大鸟离开之后她才开口问道：“那是什么东西？”

混沌没有解释，他回过身来：“自己上去看看便知道了，还有一段路，马上就可以看见。”

等好不容易爬到了一个比较平缓的台阶上，蔓已经有些气喘吁吁了。她看到前方有一片宽敞的草地，周围都是密密麻麻的灌木，那些灌木上面长着鲜红的果子，特别大，有一些甚至熟透了，裂开了皮，里面的种子掉到地上之后，很快又长出了新芽。

她将视线放远，对面有一个圆形的草垛子，好像一个巨大的鸟巢。

“它还没有回来呢，刚才是出去觅食了么。”混沌先走了过去，他围着那草垛子转了一圈，然后对着蔓扬起笑脸，“这里有蛋哦。”

蔓一怔，她上前几步朝草垛子看下去，果然在那里有一个深红色的蛋卧着：“这是什么？”

“是三足金乌的蛋。刚才飞出去的那只大鸟，就是三足金乌了。它是传说中驾驭日车的神鸟哦，因为全身是黑色的，所以也有人以为它是乌鸦，但是乌鸦不可能有这么大，而且还有三只脚。”混沌伸手在蛋壳上敲了敲，“应该快要出来了，你守在这里。”

“守在这里做什么？”蔓不解，混沌提醒道：“你不是想要通过第四扇门吗？这就是第四扇门呢。三足金乌可以带着我们去往更高的一扇门，而它的弱点就是这个蛋，里面可是它的孩子呢。你守在这里，等蛋里的小家伙出来，第一眼见了你，便会永远信任于你，将你当做它的母亲。到时候你便可以利用它，让这个小家伙的母亲，载着我们飞往更高的门。”

混沌的指尖在蛋壳上轻轻一点，那蛋忽然剧烈地摇动起来，然后“咔嚓”一声，一个尖尖的小嘴啄着蛋壳冒出了头，蔓不悦地望着这个全身黏糊糊的小家伙，它一出来就要往蔓的身上扑，但是因为脚太短，而且三只脚实在不知道应该怎么走路，它很快就七倒八歪地摔在了草垛子上。

混沌轻轻一笑，退到旁边去：“蛋破了，三足金乌很快就会回来。”

果然，没过几分钟，天空瞬间压下了一股力量，巨大的风哗哗地吹响了周围种着的灌木丛，那些红色的果子全部砸到了地面，疯狂生长的芽儿把鸟巢包得紧紧的，连原来上来的路都给埋在了下面。

“不用担心，它不敢伤害我们，因为它的孩子还在这里。”混沌显得很平静。蔓等了半天有些不耐烦了，她伸手一把将草垛上的雏鸟给抓了起来，尽管被捏得很疼，但是雏鸟却仍旧将她当做自己的母亲。

三足金乌在空中旋转几圈之后，驱散了那些灌木，停到了一边的草地上，它垂下脖颈俯在地面。蔓带着那只小雏鸟坐到了三足金乌的背上，混沌从后面跟上来：“看，只要这个小家伙在你的手里，它便会乖乖听你的话。”

三

脚下的草地越来越远，三足金乌载着他们抵达了更上一层的山峰。蔓坐在金乌的后背上朝着对面耸立于云端的山间看过去，果然有一座金黄色的神庙，神庙的前方没有任何门，只有一棵看似千年百年的树耸立在那里。

三足金乌停在了那棵树前，蔓带着手里的雏鸟站立到地面上。混沌瞥了她一眼："你得杀了它。纵然是还回去了，这个小家伙也不会认三足金乌为母亲的，因为它第一眼看见的是你。得不到照顾，到最后它一定会被饿死。"

蔓抬手将那雏鸟举到了眼前，她望着它拼命扑扇的小翅膀，忽然嘴角一扬，直接将它丢给了停在一边的三足金乌："既然是这样，我偏是要还给它。让它看着自己的孩子饿死，岂不是更有趣了。"

"啪啪啪"，混沌竟然迎合着拍起了手，"你果然是恶呢。"

穿过了第四扇门，现在应该是站在第五扇门面前了吧。可是这前方便是神庙了，周围连一个牌坊都看不见，更不用说门了，难道混沌记错了，只有四扇门而不是五扇？

蔓仰起头看了看天空，再上去恐怕已经没有路了，所以那座庙就是最后的出口。转头看了一眼身旁的混沌，他笑而不语地望着她，蔓迈开脚步朝神庙大门走去，忽然旁边"嗖"的一下伸过来一条树藤，蔓急忙脚尖一点跳跃到空中，她万万没有想到那棵长在神庙旁边的树居然是活的，而且还拥有这种力量。

飞快地翻身跳落到地面，蔓扭头就问混沌："这又是什么怪物？！"

"你自己看啊，"混沌挽起嘴角，"你不是认得他吗？"

认得？蔓皱起了眉头，她再次转过身，当看清楚那棵树的模样时，她一下子震住了！是槐树，银岚的槐树。

所以，占据在那棵树里面的人，就是她的弟弟银岚吗？呵……没想到这最后一关守着的，居然会是他。看来他是真的恨透了她，就算是牺牲自己，也要将她困在这个地方。蔓冷笑了一声："既然之前几扇门的守护者都有弱点，那么他……也有弱点了？"

混沌装模作样地仔细想了一下，然后手掌一翻，一团火焰就出现在了掌心里："树么，自然是怕火了。你得烧死他，才能从这里过去。"

烧死？蔓不知道为何心猛地一震，她皱起眉头："银岚有一颗玉珠，不用烧死那么麻烦，只要玉珠破了，他便活不久了。"

"不行哦，那颗玉珠就在树里面。现在他就是树，树就是他。"燃烧在掌心里的火焰渐渐凝结成一块剔透的红玉，玉的形状如同火焰，里面有滚烫的浆水在来回翻腾，混沌手臂一挥，将红玉丢给了蔓，"将它置于槐树的树缝里，里面的火焰会把整棵树都燃烧殆尽。你应该办得到才对，因为你是世界上最邪恶的人，怎么会因为他是你的亲弟弟而心慈手软呢？"

心慈手软的不是她，而是这颗跳动的心脏！蔓紧紧地握着手里的红玉，刚才在听到混沌说"烧死"两个字的时候，这具身体里的心脏居然剧烈地颤抖了起来，好像是在不断地反抗着她。呵，难道她还想救他不成，尹甜菜，你只是一具抛弃了灵魂的躯壳，以为将自己的黑暗和邪恶压制在心底就可以了吗？如若不是萝的纯真之石支撑着，你早就烟消云散了！

所以……这样的你，根本无法反抗。

蔓一步一步靠近那棵茂盛的槐树，地面下的树根也开始蠢蠢欲动起来，当她走到一定距离时，那些树藤又像发了疯一样攻击她。蔓飞快地腾挪自己的身体，然后用力一跳，直接站到了树的正前方。

那些树藤一下子伸过来紧紧将她缠住！她皱起眉头，白皙的手臂上已经勒出了血痕。但是指尖的红玉俨然已按在了脆弱的树皮上，一触及这些易燃烧的东西，红玉立刻发出了光芒，树皮开始发黑发乌，最后冒出一股难闻的焦味。

只要将它置于树缝里，他便会被烧死……最后一扇门通过了，就可以离开这个地方！

蔓的手指一用力，指尖周围忽然悬起了一股黑色的光晕，那光晕带着巨大的力量，重重地击打在树干上，手里的红玉被嵌进去半分。也许是银岚感觉到了疼痛，缠绕在手臂上的树藤越来越紧，蔓有些喘不过气，指尖紧紧按着的红玉已经开始灼烧起来，"滋滋滋"的白烟弥漫了整片天空。

“从今以后，你便是我的主人。我的名字是……银岚。”

“我告诉过你……放在你身边的玉珠，对我很重要啊。”

“这一回，你可一定好好地守住它。”

忽然，那铺天盖地的画面像是从脑海里蜂拥而出似的占据了蔓的思想，她原本按着红玉的手一颤，眼里竟然滚落下大串大串的泪水。

这并不是她！这不是她流的眼泪！是这具身体的，是这个叫尹甜菜的人！她是蔓，蔓是没有感情的，蔓只会嫉妒，只会怨恨，只会愤怒，蔓怎么可能会流眼泪呢……蔓所想要做的，是烧死这棵树，然后从这个地方离开！

猛地一用力，蔓指尖的黑雾直接冲破树皮将这棵槐树撞裂开一个大口，手心里的红玉坠入了树缝中。灼热的火焰就在这一瞬间燃烧了起来，蔓来不及收回手，指间立刻弥漫出了一股焦煳的气味。紧紧缠住她的树藤立刻松了开去，因为灼烧得厉害，那些树藤开始胡乱拍打起来，蔓想要从它身边逃离，但是不知道为何，脚像是灌了铅似的怎么也挪不开步。

为什么，心会这样难受。她紧紧地抓住胸口，这种撕心裂肺的感觉，还有不断从眼眶滑落下来的眼泪，一切都这么陌生，此刻，她的身体已经完全不由自主，她转过身，伸出的手一点一点靠近那颗还在灼烧的红玉……

明明不想要这么做，明明想看着他被活活烧死！但是为什么，为什么这具身体，还有这颗不断跳动的心脏会让她如此难过！

远处的混沌看着这样的蔓，忽然眼神一暗，他身后的黑色双翼再次伸展开来，漫天的羽毛飞扬，周围的一切事物逐渐变得模糊。

蔓的指尖触碰到了那颗滚烫的红玉，明明是不断地拒绝着，但是身体却完全无法控制，就好像自己要行恶，但是身体却在做好事一样。她一把握住了它，飞快地从树缝里取了出来，抛掷到空中。

被灼烧了一大半的槐树在这一瞬间幻化成人形，银岚捂着腹部，那里是蔓塞入红玉的地方，差一点就夺了他的性命，但是却在千钧一发之际，又将他救了回来。

“我并不想救你，”看着自己被烫伤的手，蔓垂下了眼帘，“救你的是尹甜菜。”

四

周围弥漫的浓雾已经把一切可以看得清晰的存在都遮掩掉了，蔓回过神来时已经看不见身后的路，只有前面的那座神庙还虚掩着大门。她没有再理睬跪坐在地面上的银岚，就算他没有被烧死，现在也已经无法阻止她离开这个地方了，因为最后一扇门不是通过了吗？

蔓轻而易举地来到了那座高大而且雄伟的神庙前，神庙上贴着一张淡黄色的画纸，像是逢年过节的年画，但是那上面却什么都看不清，只有一片模糊的痕迹。

伸出手要推开这扇门，忽然一片黑色的羽毛从眼前飘落下来，坠到了手背上，蔓顿了顿，回过身，混沌正站在她的后面，仍旧是一副男孩的模样，扬着笑容，不同的是，他的身后竟然伸展开了巨大的黑色翅膀，当他眯着的眼睛睁开，那一对没有焦距，只有一股黑烟在不停旋转的眼瞳让她一下子怔在了原地："你是谁……"

这样的人，怎么可能是这个世界的看守者。

"我是混沌啊，呵呵……我已经说了很多遍呢，我是混沌，这个世界的混沌。" 混沌的整个身体都悬浮到了半空中，他手指轻轻朝着门上一指，"那儿不是写着我的名字么。"

蔓抬起头来，果然看见这座神庙的匾额上写着两个字：混沌。

"你欺骗我。"尽管她并没有完全信任他，但是这样的欺骗还是让她非常不舒服，本以为可以离开这个世界了，却没想到反而进到了一个陷阱里。

混沌不紧不慢地摇了摇头："我没有欺骗你呢，打开这座神庙的门，你的确可以离开这个世界。如若你可以像对付之前那四扇门的守护者一样对付他，我便会亲自帮你打开这座神庙，不用你的任何命令。因为……我是混沌啊。呵，我记得世人总是这样形容我，欺负善良，喜欢残暴，所以我才被人称为是非不分。每一次，我只要遇到高尚的人，便会大肆施暴；如果遇到恶人，我便会听从他的命令。之前我会按照你所要求的去做，是因为你是恶人啊……当你救了他，你便不再是恶人，而我自然也不会听命于你。”

“所以……你是第六扇门的看守者。”蔓握紧了拳头，她怎么就没有想到呢，这样的人，分明就是在毁灭这个世界！

身后的双翼猛地用力一扇，混沌悬浮到了神庙的最顶端，他摊开手臂，周围早已是一片昏黄：“看，这才是属于我的世界，浑浊的，肮脏的，所有的一切全部都交织在一起，无论是黑暗还是光明，无论是善良还是邪恶。”

在这里，永远都不会有清晰的一天，如同世间万物的初始。

蔓冷冷一笑：“只要杀了你，我便可以从这个地方离开，就算它再肮脏再浑浊，都于我没有关系。”

“你要如何杀死我？以你的力量，若不是我一路保着你过来，恐怕早已死在山脚下了吧。而且，你可以看清我吗？”屋顶上的混沌忽然化作了一团黄色的烟雾，从上面飘散下来缠绕到蔓的周围，他的声音清脆得好像山林间悬挂的铃铛，“在这样一个浑浊的世界里，你可以看清楚我吗？你周围的一切，你身边的人，都可以看清晰吗？”

他的话音随着黄烟渐渐消散在空中，蔓回过头去，原本跪坐在地面的银岚已经消失了，还有一直跟随着她来到这个地方的千以亦，他们都消失了。

神殿的门被“咯吱”一声打开，蔓听到里面传来声音：“他们可不是消失了哦，是你已经无法再看清晰身边的人……因为这里是混沌的世界。”

无法看清晰……

蔓推开神庙的门，本以为里面会和外面一样到处都是一片昏黄的浑浊，但是非常意外，这个外观看上去庄严肃立的神庙，里头居然是一个封闭的花园。脚下踩着的是柔软细腻的草叶，周围悬浮着一盏又一盏千帐灯，把这园里的景色照得通透。正前方有一个漂亮的花坛，花坛里面并排种着很多五颜六色的花朵，蔓仔细数过去，至少有十几个品种，而且每一朵都开得很旺盛。但比较突兀的是，中间有一根枯黄的枝干插在那里，好像一片花丛中出现的污点。

她情不自禁地伸手要把那根枝干拔掉，忽然身后一个声音制止了她：“那是鹤望兰。”

回过头，一身狼狈的千以亦已经推开门跨入进来。弥漫在空中的混沌有些惊奇："在那样的地方，你居然还可以找到出路。"

千以亦绽开一个微笑："因为我的引路灯在这里。"

他捂着身上的伤口一步一步走了过来，然后俯身半跪在花坛面前，纤细的手指上还沾染着血渍，他轻轻抚摸着枯干的枝叶："这是鹤望兰呢，它还没有死，只要稍加调养，就可以开出很美丽的花。"

蔓瞥了他一眼："我可不是来这里种花的。"

千以亦轻轻拨开枯枝旁边的野草："它是最后一扇门，蔓……你不是想要离开这里吗？只要它活下来，开出了花，我们便可以离开这里了。"

蔓猛地一怔，她一下子从地面站了起来："最后一扇门明明就是混沌！怎么可能是这朵破花！"

"鹤望兰的花像一只停驻在叶片上的鸟，它有另外一个名称，叫做天堂鸟。当它开花的时候，外面的太阳鸟就会飞进来停留在花朵上，等到它们离开，我们可以跟随着这些鸟，从这个混沌的世界出去。"千以亦已经给那根枯干留出了宽旷的位置，他将下面的土拨松，然后抬起头，"银岚知道如何让它康复。"

蔓咬住了牙："你的意思是我们还得出去找他？"

"如果想要出去，就得找到他。"千以亦回答道。

混沌的声音立刻从空中传来："在那样浑浊的地方，他是找不到出路的！你们也一样！最后你们会死在那一片浑浊里，无法再出来！"

到最后，混沌也无法阻止他们。蔓推开神庙的门，她看到外面是一片扭曲的昏黄，根本就没有路。千以亦跟在她身后，她稍微犹豫了一下，便一脚跨入昏黄之中。身后的门"咯吱"一声关了起来，他们两个的身影便消失在了迷雾里。

那真的是很长的一段路，蔓从来都没有走过这样的路，周围什么都没有，空旷得连声音都凝固了。千以亦一直跟随在她后面，一声不响。

大约走了一两个小时，蔓停下脚步："这样找，就算找一辈子也找不到他。"

“你可以闭上眼睛，用心去找。”千以亦回答道，“有时候，眼睛看不到的东西，心却可以看到。”

“你是怎么找到我的？”蔓转过头来，身后的千以亦其实也有一些模糊不清，在这种地方，哪怕是连自己的双手都会变得模糊不清，但是他却一直牢牢地跟在身边，没有走丢半分。千以亦挽起嘴角：“因为你是我的心，我的生命是你的心所给予的黑暗，所以你在哪里，我便会跟随到哪里。”其实每个人的心里都有这样的一片黑暗，越是排斥，黑暗就越扩大，人是有感情的，因为有感情，才会有各种欲望，想要成长的欲望，守护亲人的欲望，努力奋斗的欲望，它并不可怕，只要好好对待它，它会成为人存在的力量。

蔓按照他说的闭上眼睛，周围的昏黄消失了，变作漆黑。周围应该是空旷的，没有任何声音，但是那些细微的东西，还是落入了她耳朵里。衣襟的摩擦声，呼吸声，还有脚下石子碰撞声。石子，对，他们是走在一条石子路上，旁边有一条溪流，水声很轻，并不湍急。往前走是一片沼泽，她可以听见沼泽里的淤泥在不断地冒着气泡。

等等，还有一个声音……是银岚！

蔓睁开眼睛，飞快地朝前方跑去，周围的事物渐渐变得清晰起来，她停下脚步，那一片沼泽的深处，银岚被困在那里，半具身体已经陷了下去。

千以亦顺着她的视线望过去，银岚好像失去了意识，就这样呆呆地站在沼泽中，周围的淤泥连接着许多记忆的碎片，好像河蚌里培育的珍珠，一颗一颗悬浮在沼泽中，银岚的眼瞳一片空白，他的这些记忆正逐渐被沼泽吞没，连同他的意识。忽然的，千以亦似乎明白了什么，看着沼泽里的银岚，眉宇间闪过怜悯：“他同我一样。”

“什么同你一样？”蔓微微一怔，她抬起头看着身边的千以亦。这个美丽的少年只弯了一下嘴角，他微笑着，“你看不出来吗？混沌，就是银岚内心的黑暗啊。”

就如同他是她内心的黑暗一样，在银岚的心里，也有这样一片阴霾，而这个世界，其实并不是宝石破碎的力量所产生的世界……而是银岚本身积聚在心底深处，逐日剧增的黑暗，是它创造了这个世界，并且将他们关在这里。

所以那个混沌，只是银岚内心的写照。千以亦看向蔓："只要你唤醒他，混沌便无法阻止我们，我们就可以回去浇灌鹤望兰，然后离开这个地方。"

蔓站在岸边，她看着沼泽里的银岚，白色的长发已经被淤泥染成乌黑，睁着的双眼渐渐失去焦距……她从来没想过，这样的人也会像她一样，内心积聚着阴霾。在过去的世界里，他如同池里的一片莲花，干净剔透，没有一点瑕疵。在旁人眼里，那是万人敬仰的王子，仁慈善良的王国继承人啊。

"银岚，"透明若翼的双唇轻启，蔓垂下了眼帘，闭上眼睛，"如果你愿意醒过来，带着我们离开……我可以将身体还给你最重要的人。"

沼泽里的人忽然在这一瞬间猛地颤动了一下，失去焦距的眼瞳渐渐清晰，他回过头，身后的所有昏黄都退散开去。

五

当神庙的门再次被推开，混沌已经从空中落了下来，他站在那棵鹤望兰身边，眼睛一动不动地望着蔓。她竟然可以从那样的地方回来，明明是一片浑浊的，明明是找寻不到方向的，她竟然还是回来了。

银岚蹲在鹤望兰旁边，他的手指拂过叶片，那枯黄的颜色瞬间褪去，就好像换了新装一样，绿色一点一点从叶片开始蔓延到了它的全身，然后越长越高，越长越长，周围围绕的其他花朵拼命地摇曳着枝干，它们欢呼着，喜悦着。

一朵橘黄色的小花从叶片之间探出了头，它小心翼翼地望了望外面的世界，然后羞涩地绽开了花瓣。就好像有一只小鸟停驻在叶片上一样，漂亮至极。

神庙的大门忽然在这一瞬间敞开了，无数的天堂鸟从外面飞进来，它们叽叽喳喳地绕着鹤望兰盘旋。站在地面上的混沌已经合上了眼睛，他身后的黑色双翼一下子变作纯白，瘦小的身子飞腾到空中，最后幻化成了一只天堂鸟，停驻在鹤望兰的花朵上。

银岚一言不发地看着那鸟儿，它在花朵上停了片刻之后，飞到空中与其他天堂鸟一起飞旋，不知道过了多久，它们忽然冲破了屋顶抵达天空。

“走吧，跟着它们。”不要再被这浑浊的黑暗拖住脚，要一刻不停地往前奔跑，不回头，才可以离开这个世界。

爬过崎岖的山路，越过湍急的河流，穿过浩瀚的沙漠，他们跟随着天空飞旋的鸟群，一直不停地奔跑。身后的路渐渐崩塌，整个世界都好像要坍塌下来。他们还在不断地奔跑着，奔跑着。身边的景物开始飞快移动，忽然，千以亦停下脚步，他回过头，自己正牵着她的手站在城市的十字路口，人行道的绿灯已经变作了红灯，停在旁边的车拼命地按着喇叭：“喂，你们站在那里发什么呆，找死啊！”

回来了吗？千以亦转过头，他看不见银岚的身影，只有蔓还站在身边。

“哇，你这个混蛋，干嘛拉着我的手不放！”忽然握紧的手被人拍开了，他看着面前神气活现的少女，这哪里还是蔓，分明就是那个疯疯傻傻的尹甜菜！

猛地想起之前在沼泽边他们说的话："如果你愿意醒过来，带着我们离开……我可以将身体还给你最重要的人。"

最重要的人，还给谁？不是萝，而是尹甜菜。

千以亦忽然笑了，他再次拉住尹甜菜的手将她带向路边。尹甜菜还在拼命地挣扎着："放手，你这个混蛋！恶魔！你抓痛我了，喂！"

"你不记得在那个世界的事了吗？"将她拉回路边，千以亦俯下身来，周围来回的车辆，身后那座大厦闪烁的霓虹灯，此刻都瞬间静止，尹甜菜怔怔地看着面前的少年，他的眼瞳黑如墨玉，却闪烁着一缕明媚的流苏。

在那个世界……什么那个世界啊？！尹甜菜更加奋力地挣扎："你想要伤银岚，该死的混蛋，放开我！银岚在哪里？他在哪里？！"

千以亦松开了紧紧握着她的手。在蔓醒过来之后的一切，她都没有记忆吗？包括那个混沌，包括那个异次元的世界。

也许这样才好罢，把什么都忘记了，这样才好。

"银岚呢？"尹甜菜四处寻找银岚的身影，双手紧紧地揪住裙摆，忽然她感觉到了什么，惊讶地举起手："铜戒不见了？"

"因为你集齐了宝石，所以铜戒就被银岚摘下来了。"千以亦轻描淡写地编造了一个谎言。

尹甜菜皱起眉头："我集齐了吗？怎么一点印象都没有。对了，那银岚去哪里了？他还说宝石集齐了就可以换一个愿望，该不会不想帮我实现愿望，所以逃跑了吧？"

千以亦扬起了嘴角："你说呢？"

他不会告诉她，银岚，在他们跟随着天堂鸟奔跑的时候，他却停下脚步，留在了那个世界里。是无法离去，还是不愿离去？许是他害怕，当自己离开那个世界的时候，看到从尹甜菜身上苏醒过来的，不是萝，而是蔓。

明明寻找了千万年，思念了千万年，但是那亘古的记忆，却被一个相处了只有几个月的人打破了。有什么是无法忘记的呢？说到底，萝只是银岚心中的一个梦，纵然前世是真真实实存在的，但是随着时间的推移，就如同孩子在小时候拥有梦想，长大之后会将它忘却一样，他也会将她，遗留在时间的长河里，再也无法找回。

尾声

冬季的风从耳边拂过，点点白色的雪花顺着明晃晃的灯光飘落下来，一片一片，晶莹而美丽。尹甜菜戴着棉质的白色围巾站在学校大门口，同学们一个一个背着书包从她身边经过，他们脸上都扬着灿烂的笑容："甜菜，你在等爸爸妈妈接你回去吗？过年可别忘记要红包哦。""嘿嘿，我们可是马上就大一岁了，好想快点长大啊。""甜菜啊，寒假记得给我打电话。"

尹甜菜热情地对他们挥了挥手："没问题啦，你们路上小心点。"

转瞬间就到了寒假，自从那一天与千以亦一起回来之后，她手上的铜戒就再也没有出现过，银岚也好像整个就这样从她生命里退出去一样，连那个在巷子里的店铺，都一并消失不见了。她仿佛做了一个很长很长的梦，在梦里，她跟随着银岚不断地在过去的时空里穿梭，为了寻找那七颗美丽的宝石。而最终那些宝石到底如何了，她却一点印象都没有，只能看着空空如也的手指发呆。

忽然一辆横冲直撞的自行车从学校里飞驰出来，尹甜菜抬起头，看到那辆车几乎要从她面前碾过去，吓得一屁股坐到地上，紧紧抱住了脑袋。

不知道为什么，同样是从那天之后，她的胆子就变得格外小，只要稍微有一点点可怕的小事，她就会整个人都缩成一团，像只老鼠一样躲到角落去。

自行车停在路边，骑车的少年走了下来，他俯下身伸手将尹甜菜从地面拉起："可真是胆小鬼。"

尹甜菜抬起头，见是千以亦，她气得立刻张牙舞爪起来："你干什么把车骑这么快，不知道很危险吗？！如果刚才撞到我怎么办，我会受伤的哎！"

千以亦挽起嘴角，他笑起来好像一只黑猫："因为丢了勇气之石，就变成了现在这副样子，以后你可怎么办？"

尹甜菜一下子怔在了那里。是了，这一切并不是梦，银岚也好，店铺也好，千以亦也好，这一切并不是梦的，它们曾经真真实实地发生在自己身边，真真实实地出现过。

她傻呆呆地站在雪地里，千以亦已经扶起一旁的自行车要离开了。忽然她抬起头喊住他："千以亦！"

他回过头，尹甜菜正呵着气暖和自己的手："银岚会回来吗？"

天空仍旧是一片皎洁的白，千以亦站在路口，他的身后来来回回走过很多人，都是放假了接孩子回家的父母。对于他来说，这一辈子，尹甜菜就是他最亲近的人了罢，自己是因为她，才存在在这个世界上啊。轻轻合上眼帘，他转回了身："会回来吧。"

因为他跟自己一样，有一个牵绊，在这里呵。

"甜菜，回家了。"正说着，一对夫妇撑着伞出现在校门口，他们有些埋怨地看着头上落满雪的女儿，"怎么站在这种地方，不知道会感冒吗？"

尹甜菜拍了一下脑袋："嘿嘿，忘记在下雪了。"

"回家吧。"他们拉起了她的手，尹甜菜忽然想起了什么，冲着已经扶着自行车逐渐走远的千以亦大喊了一声："过年要不要去我们家吃年夜饭？"

千以亦脚底一滑，差点摔到地上，他扭过头来："你说什么？"

"我说你过年要不要去我们家吃年夜饭！"尹甜菜紧紧地握住爸爸妈妈的手，她说得底气十足，弄得千以亦扑哧一下笑了出来："你不是讨厌我吗？"

"你来可以送我红包，"尹甜菜撇了撇头，"不来算了。"

马上就要走远了，站在雪中的千以亦看着尹甜菜蹦蹦跳跳的背影，脸上漾起淡淡的微笑："来。"在这个冬天，也许他不会再感觉到冰冷，因为有一股温暖，一直在身边。

开满荆棘花的沼泽，无数天堂鸟在空中飞旋，满头白发的男子站立其中，他长袖轻拂，纤细如竹的五指便扬到了半空中，一只色彩艳丽异常的鸟儿停在了他的指间。

银岚，你要何时才会离开这个地方？

何时……当我寻到了离开的路，便会离开罢。

篇外篇

司马喜

上

从出生开始，我便没有见过我的父亲。

我视线能够触及到的，都是爬满青苔的围墙，它们将外面的嬉戏声与欢乐声，严严实实地隔离开来。这个院子是父亲为我们设立的，我从睁开眼睛的那刻起，便注定要在这里生活一辈子。

七岁那年，围墙坍塌了，许多士兵来来回回地奔跑，他们将隔壁院子里的珠宝全部搬走，我看到一个满头插着金钗的年轻女子跪在地上哭泣着，她的声音凄凉得仿若坟头的乌鸦，聒噪得让人心烦。

母亲扶住我的肩，她脸上没有任何表情，不悲伤也不心痛，她就这样站着，一直看着那些士兵将其他院子里的珠宝首饰取走。最后他们押了一个满面沧桑的男人出来，从我们面前走过。

“他便是你的父亲。”母亲淡淡地开了口，声音平静得好像是在陈述一件非常平凡的事情。最后，她牵着我的手，离开了那个坍塌了围墙的院子。

我在那个围墙后面生活了七年，到那天才第一次知道，原来父亲是朝中赫赫有名的大官，妻妾成群，家财万贯。母亲便是他那群妻妾中的一个，住在最角落的地方，满院阴霾。然而为官之路是多么险峻，这个所谓的父亲，最终被人排挤陷害，落得一个抄家的下场。

母亲带着我去了另一个地方，她的娘家，那个有名的书香之府。从一个赫赫有名的官员家眷，沦落到如今这个地步，她忍受了周围那么多人的鄙视和不屑，温暖的手却始终都牢牢地牵住我，没有松开。

童年便是这样度过的，读书，写字，被人丢石头。

他们说我是贪官的儿子，长大以后也一定会是个贪官奸臣，还不如早一点死了断绝后患。

我总是无声地看着那些人，他们嬉笑着，捂着嘴的脸就好像扭曲的铜镜，让我感到一阵阵反胃和恶心。

十四岁那年参加科举，我中了举人，可以入京应试。那些经常嘲讽我的人开始畏惧了，他们躲得远远的，常常私底下窃窃私语，说中山国又要出一个奸臣了，说总有一天我也会被抄家的，甚至被砍下头颅。

母亲站在我的身后，她像当年被抄家时那样扶住我的肩，脸上泛开一层淡淡的涟漪："你想做什么，便做罢。"

于是在十五岁那年，我进了一座更加高更加陡的城墙，做了官。

我不会像父亲那样，位居高权便耀武扬威四处显摆。在这个满是明枪暗箭的宫殿里，我一点一点往上攀爬，踩着许多人的肩膀，一点一点爬向那个最高的位置，一点一点靠近那个坐在龙椅上的少年——中山王。

我知道，身在皇家，可以坐上这个位置的人绝对不会是泛泛之辈，纵然那只是个少年，但他却掌握着你的生死。他的一句话可以让你坐上皇宫最高的位置，也可以让你跌入地狱，永世不得翻身。

第一次遇到她，是在一个雨后的下午，我被吩咐将一叠非常重要的奏折送到中山王书房，经过后花园时，见到了一个异常美丽的女子，柳叶儿般的眉，深潭般的眼瞳，还有点着朱红色胭脂的唇瓣，虽然浓妆艳抹着，却掩盖不住她身上的一股清雅之气，如若卸了妆，应该是一个清秀可人的女子。

“她漂亮吧。”忽然身后传来一个声音，我转过头去，瞧见的竟然是平日里高高坐在龙椅之上的中山王。急忙俯身想要跪下，他却拉住我又问了一遍，“她漂亮吗？”

我抬起头看着面前的少年，他的眼眸里满满都是欢喜之色，便低声答了一句：“漂亮。”

笑靥在脸上绽放，他直起身摘下了身边的一片柳叶儿，温柔地将它置于鼻息间：“千阴一直都很漂亮，我很喜欢她。”

于是从那一天起，我便知道了这个美丽的女子名为千阴。她是中山王青梅竹马一同长大的伙伴，后来中山王登基成了一国之君，她便被带入宫中做了妃子。只是她的脸上一直都没有笑容，总是冷冰冰的，而且脾气暴躁，只要身边的侍女犯下一丁点儿错，她便会让人将她们拖出去斩首。

然而大王却一直迁就着她，护着她，眼眸里满满都是喜欢。

自那以后，中山王便让我陪伴在他身边为他做事。我一步一步从普通官职爬到了那个万人瞩目的位置，中山国的相邦，一人之下，万人之上。

我做了一个身为相邦应该做的事情，阿谀奉承、兴风作浪。我不允许任何人挡在我面前，无论是谁。我杀死了朝中的良臣、杀死了为国立下丰功伟绩的将军，我杀死了那些曾经踩在我头上嘲弄我的下官，杀死了所有曾经对我冷眼相看的人。在外人眼里，我就是一个擅弄权政的奸臣，但是在中山王眼里，我却是一个他最值得信任的忠臣。

我鼓动他大修宫殿、大造陵墓，我鼓动他恣意行欢、及时行乐。旁人说我今后定为一个奸臣，那么我就做一个奸臣，踩在最高的位置上，无论是谁，都无法将我绊倒。

当我权高位重，驾着千乘马车回到书香之府时，母亲已经卧病在床了，她依然没有过多的言语，只是伸手抚住了我的脸：“你想做什么，便做罢。”

她的离去让我悲痛万分，我下令将府邸里所有的人都斩首陪葬，那些或许跟我有着血缘关系的人都跪倒在地上苦苦哀求，那些嘲讽过我的人哭泣着拼命磕头，但是我却已经没有了笑容，冰冷地如同白纸上的黑墨。

母亲头上一直戴着的玉簪被我收了起来，我将它插于发间，让自己牢牢记住曾经的过去，那一堵高耸的青苔围墙，有一个少年一直站立在里面。

这玉簪是父亲送予母亲唯一的信物，母亲从来都不说，她依然将那个男人铭记在心上。

母亲下葬那天，我站在人群的外头，侍卫们按照我的吩咐抬着金棺将它缓缓置于坑槽里。在固定墓碑的时候，一块乌黑的糙石从一个侍卫袖子里滚落下来，他惊恐地跪在地上，磕头哀求着我。那糙石是在母亲的香囊里发现的，里面包裹着黄玉，价值连城，可以卖很多钱。

我收了糙石，转过身风轻云淡地呵出一句话："带下去，斩了。"

我承认，自己从来都不是一个心慈手软的人，而现在，母亲也去了，从此，世界上再没有一个人肯真心地对我温柔微笑、肯真心地守护在我身边。我对世间温情，再也了无牵挂。

安排好母亲的后事，我回到宫里。因为几天的离去，那个高高在上的王又弄出了一大堆烦人的琐事，我平静地回到他身旁，将那些凌乱的奏章整理好。他就坐在旁边的龙椅上，细长的手臂支撑着下颚："今天千阴竟然同我说话了……本来以为，她永远都不会理我的。"

千阴，我还记得，是上次在花园里见过的那个女子。因为她本不愿入宫，而中山王强行纳她为妃，使得她一直心存梗芥，至此从来都没有跟他说过一句话。

见到大王这样高兴，我自然是奉承了一句："阴姬娘娘定是知道大王的好，所以回心转意了。"

"可是我觉得她好像变得不一样了，你知道吗？她笑起来的时候很好笑，就像一只偷吃了东西的猫。如若你见到她，一定也会大吃一惊的。"他这样说着，脸上的喜悦之情不言而喻。

我并没有将他说的话放在心上，一个人无论再怎么变，也都是如此罢。

然而，我却错了。

当那一天站在红瓦亭台中，我听到身后传来一片嬉戏之声。转过头，那个穿着淡紫色衣衫的女子一下子映入了眼帘。同样的容貌，同样的身体，却仿佛换了一个灵魂，她唇瓣浮起的微笑，温暖如天空照射下来的阳光……她是那样的快乐，只站在花丛间，笑容就点亮了周围的所有。让人们不得不注意她，看着她，无法将视线移开。

几乎是一夜之间的变化，那个曾经心狠手辣的阴姬，变得如此温和善良。她牵着侍女的手站在花丛间，飞扬而起的花瓣灼烧了我的眼睛。

一个人再怎么变也不可能变得如此不同，那真的是……交换了一整个灵魂啊。

无法离去，无法移开视线，我就这样站在亭子中，一直看着她，直到江姬出现。她恭恭敬敬地站在那里没有任何反抗，当江姬的鞋踩在她脚上时，她竟然只是风平浪静地弯下腰拍了拍鞋子上的灰尘，然后绽开笑靥。

便是这一个笑靥，像是一颗徒然从心口生长出来的种子，攀爬的藤蔓紧紧缚住我的心脏，让我再也无法忘记这一瞬间的美好。她就好像一个影子，一直出现在我的脑海里，那美丽的笑容，那温柔的低语。

我开始注意她的行踪，开始停留在她会出现的地方。

那一天她在回廊里走着，不知脑袋里在想些什么，一路走着都没有看前方的路。最后她撞到了我，像一只小鸟似的挣扎着向后倒去。我没有来得及拉住她，她竟然伸出手紧紧抓住了我的衣襟，重新站直身体。

“啊啊啊啊……对不起！我不是故意的！”她急忙后退了几步开始道歉。

我一言不发地站着，袖子里的糙石滚落到了地上，我轻轻俯下身将它拾起。她的声音又传了过来：“这是你掉的石头吗？那个……没有打破吧？”

我收起手：“它是璞玉。”

她似乎显得很吃惊，竟然一下子伸过手拉住了我，眼睛睁得特别大，像两个闪烁的铃铛：“你说它是什么？璞玉？！这块石头里面裹着真正的玉吗？！”

掌心的温度是那样温暖，她连同糙石一起握住了我的手，滚烫炙热。

不知为何，我竟然舍不得放开手去，只用另一只手将发后的玉簪取了下来递到她面前："便是这种玉。"

她紧紧地看着我握在手里的玉簪，整个人都显得很高兴："你叫什么名字？！"

"司马喜。"我没有想到她竟然会问我姓名，在这样的宫殿里，她是中山王的妃子，而我只是一个朝臣。

"你手里的璞玉，今后会卖给什么人？"她的手仍旧抓着我，一点都没有要放开的意思，但是我的心却在这一刻冷却了下来……原来，是为了这块糙石。

缓缓收回手，我拉开了与她之间的距离，然后转过身要离开。她气愤地站在原地跺脚："哎，你告诉我啊，你手里的璞玉会卖给什么人啊？真是的，只是问问，有什么不好说的。"

缓缓合上眼帘，我轻启嘴唇："会送予最重要的人……"

自那一天之后，我便开始雕琢手里的糙石。

她似是真的喜欢了这块璞玉，常常出现在花园之中探头探脑四处张望。起初我并不知道她是在寻找我，偶尔一次出现之后，她的目光就一直停留在我身上，小心翼翼地打量着，大概是在寻找我身上的糙石。从那以后，我便经常来到后宫的花园，通常情况下外臣是不得入后宫的，但中山王信我，他从未禁止我去任何地方。

于是每天上完早朝，我便出现在花园里，她会看着我，尽管也许只是为了一块糙石，但我却阻止不了自己的脚步。待到天黑之后，我回到府邸，继续雕琢那块璞玉……从来没有一件事情可以让我这样执着，纵然手指间已是伤痕累累，我仍旧不断地雕琢着。

我知道两个人的身份距离遥远，我也知道无论自己付出多大努力都不会有结果，但是我却阻止不了我胸口那一颗跳动的心。

在璞玉雕琢到一半时，赵王来到了中山国。他是当时出了名的贪恋女色之徒，出使中山国都不忘带上自己的几位妃子。而且他的野心非常大，我知道这一次来，他表面上是同中山国示好，其实是来打探中山国国力虚实的。我放下了雕琢璞玉的事情，开始忙碌赵王的这一次觐见，却不知道他竟然会在宫殿之上提出索要千阴的事。

坐在殿堂之上的大王脸色苍白异常，我知道他并不愿意将千阴作为礼物送予赵王，但是又惧于赵国的力量，不知道该如何应对。当时，尽管我平静地站在一旁，但是长袖下的手却已经握紧了……我从来没有这样害怕过，害怕她的离去。

最后大王提出身体不适，明日再谈，便带着我离开了大殿。

我随他去了书房，他焦急地询问我应该怎么办。我沉默了……现在的确有一计可以留住千阴让她不必去赵国，但是如若这一计施行了，我与她的距离会更远，两个人的身份会更难以靠近。

然而我没有别的选择，只能垂下首将方法告诉了他："大王，只要阴姬娘娘成了中山国的王后，便没有一个人敢动她，现在赵王之所以还敢同您讨要阴姬娘娘，一定是只把她当做普通的姬妃而已。"

中山王脸上一喜："对，只要立千阴为后，就没有人可以从我身边带走她了！"

是，没有人可以将她从他的身边带走……也没有人，可以将她从我的身边带走。哪怕只是远远地看着，我也希望她能够留在我视线可以停留的地方。

当她终于成了中山国的王后，我便再也没有出现在花园里，终日留在府邸里雕琢手里的璞玉。璞玉渐渐成了形，细小的纹路一条一条纠缠在一起，好像掌心的纹路。我不知道自己为何这样执着，哪怕完成了它，她也是那个高高在上的王后，除非有一日，我可以谋权篡位，夺取整个中山国，然后牢牢将她绑在身边。

当这个想法从脑海里划过的时候，我怔住了。或许我曾经许诺过要做一个奸臣，要兴风作浪弄得天下大乱，要生灵涂炭让中山国的所有百姓都活在水深火热之中，但是我从来都没有想要坐上那个位置。

然而，她的出现却让我第一次拥有这样的念头。

一个失神，手里的刀片重重划在了指尖，鲜血涌了出来，滴落到桌面上，晕开了一层淡淡的光晕。我失神地坐在那里，不知道这些日子来自己到底在做什么，像疯了一样，雕琢着手里的东西。

“大人，大王……大王来了！”我正擦着手上的血渍，忽然老管家从外面跑了进来，他从来都没有在我面前失态过，但是这一次他却急得大汗淋漓。

我握着成形的玉佩从椅子上站了起来，正要开口问发生了什么事，大门外便传来一个声音，那是我长久以来一直侍奉的少年，高高在上的中山王：“司马喜！你在什么地方，快点出来见本王！”

但凡是对亲密的人，他很少用“本王”两个字，以前陪在他身边的时候，他从不对我用这两个字，他信我，无论是什么事，总是会第一时间询问我的意见。也便是因为这样，我才可以在中山国兴风作浪，无论我做什么，他都睁一只眼闭一只眼。而今天从他的语气里我可以听出来，他非常生气。

只是我万万没有想到，他是执着剑进来的，满脸都是怒气，虽然仍旧是一副少年的模样，但身上的戾气却非常重。我一直都知道，这是一个王，并不是一个二十岁都未到的少年。

跟随在他身边的士兵在他还没有下令之前就冲了上来，他们将我押倒在地上，拂开我脖颈上的长发。

中山王的剑冰冷而锋利，他没有对我解释任何话，就这样举了起来。

“大王不要杀他！”原本以为自己会在这一刻就这样命赴黄泉，却没有想到，她出现了。她跌跌撞撞地从门外跑进来，竟然徒手就抓住了锋利的剑刃，当鲜血从她指缝流出来的时候，我的整颗心都揪痛了。

“大王，我愿意用我的性命换他的性命！请您不要杀他！”当她说出这句话，站在对面的中山王已经彻底震住了，他紧紧地握着剑柄，恨不得将它捏碎：“千阴，你知道你在说什么吗？！”

她跪在我的身边，眼神清澈：“我知道。请大王饶恕他的罪，我愿意代他死。但是我有一个请求，希望可以等到他雕琢完璞玉。”

呵，璞玉……又是璞玉。

忽然揪痛的心一下子松懈了，我跪在地上，头发挡住了我的脸。他们都看不见……曾经玩弄权政于股掌间的相邦司马喜，此刻已经落下了眼泪。

我不知道中山王沉默了多久，一直到听到“锵”一声，他将剑插入了剑鞘，“如你所愿。”

然后，我坐回了那张漆红的长椅上，手指间握着的刀片轻轻地修饰着玉佩剩余的部分，周围的人都在等着，曾经信任于我的中山王，曾经听候我差遣的士兵，曾经服侍在我身边的管家，曾经站在花丛间绽开笑靥的她。

眼泪已经彻底干涸了吧，指尖划开的血也结成了一片黑色的痕迹。当窗外第一道曙光照射进来，我终于放下了手里的工具。

“好了吗？”她似是等了很久，轻声问出一句。我站起身，毕恭毕敬地将玉佩呈到了她面前……曾经想过很多画面，如何将它送予她。却没有想到，最后竟然是在中山王面前，是在锋利的剑刃之下。

她抚摸着玉佩上面细细的纹路几乎要热泪盈眶了。我站在这一边看着她……终究，她还是没有瞧我一眼。

脚步一下子变得沉重起来，我转过身跪在中山王面前，张开嘴，发出的声音不知道是来自哪一个地方，我听不见，看不见……只有那把锋利的剑一直映入我的眼帘。

“大王，一切与王后娘娘无关。是臣暗自倾心于王后娘娘，所有责任臣愿意一并承担。”猛地伸出手握住他插在剑鞘里的剑柄，我用力一抽。那白晃晃的光芒灼伤了我的眼睛……当锋利的剑刃划过自己的脖颈时，我终于笑了。我挽起嘴角看着美丽的屋梁，那里雕刻着一只展翅高飞的雄鹰，它用力地挣脱开周围的束缚，终于飞向了天空。

有谁说，世界上最幸福的一种力量……

是展翅飞翔。

也许，我的灵魂在此刻，也同它一样。

下

我来到这世间，走过好几处地方。

我站在崖间看着下面的深渊，石子坠落飞溅起的水花折射出五彩光芒；我躲在草丛里看天空飘落的斑白，一朵一朵飘落到地面上凝结成雪霜；我漂浮在空中伴随着风的力量，头顶那片摇曳的雪绒会带我飞往更远的地方……

这些模糊的记忆一直徘徊在我脑海，那些恍如碎片般的晶莹永远留在我的生命里，哪怕我死去，重生，再死去……再重生，它依然在，依然停留在那个角落里。

我以为这生生世世，我都会被这样的记忆纠缠，模糊的，不清晰的，只有那个穿着淡紫色衣衫的女子在梦中不断出现，她时而微笑，时而生气，时而伸手抚上我的脸颊。

她轻轻地呼唤着，一遍又一遍："这是你掉的石头吗？它是璞玉呵……"

这一世，我终于再次为人，彷徨地在这世上生存着，那个模糊的记忆一直纠缠在我身边，如影随形。本以为，我会这样过一辈子，如同当初行走在世上一样，等到老去了，再带着这记忆，去往下一个生命里。

一直到那一天，我转学去了另一个地方。

站在学校大门口，我的心竟然开始怦怦直跳。碧蓝的天空无边无际地蔓延，看不到一朵云。身边走过三三两两的学生，他们穿着漂亮的校服，里面的白衬衣干净而美好。

我跟着老师走进教室，站在讲台旁看着下面的人，他们的视线都落在我身上，除了一个趴在窗口睡觉的女生。

"大家安静一下。今天有一位新同学转入我们班，请大家以后对他多多照顾，团结友爱。"老师站在我身边，轻轻扶了一下眼镜，将我介绍给台下的所有人。我安静地站在那里，微微弯身鞠了一躬："各位同学好，我叫蒋玉，请多关照。"

台下的同学们非常热情，他们纷纷鼓起掌欢迎我。而那个熟睡的女生似乎是被惊醒了，她揉了揉眼睛抬起头，坐在她边上的人立刻拉了一把她的胳膊："甜菜醒醒啊，快看有新同学进来了。啧啧，这年头转学生很少有耶。"

她睁着蒙眬的眼睛看向我，在那一刻，原本模糊的记忆仿佛一下子清晰了，我呆呆地望着她，耳边不断地回荡着梦中的那个声音："这是你掉的石头吗？它是璞玉呵……"

站在身边的女老师转过头问我："蒋玉同学，你眼睛近视吗？"

我摇了摇头。她便将视线在整个教室里扫射了一遍："那你坐到尹甜菜旁边吧。张倪你换到前桌来，你不是近视，一直嚷嚷着看不清黑板吗？"

"喔。"坐在那个女生旁边的人立刻搬着椅子收拾书走到了前面，而她的身边则空了一个位置。我仍旧站着没有动，一直到老师轻轻拍了一下我的肩膀："不要害羞，过去那边坐吧。尹甜菜，你要好好照顾新同学啊。"

她揉了揉眼睛，忽然绽开一个灿烂的微笑："遵命，老师！"

曾经……那个穿着淡紫色衣衫的女子，也拥有这样温暖的微笑……她站在飞扬着草叶的花丛间，与身边的侍女嬉闹。

一节课下来，她一直都坐在那里走神。我坐在旁边细细地打量着她，她时而托着下巴眯眼睛，时而撑着书本整个人都趴在桌上睡觉，好像总是睡不够的模样，一听到老师点她的名字，她就格外精神地弹了起来站得笔直。

就好像一个梦境被打碎，她闯入了我的生命里。我知道，或许在几百年前抑或几千年前，她在我的心口烙下了深刻的印记。那个印记一直残留到现在，我无法将它抹去，当我再次见到她，这印记便清晰了起来。

下课了，一直昏昏欲睡的她终于醒了过来，揉揉眼睛转过头，她忽然伸过手臂搭在我的肩膀上："嗨，新来的，我叫尹甜菜，以后多多指教啦。对了，你成绩好不好？"

"一般般。"我答道。

"那作业借我抄抄吧。"她笑嘻嘻地说道，刚才被换到前面去的那个人听到她这样说，立刻转过了头提醒我："千万别把作业借给她，她是笨蛋来的，抄作业也会把你的名字抄上去！"

她立刻张牙舞爪起来，对着那个人嚷嚷："嘿，你这个小气鬼自己不肯借还不让别人借给我，哼！"

我坐在位置上看着她跟同学们吵吵闹闹，虽然声音很大声，虽然好像在生气似的，但是她的脸上一直带着微笑。这样温暖，如同窗外明媚的阳光，照射在手背上，热热的。

“啊，甜菜，你头上有一条毛毛虫！”在吵闹间，一个同学忽然指着她的脑袋吓唬她，她居然信以为真，吓得脸色苍白，拼命地撣着头发：“哇啊啊啊，哪里哪里……毛毛虫在哪里？！呜呜呜呜，弄掉没有，它掉下来没有？”

她眼泪汪汪地拉住我的袖子问着，我怔在那里，最后轻轻将她凌乱的头发整好：“没有虫子，他们骗你的。”

“哈哈，尹甜菜你这个胆小鬼！”开玩笑的同学立刻在那里笑了起来，她气得“刷拉”一下踢翻了凳子，冲出去就跟他们打闹。尽管被欺负了，但是她却一直笑呵呵的，用力地捶打着那些跟她开玩笑的同学们，整个教室都变得热闹起来。我怔怔地看着她，她身上好像有一股说不清的力量，可以把所有烦恼全部驱散走的力量。

忽然，一个来自教室窗外的视线和我相撞了，我抬头向外望去，看到一个少年站在那儿，方格的领带，精致的五官，黑色衬衣领微微敞开着，绝美得好似一块玉，浑身散发出一种清冷剔透、纤尘不染的气息，一双如墨的眼眸比夜空的繁星还要耀眼。他一直看着在教室里打闹的她，一直到与我的视线相撞，然后忽然绽开了一个淡淡的笑容：“司马喜。”

我一下子僵硬在那里，铺天盖地的记忆就像潮水一般涌了过来！

“你手里的璞玉，今后会卖给什么人？”“哎，你告诉我啊，你手里的璞玉会卖给什么人啊？真是的，只是问问，有什么不好说的。”“大王，我愿意用我的性命换他的性命！请您不要杀他！”“我愿意代他死。但是我有一个请求，希望可以等到他雕琢完璞玉。”

司马喜，这个曾经伴随了我一世的名字。便是在那一世，我的生命里刻下了一个美丽的身影。永远无法忘记，哪怕过去这样多的轮回，哪怕我曾经变成了雪，变成雨，变成石子，变成路边的一株草，我都无法将她忘记。

而那个站在窗外的少年轻声呵出了它，他的声音好像带着一股奇异的魔力，透过无数尘埃，一下子闯入了我的耳膜。

我怔在那里，呆呆地望着前方，已经无法再思考。当视线再次集中在那个女孩身上，她欢笑着，和身边的人打闹着……我情不自禁地伸出手，指尖触碰到她的肩膀，她一下子转过头："蒋玉，怎么啦？是不是一个人觉得很无聊？"

她并不记得我，那些过去的记忆。是呵，她又怎会记得呢，那是很久很久，几乎已经要被所有人遗忘的记忆啊。若不是这颗心上一直烙刻着她的影子，也许自己也会把她遗忘吧。

"如果无聊的话，就跟我们一起玩吧。"忽然，她伸手拍了拍我的肩膀，指腹的温暖透过衬衣的布料穿透过来，这温暖的感觉我一直记得，正如当初她连同那颗糙石一起握住我的手，手掌所传来的温热。站在她身边的同学都走了过来，他们开始和我说话，有一些甚至问了我家的方向，如果顺路的话便邀请我以后可以一起回家。我知道，她是快乐的，无论在什么时候，身边总可以围绕那么多的人，他们喜欢她，信任她，只要在她身边就会觉得温暖。

或许当初的我，也是因为贪恋这份温暖，所以一直看着她，追随着她，让自己再也无法移开视线。

"过几天是校庆呢，我们班报什么节目上去好啊？"在打闹的时候，忽然一个坐在角落戴着眼镜的男生抬起了头。旁边的人立刻拍了一下脑袋："对啊，校庆！完了完了，班长你怎么不早点说，每个班都要报一个节目上去的，这下可好，我们都没有准备。"

"个人的行不行？个人的话我们班不是有同学会唱歌么。"他们开始商量起来，她也加入其中，滔滔不绝地发表着自己的言论。

最后似乎还没有定下来，要等到开班会再讨论。

快要上课了，回到位置上之前，她忽然转过头问我："蒋玉，你会什么才艺啊？"我愣了愣，随后努力想了一会儿然后回答道："会吹萧。"

当时她的表情有一种说不出的感觉，好像是见到了很新奇的事情，随后立刻牢牢抓住我的手感叹："现在这个社会，又是我们这个年纪，很少有人会吹箫的，蒋玉你真是太厉害了，这一次的校庆你可一定要好好表现啊，我们班可以推你一个名额上台去表演哦。"

"其实……"我并不想站在台上，也不想为其他人吹箫。但是看到她那热情洋溢的模样，我却不知道为何……拒绝不了。

放学了，从教室里出来，我站在楼道口看着她，她收拾好书包之后用力甩到肩膀上，然后很欢快地跑了出来。抬头看到我，她立刻伸手拍了拍我的肩膀：“蒋玉，在等我吗？”

我点了点头，因为非常巧的，我与她同路。其实即使是不同路，我也会想要与她一起回去。我们离开学校时，身边还有两三个同学，大家都是同一个方向的，于是有说有笑地一起走，然后在路途中一个又一个离去，最后只剩下我和她。其实我在这一世的家早就到了，但是我停不下脚步，只想与她一道走下去。

到了一条街的巷口，她忽然停了下来，然后转头朝里面张望。我顺着她的视线看过去，里面只有一堵围墙，别的什么也没有，旁边的墙壁上还画着七七八八的符号，广告单也贴了一整排。

“我有一个朋友，本来是住在这里面的哦。”她忽然开了口，拉了拉松下来的书包带，脸上绽开一个笑容。

我愣了愣：“住在这里吗？”

她见我一脸奇怪的表情，便立刻摆手解释道：“啊，我的意思是……他以前在这里要过饭的，那个时候我还给了他一块钱。啊，你不要误会，他不是乞丐哦，本来那里面还有一间屋子的，都是他的，里面还有很多很多古董，可是后来不见了。”她想要把话说清楚，但因为焦急弄得语无伦次。我忽然挽起了嘴角，伸手轻轻拍了拍她的头发：“我信你。”

“可是，他后来不见了……也不知道去了什么地方。”眼睛里有失落一闪而过，她握紧了书包带，呆呆地看着那空荡荡的巷子。我的心也跟着难过起来，我希望她一直微笑下去，一直快乐下去，不想看到她的悲伤。

校庆的节目是在第二天班会上定下来的，名额规定每个班必须上报两个节目，她将我报了上去，并誓旦旦地对其他人保证我一定可以拿到第一名。校庆节目也算一个比赛，最后会统计成绩。

其实我一次也没有在她面前吹过萧，而她却这样坚信我一定可以获得好成绩，下课时我问她，为什么觉得我可以拿第一名，她挠了挠头回答道：“我也不知道，就是觉得你一定可以拿第一名。嘿嘿，没准我们上辈子是认识的，你是俞伯牙，我是钟子期。”（注：相传伯牙善弹琴，钟子期善听琴。伯牙弹到志在高山的曲调时，钟子期就说“峨峨兮若泰山”；弹到志在流水的曲调时，钟子期又说“洋洋兮若江河”。钟子期死后，伯牙不再弹琴，认为没有人能像钟子期那样懂得自己的音志。）

听到这里，我真的很想告诉她，是的，我们是认识的，在很久很久以前，在几生几世以前，我们是认识的。她是中山王的王后，而我是中山国的相邦，我见过她，记得她，深深地将她印在心里面……可是我知道，她未必记得这一切，或许……早已经遗忘得一干二净了罢。

我开始没日没夜地在家里练吹箫，校庆还有一周就要开始了，我希望她可以听得到，哪怕所有人都不在场，只要她一个人可以听得到便好。母亲是一个很温柔的人，她见我一直站在阳台上吹箫，便泡了一杯牛奶出来给我：“小玉，妈妈从来没有见你这样认真过。”

我眼眶有一些湿润……就连我自己，也从来都不知道，原来一个人可以变得这样执着。我一直吹一直吹，从天黑吹到天亮，直到发不出声音，直到握着萧的手都开始僵硬，我还在吹。不是为了所谓的第一名，不是为了校庆演出，而是为了她，希望她可以听得到，这箫声中……有我的思念，有我的等候。

一周后，校庆如期来临。学校大礼堂被布置得焕然一新，全校同学都坐在礼堂中，他们期待着这一次的演出。她也坐在里面，脸上非常兴奋，看到我换了衣服从侧门出来，便立刻冲着我挥手：“蒋玉，蒋玉。哇，你今天可真帅。”

我握紧了手里的萧，脸不知不觉红了起来：“哪有。”

因为我要演出，所以不能坐在原本的位置上，只能站在后台等着演出开始。外面的掌声轰响如雷，我站到阶梯旁边，透过帷幕一角向外面看去，她一直盯着舞台，表情非常认真。忽然肩膀被人拍了一下，我转过头，是上次在教室窗外看到的少年。他穿着一身干净利落的黑色晚礼服，手里握着一把小提琴：“过去的已经过去了，不要把自己的思念加压在已经遗忘了的人身上。”

我的肩膀猛地一颤，怔怔地站在原地。他竟然可以看透，知道我过去的身份，知道我思念的人，知道我无论如何也无法磨灭的记忆。

“好好演出吧。”台上已经报到了他的名字，千以亦。他嘴角挽起一笑，好似有无数只黑色的蝴蝶从周围飞扬，他松开手离开我的视线，走上了舞台。

优美的旋律，恍若瀑布般从舞台上倾泻而下，那一粒一粒晶莹剔透的音符，好似雨点一样落下来，坠到石阶上，坠到椅子上，坠落到每一个人的衣褶中。如若不是亲眼看见他站在台上拉奏小提琴，我是万万不会相信……这优美的旋律里，竟然也饱含了很久很久的思念，饱含了很久很久的眷恋啊。

回过神来，我忽然发现原本坐在椅子上的她消失不见了。是去外面透气了吗？还是不愿再继续看着这样的演出呢。

台上的表演者一个一个替换，离我出场的距离越来越近，但是她却一直都没有回来，我开始焦急起来，紧紧地望着礼堂的大门。一直到台上主持人报了我的名字，她还是没有出现。老师走过来伸手拉住我，将我带到舞台上，我看着下面那么多的人，却没有她的身影。

她去了哪里……她是不愿听我的箫声吗？

我在所有人的惊异中跑下舞台，拉开礼堂的门追赶了出去。已经是春天了，路边两排美丽的樱花正开得旺盛，那一片一片的粉红像是优雅的蝶，在空中翩翩飞舞。我望向校门外，看到了她的身影。

她站在铁门的里头，白皙的手指握着门上的栏杆，脸上扬起的笑容，灿烂得仿若释放光芒的太阳。那个男子低低地挽着嘴角，精致的五官勾勒出俊美的轮廓，他的一双银色眼瞳深邃而幽远，好似可以在里头看到一整片闪耀光芒的群星，细微的光芒让他的脸庞染上一丝和谐的美丽：“甜菜，我回来了……”

声音这般轻盈，带着深深的思念，让我一下子怔在了原地，无法动弹。

她的眼睛弥漫起了一层薄雾，伸手朝着铁栏外的男子打去：“喂，你到底去哪里了，那么久都不见你的人影！你明明说宝石集齐了就让我许一个愿望的，我等了这么久！”

“我遇到了一些琐事，”男子淡淡地呵出一句话，他垂下眼帘，看了一眼她脖颈上的玉珠，“你一直戴着它。”

“嘿嘿，你要是不回来，我就把它卖了换钱。”她笑得那么开心，几乎要把周围的一切全部点亮，“对了，你现在回来了，是不是可以兑现当初说过的话了？我可以许愿了，对不对？”

白发男子松开指尖握着的玉珠，摸了摸她的脑袋：“你现在就可以许愿。”“那我要许愿让自己变得勇敢一点，我要天不怕地不怕！”她雄纠纠气昂昂地举起了手，站在铁门外的人挽起嘴角：“好，我把勇气给你。”

也许，这是我毕生见过最美丽的一个场景。白发翩翩的男子缓缓扬起手，将一片温暖的光芒点入少女额间，躺在地面的一大片樱花花瓣便在这一瞬间升腾了起来，好像带上了无尽的力量，纷纷飞扬。

她睁开眼睛拉了拉自己的脸颊：“好像没变化啊。银岚，你是不是骗我玩的？”

“你说呢。”男子收回了手，脸上是若有若无的笑容。

我紧握着萧的手忽然松了开去……在她的身边，有守护着她的人，也有她等候的人，而我……她不会放在心上吧。

我迈开脚步转过身要离去，忽然一个声音从身后传了过来：“哎，蒋玉你怎么出来啦？轮到你演出了对不对？走走走，我们一起去听，银岚你也进来啊！”

她拉着那个男子的手走到我面前，然后挽住我的胳膊：“你可是我推荐上去的，一定要得第一名给我争一口气喔。如果赢了，晚上我请你吃麻辣烫。对了，蒋玉喜不喜欢吃辣啊？如果不喜欢，那么我们去吃别的，扬州炒饭也不错哎。”暖暖的温度从她的手臂间传来，我怔怔地抬起头望着她，那个白发男子还在她的身边，他的视线一直落在她身上，唇瓣边是温柔的微笑。

我的心微微颤抖了一下，重新握住了手里的萧：“没关系，我都喜欢吃。”

礼堂门外，拿小提琴的黑衣少年已经为我们敞开了门，他优雅地俯下身，转开金色的门把：“所有人都在等你们，快点进来吧。”

如果上一辈子不能成为她等候的人，那么这一辈子……我或许可以成为守护她的人。

因为有那么多的人，也一同在守护着呵。

——本季完——